Dirk Trost

Unterwelten

Das Buch

Die Investigativjournalistin Thyra König schleust sich undercover in die Welt einer Berliner Beratungsfirma ein, die mit fragwürdigen Finanzstrategien operiert und Superreiche noch reicher macht. Sie ahnt noch nicht, welche schrecklichen Dinge sich in einer alten Bunkeranlage südlich von Berlin abspielen und was die Firma damit zu tun hat. Als sie in den Räumen der Firma nach Beweisen für illegale Machenschaften sucht, wird sie von Sicherheitskräften entdeckt und in ein Büro eingesperrt. Thyra rechnet mit dem Schlimmsten, denn sie weiß bereits zu viel über die illegalen Geschäfte, in die auch hochrangige Persönlichkeiten aus Politik und Wirtschaft verwickelt sind.
Unterdessen bangt in den Brandenburger Unterwelten eine verzweifelte Mutter um ihr eigenes Leben und das Wohl ihrer Kinder. Kann Thyra sich selbst befreien und die Frau und ihre Kinder retten, bevor es zu spät ist?

Der Autor

Schon als kleiner Junge verbrachte Dirk Trost seine Sommerferien regelmäßig in Ostfriesland. Er schmökerte den Sommer über in den Abenteuergeschichten von Enid Blyton und Erich Kästner und an langen Winterabenden in den »verbotenen« Krimis seines Großvaters, die ganz hinten im Kleiderschrank versteckt waren. Was lag da näher, als selbst Kriminalromane zu schreiben? Es sollte 50 Jahre dauern, bis sich dieser Kindheitstraum erfüllte.

DIRK TROST

UNTER WELTEN

4. FALL FÜR THYRA KÖNIG

KRIMINALROMAN

Deutsche Erstveröffentlichung bei
Edition M, Amazon Media EU S.à r.l.
38, avenue John F. Kennedy, L-1855 Luxembourg
Dezember 2024

Umschlaggestaltung: bürosüd⁰ München, www.buerosued.de
Umschlagmotiv: © MACIEJ MUTWIL / ArcAngel
Lektorat: Kanut Kirches
2. Lektorat und Korrektorat: VLG Verlag & Agentur, Haar bei München, www.vlg.de
Gedruckt durch:
Amazon Distribution GmbH, Amazonstraße 1, 04347 Leipzig /
CPI Druckdienstleistungen GmbH, Ferdinand-Jühlke-Straße 7, 99095 Erfurt /
CPI books GmbH, Birkstraße 10, 25917 Leck /
Libri Plureos GmbH, Friedensallee 273, 22763 Hamburg

ISBN 978-2-49671-595-8
e-ISBN 978-2-49671-594-1

www.edition-m-verlag.de

Keiner ist so verrückt, dass er nicht noch einen Verrückteren findet, der ihn versteht.

Friedrich Nietzsche

Prolog

Angestrengt starrt der Junge auf die Blechdose, die scheppernd den Weg entlangrollt.

Mit einem hässlichen Geräusch kullert sie langsam über den nassen Boden, ohne liegen zu bleiben. Wie weit sie rollt, kann er nicht sagen – große Zahlen kennt er noch nicht. Doch das wird sich ändern, wenn er nächsten Sommer in die Schule kommt. Der Junge freut sich schon sehr auf die Schule.

Er wundert sich nicht darüber, dass er die Aufschrift auf der Dose lesen und das blecherne Geräusch bis hierher hören kann.

Die Dose kullert weiter, als wäre sie von Geisterhand gezogen, den Pfad entlang.

Der Junge wundert sich auch nicht darüber, wieso er ganz alleine auf diesem Fußweg steht, der durch den dunklen Wald führt.

Vor ihm liegt eine Art Allee mit riesigen alten Bäumen, die so hoch in den Himmel ragen, dass er weder die Sterne noch den Mond sehen kann, obwohl Mond und Sterne da sein müssen. Wo sonst kann der Lichtschein herkommen, der den nass glänzenden Weg erhellt?

Ein Rascheln ertönt; der zunehmende Ostwind treibt Laub über den Weg. Das Geräusch klingt beängstigend. Es scheint, als ob die Dunkelheit das Rascheln noch verstärkt und zu einem bedrohlichen Klang der Nacht werden lässt.

Wie aus dem Nichts prasseln Regentropfen in einem heftigen Schauer herab und werden sofort vom kalten Wind von den Blättern der Bäume geweht.

Die Faust des Jungen umklammert den Inhalator in seiner Tasche.

Seine Mutter hat ihm eingeschärft, sein Asthmaspray nirgendwo liegen zu lassen, sondern immer in seiner Hosentasche bei sich zu tragen.

Im Moment hat er nicht das Gefühl, ersticken zu müssen. Aber er weiß, dass ihm nur allzu leicht die Luft wegbleibt, wenn er zu sehr herumtobt oder sich doll über etwas freut oder vor etwas fürchtet.

Jetzt fürchtet er sich.

Die Blechdose kommt zum Liegen. Kein Geräusch ist zu hören. Sogar das Rauschen in den Baumwipfeln ist verstummt.

Das Herz des Jungen beginnt laut zu pochen, als er die Gestalt sieht, die aus dem Schatten der Bäume hervorkommt und mit einem großen Schritt auf dem Weg steht. Mit einer ungelenken Bewegung tritt sie nach der Dose und verliert dabei einen überdimensional großen Schuh. Ungeschickt hüpft sie daraufhin auf einem Bein zur Dose hin und versucht erneut, sie zu treffen.

Andere Kinder hätten vielleicht über die lustige Gestalt gelacht, die mit einer weiß-rot geringelten Socke, aus der ein großer Zeh aus einem Loch hervorlugt, den Weg entlanghüpft.

Nicht so der Junge.

Er mag keine Clowns. Mehr noch: Er fürchtet sich vor diesen bunt bemalten Gesichtern, die absonderliche Grimassen ziehen und mit ihren hohen Stimmen laut kreischen.

Seine Mutter wollte ihn einmal mit einem Zirkusbesuch überraschen. Die Überraschung schlug völlig fehl; der Junge ist vor Angst blau angelaufen, als er nach Luft japste und fast erstickte.

Auch jetzt scheint seine Brust immer enger zu werden.

Die kleine Faust des Jungen krampft sich um das Asthmaspray, als der Clown sich zu ihm herumdreht und ihn mit dunklen Augen Furcht einflößend anstarrt. Blitzschnell tritt er mit seinem großen Schuh, der wie aus einem Bilderbuch aussieht, nach der Blechdose.

Es scheppert metallisch, als der rote Clownsschuh das Blech trifft.

In hohem Bogen schießt die Dose direkt auf das Gesicht des Jungen zu.

Seine Kehle zieht sich krampfartig zusammen, sodass nicht das leiseste Geräusch zu hören ist, während er panisch nach Luft ringt.

Boshaft starrt der Clown den Jungen aus rot glühenden Augen an. Sein Gesicht verzieht sich zu einer grotesk verzerrten Fratze. Die rot geschminkten Lippen öffnen sich und legen nadelspitze Zähne frei, als der Clown den Mund öffnet und ein kreischendes Lachen ausstößt, das dem Jungen fast das Herz stehen bleiben lässt und seine Brust so stark zusammendrückt, dass er glaubt, ersticken zu müssen.

Verzweifelt versucht der Junge zu atmen, aber sein Brustkorb fühlt sich an, als würde ihn eine riesige Faust brutal zusammendrücken. Ihm wird schwindelig … die hässliche Fratze des Clowns beginnt sich zu drehen – immer schneller, bis ihm schwarz vor Augen wird und er keine Angst und Panik mehr spürt.

- 1 -

Berlin • Potsdamer Platz • Bockhorst Elite Financial Solutions
Donnerstagmorgen, zu nachtschlafender Zeit …

»Guten Morgen.«

Mit einem hinreißenden Lächeln begrüßte Thyra den Mann hinter dem Empfangstresen.

Der Kopf des Nachtwächters fuhr vom Bildschirm seines Tablets hoch, auf dem er sich gerade eine Zombie-Invasion anschaute.

»Ich hoffe, ich habe Sie nicht erschreckt.« Besorgt musterte Thyra den Mann mit dem zweifachen Doppelkinn, das er mit einem rasiermesserscharf konturierten Dreitagebart vergeblich zu kaschieren versuchte.

»Alles gut. Alles gut«, versicherte der Nachtportier hastig, dessen Namensschild ihn als Anton Fick auswies.

Thyra lächelte ihn unverwandt an, während sie einmal mehr in sich hinein grinste. Der arme Mann war mit seinem Namen echt gestraft. *Wer will schon freiwillig Fick heißen?*

»Wirklich nicht?«

»Nein. Nein.« Der Pförtner schüttelte so heftig mit dem Kopf, dass Thyra diesen schon in Gedanken über die Marmorplatten des schicken Foyers rollen sah. »Es ist nur …« Er lachte verlegen. »Diese Zombies sind schon sehr gut gemacht … uh … da zuckt man schon zusammen, wenn die auf einen zukommen.«

»Stimmt. Das mit den Zombies haben die Amis drauf«, erwiderte Thyra mit einem Blick auf die Berliner Zeitung, die der Mann vor sich liegen hatte und die auf ihrer Titelseite das aktuelle Rededuell der US-Präsidentschaftskandidaten thematisierte. »Da braucht man sich nur den Wahlkampf anzusehen.«

Im selben Moment, als ihr die Bemerkung rausgerutscht war, bedauerte sie schon ihre lose Zunge, die oft schneller war, als sie denken konnte.

Wortlos starrte der Nachtportier Thyra mit offenem Mund an.

Sie befürchtete schon, einem Anhänger amerikanischer Politik auf die Füße getreten zu sein, bis bei ihm der sprichwörtliche Groschen fiel.

Er brach in dröhnendes Gelächter aus.

Thyra lächelte aus Höflichkeit mit, während sie einen schnellen Blick auf ihre Uhr warf. Sie durfte sich hier nicht zu lange aufhalten. Der Nachtwächter war wichtig, keine Frage. Wenn sie ihm auffiel und er auf die Idee kam, die Legitimation für ihr nächtliches Auftauchen zu hinterfragen, würde sie mitsamt ihrer Tarnung auffliegen.

»Der war gut!« Außer Atem vor Lachen wischte sich Anton Fick mit dem Jackenärmel die Augen trocken. »Zombies … der Wahlkampf … ich hab's kapiert.« Wieder brach der Nachtwächter in ein gackerndes Lachen aus.

Beruhig dich mal langsam, dachte Thyra, während sie eine braune Papiertüte auf den Empfangstresen stellte.

Das Gackern des Nachtportiers brach abrupt ab. Mit großen Augen starrte er auf die Tüte, wie ein Kaninchen auf die Schlange.

»Ist das …«

»Ja. Ist es.« Thyra setzte einen genießerischen Gesichtsausdruck auf, als sie den kompostierbaren Becher, der für die Kreuzberger Kaffeerösterei *Five Elephant* typisch war, aus der Papiertüte hervorzog und auf den Tresen stellte. »Ein heißer Single-Origin-Espresso.«

Ein verklärter Ausdruck erschien auf dem Gesicht des Nachtportiers.

Thyra konnte die Begeisterung des Pförtners für den Kaffee verstehen, den sie ihm zum ersten Mal vor zwei Wochen mitgebracht hatte. Sie selber war ein totaler Fan der Kreuzberger Kaffeerösterei, die regelmäßig ihr Angebot an TogoKaffees wechselte. Ihr schmeckten die unterschiedlichen Single-Origin-Espressi allesamt sehr gut.

»Und natürlich ein frisch gebackener Cheesecake.« Mit einem Griff stellte Thyra eine zweite Tüte auf den Tresen. »Den mögen Sie doch so gerne.«

Wieder veränderte sich der Gesichtsausdruck des Pförtners. Jetzt wirkte er ernst und aufmerksam.

»Warum tun Sie das?«

Mit dieser Frage hatte Thyra gerechnet. Denn sie verband keine besondere oder gar freundschaftliche Beziehung mit dem Nachtportier. Verständlicherweise drängte sich fast schon zwangsläufig die Frage auf, weshalb sie zu dem Pförtner so freundlich war und ihm Kaffee und Kuchen mitbrachte. Mit seinem Doppelkinn, das sein stacheliger Bart kaum verbergen konnte, und seinem Haarkranz, der sich halbmondförmig von einem Ohr zum andern zog, war er kein Mann, für den Frauen sich interessierten. Vom Alter her hätte er Thyras Vater sein können, was zwar keine Red Flag, also nichts grundsätzlich

Problematisches war, ihm aber auch keine Bonuspunkte einbrachte.

Wieso also war die junge attraktive Frau, die vor seinem Tresen stand, so ungewöhnlich freundlich zu ihm?

Der Nachtportier verschränkte die fleischigen Arme, die aus einem hellblauen Halbarmhemd herausragten, vor der Brust. Er zog die Augenbrauen so eng zusammen, dass sie sich über seiner Nasenwurzel fast berührten, als er Thyra aufmerksam musterte.

»Weil …« Thyra beugte sich leicht vor. »… ich mein Studium durch Nachtschichten am Empfangstresen finanziert habe. Ich weiß aus eigener Erfahrung, wie sehr Nachtarbeit einen schlaucht und man sich über einen kleinen Snack freut. Außerdem war mein Vater auch Pförtner«, behauptete sie, ohne mit der Wimper zu zucken. »Er hat mich gelehrt, alle Mitarbeiter und Mitarbeiterinnen einer Firma gleich zu behandeln. Egal, ob jemand Geschäftsführer ist oder – Pförtner.«

»Ihr Vater ist ein weiser Mann.« Die Miene des Nachtportiers entspannte sich bei Thyras Worten. Sein Gesichtsausdruck verriet, dass er nicht nur Thyras Erklärung geschluckt hatte, sondern von ihrer Freundlichkeit und Wertschätzung gerührt war. Thyra bekam fast schon ein schlechtes Gewissen, aber nur fast. Ihr Job brachte es nun mal mit sich, dass sie Menschen täuschen musste, um die Wahrheit zu finden, der sie auf der Spur war.

Thyra lachte. »Das sage ich ihm beim nächsten Mal, wenn ich ihn sehe.« Sie wandte sich bereits ab, als sich der Gesichtsausdruck des Portiers veränderte. Sein Blick wurde wachsam und seine Schultern strafften sich, als er sich ächzend hinter seinem Tresen erhob.

»Wieso sind Sie eigentlich in den letzten Tagen schon immer so früh hier?« Aufmerksam sah er Thyra an. »Ist die Geschäftsleitung über Ihren frühen …« Er warf einen Blick zur Uhr, die neben ihm an der Wand hing und deren Zeiger auf halb fünf Uhr morgens standen. »... fast schon nächtlichen Arbeitsbeginn informiert?« Er verzog den Mund zu einem schiefen Lächeln, was ihn verlegen aussehen ließ. »Ich meine, so früh an einem Donnerstagmorgen.« Trotz seines verlegenen Lächelns hielt der Portier den Blickkontakt mit Thyra. »Ich meine, ein Freitag wäre verständlich.« Er wedelte mit der Hand. »Wegen Wochenende und so. Wer früh kommt, kann auch früh gehen.« Er zwinkerte Thyra vertraulich zu. »Sie verstehen, was ich meine.«

Thyras Lächeln blieb konstant, obwohl sie am liebsten herzhaft geflucht hätte. Ausgerechnet heute, dachte sie frustriert. Heute Nacht war die letzte Möglichkeit, an die entscheidenden Unterlagen zu kommen.

Selbstsicher erwiderte sie den Blick des Nachtportiers und lehnte sich leicht gegen den Tresen der Rezeption.

»Anton«, begann sie, womit sie ihn absichtlich mit dem Vornamen ansprach, um eine persönliche Verbindung herzustellen. »Ich darf doch Anton sagen?«

Der Portier sah sie schweigend an.

»Ich verstehe Ihre Bedenken vollkommen. Und Sie haben recht. Es ist tatsächlich so, dass die Geschäftsleitung nicht direkt informiert ist. Aber wissen Sie, ich arbeite an einem speziellen Projekt, das ... sagen wir mal ... ein wenig Diskretion erfordert.« Thyra machte eine kurze Pause, um sicherzugehen, dass sie seine volle Aufmerksamkeit hatte. »Es geht um eine neue Initiative zur Mitarbeitergesundheit und motivation. Wir planen eine Überraschung für das gesamte Team und natürlich auch den Chef – einen Wellnessbereich direkt hier im Bürogebäude. Stellen Sie sich vor: Massagesessel, eine kleine Sauna, vielleicht sogar ein kleiner Fitnessraum.« Jetzt war es an Thyra, vertraulich zu zwinkern. »Deshalb komme ich auch schon die ganzen Tage so früh.«

kurz gezögert, bevor er hinzufügte: »Und weil ich sie für integer und seriös halte.«

»Danke für die Blumen, unbekannterweise«, hatte Thyra reserviert erwidert. Gegen Komplimente anonymer Anrufer war sie resistent.

»Das sind keine leeren Worthülsen«, hatte der Mann vollkommen akzentfrei erwidert. »Ich habe mit großem Interesse Ihre Story über Markus Streyer gelesen – Abgeordneter des Europaparlaments und zukünftiger Präsident des Europäischen Parlaments.«

»Er war nicht der zukünftige Präsident«, hatte Thyra widersprochen, während sie resigniert ihre Sporttasche auf den Stuhl in ihrer Diele fallen gelassen und die Haustür wieder zugedrückt hatte. Ihr war in dem Moment klar, dass sich ihr geplantes Boxtraining erledigt hatte. Das war für sie umso ärgerlicher gewesen, weil sie mit ihrem Trainer damals eine Wette am Laufen gehabt hatte: Wenn sie es schaffen würde, während einer zehnminütigen Trainingseinheit zweimal mit einer Boxkombination seine Deckung zu unterlaufen, sollte der nächste Quinoasalat auf ihn gehen. Sie beide liebten den Salat aus Kichererbsen, Gurken, Rucola und geröstetem Gemüse, der eine hochwertige Proteinquelle war und den niemand so gut zubereiten konnte, wie das vegane Restaurant Happenpappen auf St. Pauli.

»Aber er war der Favorit«, hatte der Anrufer erwidert. »Ihre Story hat nicht nur seine politische Karriere ruiniert, sondern …«

»Streyer war ein sadistischer Mörder«, hatte Thyra den Anrufer kühl unterbrochen. »Ein aalglatter und gut aussehender Politiker, der seiner Sekretärin handgeschöpfte Brüsseler Schokolade mitbrachte – nachdem er eine minderjährige Illegale mit seiner Peitsche zu Tode gequält hatte.«

»Genau deshalb rufe ich Sie an.«

»Weshalb?«

»Weil Ihr Verstand und Ihre Stimme so rasiermesserscharf sind wie Ihre Reportagen.«

»Ist das ein Kompliment?«

Der Anrufer hatte einen Moment geschwiegen, als ob er überlegen musste, ob seine Worte als Kompliment gedacht sein könnten.

»Ja«, hatte er dann erwidert. »Unbeabsichtigt, aber ja – Sie haben verhindert, dass ein Mann mit einem derart abartigen Doppelleben eine der führenden Positionen in der europäischen Politik einnimmt.«

»Ich habe einfach nur meinen Job gemacht«, hatte Thyra lapidar klargestellt.

»Und genau deshalb mein Anruf.«

»Schießen Sie los«, hatte Thyra ihn dann aufgefordert. Auf seine Komplimente, egal wie eloquent sie auch waren, konnte sie verzichten.

»Sagt Ihnen der Name Bockhorst Elite Financial Solutions etwas?«, hatte der unbekannte Anrufer Thyra daraufhin gefragt.

»Hm.« Thyra überlegte kurz. Der Name sagte ihr aber rein gar nichts. »Nie gehört.«

»Wundert mich nicht.« Die Stimme des Anrufers hatte zufrieden geklungen, nichts anderes schien er erwartet zu haben. »Die Bockhorst Elite Financial Solutions ist ein Consulting-Unternehmen, welches sich auf die Beratung und Betreuung einer einzigartigen Klientel spezialisiert hat.«

»Und die wäre?«

»Reiche und Superreiche«, hatte der Mann geantwortet. »Das Unternehmen berät Leute, die mehr Geld haben, als Sie und ich uns jemals vorstellen können.«

»Sie haben keine Ahnung, was ich mir vorstellen kann.« Thyra hatte trocken aufgelacht. »Schließen Sie nicht von sich auf andere.«

Der Anrufer hatte kurz gestutzt, vielleicht weil er ihren Witz nicht verstanden hatte, dann aber gleich mit eindringlicher Stimme fortgesetzt: »Ich rede von den wirklich Superreichen. Menschen, die meinen, dass die Gesetze für sie nicht mehr gelten.«

Thyra hatte erst mal nichts erwidert, sondern den Anrufer weitersprechen lassen. Ihren Erfahrungen nach gaben Menschen mehr Informationen preis, wenn man sie einfach reden ließ und nicht damit unterbrach, sie mit Fragen zu bombardieren.

»Ihnen sind sicherlich die prominenten Fälle bekannt«, hatte er seine Erklärungen fortgeführt, ohne auf eine Antwort von Thyra zu warten. »Ob es der ehemalige Präsident des FC Bayern München ist, der den deutschen Steuerbehörden ein geheimes Schweizer Bankkonto nicht angezeigt hatte, der frühere Vorstandsvorsitzende der Deutschen Post AG, der im Jahr 2009 zugegeben hatte, Einkünfte in Millionenhöhe vor dem Finanzamt verheimlicht zu haben, oder der Vater der Tennislegende Steffi Graf, der Einnahmen seiner Tochter aus Preisgeldern und Turnieren nicht versteuert hatte – sie haben alle eins gemeinsam: Sie haben das Gesetz missachtet und damit das Vertrauen in die Gerechtigkeit und Fairness des Steuersystems untergraben.«

»Was sind Sie – ein Idealist?«, hatte Thyra darauf trocken erwidert. »Es gibt auch Zyniker, die der Meinung sind, dass diese Leute einfach nur die falschen Berater hatten.«

»Ganz genau«, hatte ihr der Anrufer zugestimmt. »Und deshalb gibt es auch in der Neuzeit Finanzexperten, die ihre Dienste zur Vermögensoptimierung und Steuergestaltung anbieten.« Die Stimme des Anrufers war angenehm gewesen. Er hatte routiniert geklungen und schien das Sprechen gewohnt zu sein. »Der Markt ist groß«, hatte er weiter ausgeführt. »Es gibt weltweit mehr Reiche und Superreiche, als es sich ein Normalbürger vorstellen kann. Nur die wenigsten stellen sich und ihren Reichtum öffentlich zur Schau.«

Thyra hatte gewusst, was er meinte.

Es gehörte für sie dazu, zu wissen, welcher Hype gerade in den sozialen Medien angesagt war. Als investigative Reporterin war es ihre Aufgabe, die Wahrheit hinter den Schlagzeilen zu entdecken. Sie verbrachte etliche Stunden damit, durch verschiedene Plattformen zu scrollen, um die neuesten Memes, Trends und Diskussionen zu verfolgen. Dabei achtete sie besonders darauf, welche Themen viral gingen und welche Influencer gerade im Rampenlicht standen. Diese Informationen waren nicht nur für ihre Recherchen wichtig, sondern auch für das Aufdecken von Missständen und Manipulationen. Sie wusste, dass hinter jedem viralen Trend eine Geschichte stecken konnte, die es wert war, erzählt zu werden.

Thyra war auch offen, wenn sie jemand anrief und mit ihr über ein Thema sprechen wollte. Auch dann, wenn der Anrufer seinen Namen nicht nennen wollte. In ihrem Job konnten die richtigen Tipps eine Topstory werden.

»Falls Sie mir eine Finanzberatung anbieten wollen, sind Sie bei mir falsch.«

»Keine Sorge.« Der Anrufer hatte nicht den Eindruck erweckt, dass er Angst hatte, Thyra könnte das Gespräch beenden. »Ich möchte Sie auf einen Skandal aufmerksam machen – der vermutlich die Spitze eines Eisbergs ist.«

»Hm«, hatte Thyra nur kurz entgegnet. Skandale gab es jede Menge. Was für den einen normal war, war für den anderen bereits ein Skandal.

»Sagt Ihnen der Name Gundula von Hochstein etwas?«

»Hm.« Thyra hatte angestrengt überlegt. Sie hatte den Namen schon irgendwo einmal gelesen oder gehört. Sie konnte ihn nur nicht zuordnen. »Helfen Sie mir kurz auf die Sprünge«, hatte sie den Anrufer aufgefordert.

»Mitglied des FISC im Europäischen Parlament und Beamtin des Bundesfinanzministeriums.«

»In welchem Ausschuss?«, hatte Thyra sofort nachgehakt.

»Finanzausschuss«, war die postwendende Antwort gewesen, die Thyra ihren Laptop aufklappen und die Messenger-App aufrufen ließ, während sie sagte: »Kommen Sie auf den Punkt!«

Der unbekannte Anrufer schien kein Spinner zu sein.

Muss Training heute leider absagen. Job ruft. Wir verschieben die Challenge. Gewinne sowieso! T.

hatte sie ihrem Trainer geschrieben, während sie dem Anrufer aufmerksam zuhörte.

»Das ist nicht nur ein Skandal, das ist ein Fall für den Staatsanwalt und OLAF.« Nach den letzten Worten, mit dem der Anrufer seine Schilderung der Verstrickung einer bundesdeutschen Politikerin und Finanzbeamtin mit profitorientierten Beratungsfirmen beendet hatte, war es einen Moment lang still in der Leitung geworden.

»Sie meinen das Europäische Amt für Betrugsbekämpfung?« Thyra hatte gewusst, wovon der Mann mit der sonoren Stimme gesprochen hatte.

»Richtig.«

»Was erwarten Sie von mir, nachdem Sie mir einen Namen und eine Beschuldigung mitgeteilt haben?«, hatte Thyra gefragt. »Ohne mir zu sagen, wer Sie sind.«

»Ich erwarte, dass Sie überprüfen, ob ich wirklich der Spinner bin, für den sie mich vermutlich halten, oder ich mich vielleicht nur wichtigmachen möchte oder Sie benutzen will, um einer Politikerin zu schaden, die mir vielleicht im Weg steht.«

»Ich müsste lügen, wenn ich behaupten wollte, dass ich diese Möglichkeiten nicht schon in Betracht gezogen hätte«, hatte Thyra geantwortet.

»Dann machen Sie Ihren Job.« Der Mann hatte leise gelacht. »Vielleicht bin ich ein Spinner. Aber vielleicht ist es auch genau die Story, die Sie ein Flug- oder Bahnticket buchen lässt, nachdem Sie aufgelegt haben. Außerdem bin ich sicher, dass Sie sich für den Rest des Eisbergs interessieren.«

Nachdenklich hatte Thyra ihr Handy sinken lassen.

Es war nicht ungewöhnlich, dass sie zu unmöglichen Zeiten von Leuten angerufen wurde, die ihr einen Tipp geben wollten oder die der Meinung waren, dass sie den Skandal des Jahrhunderts entdeckt hätten. Also hatte sie auch dieser Anruf nicht überrascht. Allerdings schien der Mann ganz genau zu wissen, wovon er sprach. Ganz im Gegensatz zu den meisten Leuten, die sich bei ihr meldeten.

Und er ist definitiv ein Insider!, hatte sie gedacht.

Dass der Mann kein Spinner sein konnte, hatte Thyra dann auch recht schnell festgestellt, als sie die Angaben des anonymen Anrufers überprüft hatte.

Ihr Gefühl signalisierte ihr, dass an der Sache etwas dran war. Eine innere Unruhe ergriff sie – ihre journalistische Spürnase hatte Witterung aufgenommen.

Wie der Anrufer vorausgesagt hatte, buchte sie ein Ticket.

Nur wenig später bestieg sie den ICE von Hamburg nach Berlin. Noch während der Zug den Hamburger Hauptbahnhof verließ, wählte Thyra die Rufnummer ihres Partners, der während ihrer Recherchen im Hintergrund für ihre Sicherheit sorgte.

Folkert Mackensen würde über ihre spontane Reise nicht sehr erfreut sein. Wobei Thyra selbst noch nicht einmal ahnte, in welche tödliche Gefahr sie sich gerade begab.

- 2 -

Berlin • Potsdamer Platz • Bockhorst Elite Financial Solutions
Mittwoch, zwischen zwei Geschäftsterminen …

»Das hört sich interessant an.«

Der gut aussehende Mann, den Frauen hinter vorgehaltener Hand mit dem Schauspieler Ryan Gosling verglichen, wenn er in seinem Berliner Lieblingsrestaurant Borchardt mit Geschäftspartnern zu Abend aß, legte ein Bein auf die Ecke seines Schreibtischs. Als Juniorchef im Unternehmen seines Vaters residierte er selbstverständlich auch in einem der zwei Chefbüros, mit Panoramascheiben und exklusivem Weitblick über Berlin.

»Interessant?« Andre Koopmann, sein alter Schulfreund und Partner in Crime, war die Aufregung anzuhören, als er von seiner Entdeckung berichtete. »Das ist nicht nur interessant. Das ist die krasseste Scheiße, die ich je gesehen habe.«

»Eine unterirdische Kirche?« Lukas Bockhorst schnalzte mit der Zunge. »Bist du sicher?«

»Wenn ich's dir doch sage.« Der junge Koopmann schnaufte aufgeregt. »Ich habe ja auch meinen Augen nicht getraut.« Seine

Stimme war nicht so wohlklingend wie die des gut aussehenden Schulfreundes, der über die Spitze seines Maßschuhs hinweg durch die Panoramascheibe seines Büros auf den Fernsehturm blickte. Andre Koopmann hörte sich eher wie eine bekannte grüne Handpuppe aus der Muppet Show an; ganz besonders dann, wenn er so aufgeregt war wie an diesem Tag. »Das musst du einfach gesehen haben!«

»Wie hast du diese Kirche überhaupt gefunden?«

»Reiner Zufall«, antwortete Koopmann. »Erinnerst du dich noch, wie wir uns die alte Bunkeranlage angeschaut haben, um abzuchecken, ob sich der Bunker für unsere Zwecke eignet?«

»Na klar, erinnere ich mich«, erwiderte Bockhorst junior.

»Ich habe mir diese Ebene noch einmal eingehend angeschaut.« Andre Koopmann unterdrückte nur mühsam seinen Stolz. Er wünschte sich sehnlichst, von seinem alten Schulfreund gelobt zu werden. Seit ihrer Schulzeit tat er alles, um dem Freund zu imponieren – von ihm respektiert zu werden.

Aber auch diesmal wartete er vergebens auf Anerkennung.

»Interessant.« Zumindest nickte Lukas Bockhorst aber, während er an einer seiner Bügelfalten herumzupfte. »Wir haben ja auch eine Menge Zeugs einzulagern – und das für die Ewigkeit. Und dafür ist einer dieser Tunnel ideal geeignet. Der geht ziemlich tief runter und ist ein paar Kilometer lang.« Auf die unterirdische Kirche ging er nicht weiter ein. Lukas Bockhorst wusste, dass sein alter Schulfreund nach einem Lob gierte: Das hatte er schon die ganze gemeinsame Schulzeit über getan. Aber Lukas Bockhorst dachte gar nicht daran, ihn zu loben. Es war viel besser, den alten Freund auf seinem Level zu halten, anstatt ihn durch Anerkennung zu stärken.

»Die Bunker waren auch für die Ewigkeit gedacht.« Damit wechselte Andre Koopmann dann auch gleich das Thema und kam auf das Wesentliche zurück. »Zumindest für das Tausendjährige Reich.« Geräuschvoll zog Koopmann junior die

Nase hoch, während er gleichzeitig mit dem Kopf nickte wie ein Wackeldackel. »Kam dann aber anders.«

»Tausend Jahre müssen es ja nicht unbedingt werden. Ein paar Hundert würden mir auch schon reichen«, antwortete Bockhorst junior lachend, während er mit den Zehen wippte. »Hauptsache, wir bekommen die Steuerstäbe und Brennelemente unter, sprengen den kompletten Zugang und versiegeln die Eingänge auf diese Art, bis die Bauarbeiten beginnen. Da unten bricht dann alles von allein in sich zusammen.«

»Die Ausschreibungen sind mittlerweile beendet«, erklärte Andre Koopmann. Seine Stimme klang jetzt ungewöhnlich fest. »Die Landesregierung gibt den Startschuss noch vor der nächsten Landtagswahl. Das heißt, dass die Bauarbeiten in einem halben Jahr beginnen.«

»Dein Senior hat sich mit dem Deal gesundgestoßen.« Lukas Bockhorst lachte hämisch hinter dem Schreibtisch, obwohl er dem Vater seines alten Schulfreundes insgeheim Respekt für dessen Geschäftssinn zollte. »Das ist einfach nur perfekt!« Er klopfte vor Begeisterung mit der Ferse auf den Schreibtisch. »Das war nicht schlecht, dass du den Deal mit dem COO von diesem AKW-Betreiber so schnell hinbekommen hast.«

»Ich bin ja selber stolz auf mich.« Koopmann junior war anzuhören, dass ihm das indirekte Lob schmeichelte. »Ich kenne den Leiter des operativen Geschäfts durch meinen Vater. Als klar wurde, dass die Bundesregierung Ernst machen und die letzten Atomkraftwerke tatsächlich abschalten würde, hatte er als COO bei meinem Vater versucht vorzufühlen, ob unsere Firma die Entsorgung übernehmen könnte.«

»Und da dein Senior noch einer der alten Atomkraftgegner ist, die sich 1976 mit den Bullen in Brokdorf geprügelt haben, hat er natürlich den COO kaltgestellt.«

»Eiskalt. Und mir direkt in die Karten gespielt.« Jetzt lachte auch Koopmann, was bei ihm klang, als wäre einem Lehrer die Kreide auf der Tafel abgebrochen. »Ich war zum richtigen Zeitpunkt am richtigen Ort.«

»Das hast du ziemlich geil gemacht!«

»Ich muss aber zugeben, dass mir die Ambitionen unserer politischen Führungsriege sehr entgegengekommen sind«, räumte Koopmann junior ein.

»Die hatten zwar den Beschluss zur Stilllegung der Kernkraftwerke gefasst, aber wie der verstrahlte Müll entsorgt wird, darüber hat sich niemand einen Kopf gemacht.« Koopmanns Stimme klang jetzt gedämpfter, als er mit ernstem Ton weitersprach. »Und über die Kosten hat sich auch niemand Gedanken gemacht. Es kostet Millionen, ein Atomkraftwerk stillzulegen, zu demontieren und die radioaktiven Brennstäbe, den Reaktordruckbehälter, die Rohrleitungen, Pumpen und Sekundärabfälle …«

»Und du hast den Auftrag an Land ziehen können«, fiel Lukas Bockhorst dem alten Schulfreund ins Wort. »Weil der COO auch schon Panik in den Augen hatte, da er niemanden finden konnte, der den Job machen wollte.«

»Genau«, pflichtete Koopmann ihm bei. »Bei dieser politischen Antistimmung gegen alles, was mit Atomstrom zu tun hat, will sich niemand die Finger mit der Entsorgung schmutzig machen.« Wieder lachte Koopmann junior kratzig. »Man könnte sich ja den Ruf versauen. Was unser Glück war, denn so habe ich den Auftrag auf dem kurzen Dienstweg bekommen: ohne den ganzen Papierkram und die Formalitäten. Der Geschäftsführer war froh, überhaupt jemanden gefunden zu haben, der sofort mit der Entsorgung anfangen konnte.« Seine Stimme klang jetzt triumphierend. »Und da mir das Gelände mit den alten Kasernen und Bunkern bekannt war, weil ich wusste, dass dort ein neuer Stadtteil drauf gebaut werden soll, aber niemand außer mir weiß, was im Boden darunter liegt, war ich sein Problemlöser.«

»Wie lange kannst du die Location zugänglich halten?«

»Nicht länger, als wir es besprochen haben«, antwortete Andre Koopmann. »Morgen treffen schon die Spezialisten ein.«

»Pfft«, machte Bockhorst junior, während er sich nachlässig mit der Hand durch sein gut geschnittenes Haar fuhr. »Mein Senior ist noch in Luxemburg. Wenn er zurückkommt, erwartet er einen Rapport.«

»Meiner fliegt morgen nach Dubai.« Die Stimme des jungen Koopmann nahm einen betrübten Klang an. »Ich muss dann Ende der Woche auch in die Wüste.«

»Hm«, machte Lukas Bockhorst, den es im Grunde nicht die Bohne interessierte, welche Traumata sein Schulfreund wälzte, weil dessen Senior ständig neue Frauen heiratete, die sich in der gleichen Altersstufe befanden wie sein Sohn oder sogar in zwei Fällen noch um einige Jahre jünger waren.

Dessen Probleme mit seinem Vater interessierten ihn ebenso wenig wie ein Fleck auf seinen matt glänzenden Schuhen – obwohl ihn ein Fleck auf seinen teuren Schuhen nicht ganz ungerührt gelassen hätte. Auch wenn sein Verhältnis zu seinem eigenen Vater und Seniorchef eines extrem erfolgreichen Beratungsunternehmens zur Steueroptimierung von Superreichen spezieller Natur und nicht ungetrübt war. Sein Vater hatte Pläne mit dem Unternehmen, in denen der Junior keine wesentliche Rolle mehr spielen würde.

Deshalb war jetzt das Einzige, was ihn interessierte, der Profit, den er aus den Geschäften mit seinem alten Schulfreund ziehen konnte.

Und hier hatte sich unversehens eine goldene Chance für beide Söhne aufgetan.

Denn der alte Koopmann hatte sich direkt nach der Wende und dem Fall der Berliner Mauer das Areal bei Genshagen für den symbolischen Kaufpreis von nur einem Euro unter den

Nagel gerissen, welches später durch einen Erlass zu Bauland geworden war – pures Gold.

Sein Sohn hingegen, der bis vor Kurzem nichts von diesem Areal gewusst hatte, würde nicht von diesem Geldsegen profitieren, weil sein Vater mittlerweile die fünfte Ehefrau geheiratet hatte und Anwälte seiner Ehemaligen Schlange standen, um von dem zusätzlichen Reichtum große Anteile für die Verflossenen zu beanspruchen.

Somit sah sich sein Sohn dazu gezwungen, selbst Vorsorge zu treffen und sich einen Anteil zu sichern, auch da sein Vater zunehmend die eigene unternehmerische Energie zu verlieren schien und es mittlerweile fraglich geworden war, ob er das Unternehmen nicht einfach abstoßen würde, um sich ganz um seine junge Frau zu kümmern, die ihn um die halbe Welt schleppte.

Es war also naheliegend gewesen, dass er sich, von seiner Neugier und Leidenschaft für Lost Places getrieben, das Areal seines Vaters genauer anschauen würde. Und dabei hatte er nicht nur den Eingang zu einem weitverzweigten Bunkersystem aus der Nazizeit gefunden, sondern die riesige Anlage, die er nur zu einem kleinen Teil erforschen konnte, hatte ihm auch eine profitable Geschäftsidee beschert. Gemeinsam mit seinem Geschäftspartner, der als Juniorchef im Unternehmen seines Vaters ähnliche Probleme hatte wie er selbst, ließ er dann einen Teil der unterirdischen Gänge für ihre Zwecke ausbauen.

Schließlich hatte Lukas Bockhorst, ebenso wie sein alter Schulfreund Andre Koopmann, die verhängnisvolle Neigung zu außergewöhnlichen sexuellen Praktiken, die gleichermaßen bizarr wie gefährlich waren.

Bockhorsts Vater hatte vom dunklen Doppelleben seines Sohnes erfahren, als dieser morgens um sechs Uhr aus dem Bett der väterlichen Villa heraus von Kripobeamten verhaftet worden war.

Der Bruch zwischen ihm und seinem Vater war irreparabel. Er hatte eine Gnadenfrist bekommen, die er nun in seinem Luxusbüro mit Blick auf den Fernsehturm verbrachte und während der er mit zunehmender Verzweiflung nach einem Weg aus seiner misslichen Lage suchte.

Die Geschäftsidee seines Schulfreundes war ihm zum Rettungsring geworden. Natürlich war das Geschäft nicht legal, aber die Gefahr aufzufliegen verschwindend gering. Sie würden das Zeug so einfach wie möglich entsorgen, dann die Zugänge zu der unterirdischen Anlage sprengen und kurz darauf würde auf dem gesamten Areal ein neues Stadtviertel in der Größe des Märkischen Viertels in Berlin entstehen. Niemand wüsste von dem, was tief im Boden in den alten Nazikatakomben lagerte. Trotz des geringen Risikos würde der Gewinn extrem hoch sein.

Kein Wunder, dachte er mit einem hässlichen Lächeln. *Zahlt doch alles der Steuerzahler – und der weiß noch nicht einmal davon. Genau wie die Politiker, die sich an nichts erinnern, wenn es Fragen gibt.*

Aber Fragen würde es ohnehin nicht geben, da Regierung und Presse dieses Thema betreffend in die gleiche Richtung blickten. *Und nach der Wahl würde sich kein Politiker mehr für etwaige Altlasten interessieren. Noch nicht einmal einen Untersuchungsausschuss wird es geben.* Wieder lachte Lukas Bockhorst höhnisch. *Dummes Volk.*

Nur noch ein paar Tage, dann hatten sie das Geschäft durchgezogen, das ihn und seinen alten Schulfreund finanziell unabhängig von ihren übergroßen Vätern machen würde.

Und als kleiner Bonus bot sich mit der unterirdischen Kirche eine einmalige Gelegenheit, das Geschäft mit einer Session ganz nach seinem perversen Geschmack abzuschließen.

Dieser Gedanke bereitete ihm große Genugtuung, denn die Ohrfeigen seines Vaters, nachdem er aus der Untersuchungshaft entlassen worden war, hatten ihn bis ins Mark gekränkt. Mit dieser Session würde er seinem Vater den Mittelfinger zeigen.

»Es wäre schon günstig, wenn wir spätestens morgen einen Dreh machen würden«, erklärte Andre Koopmann. »Am besten wäre ja noch heute.«

»Steht der Fotograf zur Verfügung?« Lukas Bockhorst überlegte kurz, bevor ihm der Name des Mannes einfiel, der seit geraumer Zeit für die beiden Juniorchefs ihre speziellen Fotoshootings durchführte und auch ihre Filme der besonderen Art drehte. »Simon heißt der doch, richtig?«

»Steht auf Abruf bereit«, bestätigte Andre Koopmann. »Ich weiß nicht, wie es bei dir ist.« Seine Stimme klang jetzt etwas belegter, was sie nicht angenehmer machte. »Aber ich hätte wieder Bock auf eine richtig geile Fotosession.« Der Anrufer stöhnte leise.

Bei diesem Geräusch verzog Bockhorst das Gesicht. Er richtete seine Aufmerksamkeit auf seine Schuhspitze, mit der er nun an seinem Hosenbein entlangfuhr. Es hatte sich dort doch tatsächlich noch ein Staubfleck befunden.

»Ich habe im Moment eine Menge Stress …« Koopmann junior stockte. »Und das, was wir jetzt hier tun, beruhigt mich auch nicht gerade.«

»Warte mal.« Lukas Bockhorst beugte sich vor. Mit einem Tastendruck rief er seinen Terminkalender auf dem Computer auf. Schnell überflog er die Einträge, bevor er nickte. »Passt.«

»Super!«, freute sich Andre Koopmann. »Ich sag Simon Bescheid. Hast du besondere Wünsche?«

Bockhorst ließ sich in seinen Chefsessel zurückfallen. Er überlegte kurz, dann tippte er mit dem Zeigefinger auf seiner Tastatur herum, um eine private Datei aufzurufen.

Eine Bildergalerie erschien.

Er scrollte mit der Maus durch die Fotodateien. Porträts der schönsten Frauen ploppten auf und verschwanden ebenso schnell wieder. Ihn interessierten keine Hochglanzschönheiten. Ihn kickte die herbere Sorte Frau: attraktiv und gut gebaut, aber sichtbar einfach gestrickt.

Und sehr gerne vulgär. Die Art Frau, mit der er auf dem Straßenstrich seine ersten sexuellen Erfahrungen gemacht und die ihn nie wieder losgelassen hatte. Ganz egal, wie gut er aussah und wie erlesen sein Büro und der Blick auf den Berliner Fernsehturm und das Brandenburger Tor auch waren – ihn interessierte nicht die Sorte Frau, die selbstbewusst ihre Karriere pflegte, intelligent war und obendrein gut aussah. Nein, ihn brachten die Nutten und die Käuflichen in Wallung. Und ganz besonders, wenn sie Uniformen trugen. Er hatte nächtelang wach gelegen, die Hand in der Pyjamahose, und sich historische Dokumentationen angesehen. Und immer, wenn eine Frau in Uniform aufgetaucht war, ganz egal, wie sie sonst aussah, hatte er sich rhythmisch unter seiner Bettdecke zu bewegen begonnen.

Dabei war es ihm völlig gleichgültig, ob es sich um eine historisch belegte Kriegsverbrecherin, eine Aufseherin in einem Lager oder Gefängnis oder eine Soldatin, gleich weder Nationalität, handelte – Hauptsache, sie trug Uniform.

»Hörst du mir überhaupt zu?«, quengelte der junge Koopmann.

»Na klar«, log Lukas Bockhorst routiniert. »Ich war nur gerade abgelenkt. Meine Sekretärin hat mir gerade etwas reingereicht.«

»Die Blonde?« Andre Koopmanns Stimme klang einmal mehr nach dem grünen Frosch, als er sofort nachhakte. »Die von deinem Senior?«

»Ja.« Auch diese Lüge kam ohne Zögern. »Die hat's dir aber angetan, was?« Bockhorst junior lachte anzüglich. »Frag mich jetzt aber nicht, ob wir die buchen können.«

»Schade.« Andre Koopmann zog schwer seufzend die Hand aus seiner Hose, in die er automatisch gegriffen hatte, als das Bild der Chefsekretärin vor seinem geistigen Auge aufgetaucht war. »Sehr schade.«

Bockhorst schwang seine Beine zurück auf die Tischplatte. »Lass deinen Schwanz los«, lachte er spöttisch. »Das geht nicht, woran du denkst. Die ist zu wichtig für meinen Alten.«

»Lass uns noch einmal zum Geschäftlichen kommen«, wechselte er das Thema. »Wir schließen unseren Deal also spätestens morgen Abend final ab?«

»Ja, das ist zutreffend«, bestätigte Koopmann junior, nunmehr mit veränderter Stimmlage, die nicht mehr so durchdringend quäkte wie zu Beginn ihres Gesprächs. »Unser Zeitfenster für private Sessions ist also beschränkt.«

»Verstehe.« Lukas Bockhorst starrte geistesabwesend auf seine glänzenden Schuhe.

»Die letzte Lkw-Lieferung kommt morgen Nacht«, fuhr Andre Koopmann fort. »Die Spezialisten treffen dann am frühen Morgen danach ein.«

»Die Russen?«

»Nee. Französische Spezialisten.« Koopmann lachte meckernd. »Nicht nur die Russen können es krachen lassen – ohne dass die ganze Nachbarschaft aufgeweckt wird.«

»Perfekt. Wir werden ja am gleichen Abend diese Gala haben«, stellte Lukas Bockhorst zufrieden fest. »Bei der du deinen Alten vertrittst. Das passt bestens.« Er grinste süffisant. »Wenn die Franzmänner es um Mitternacht krachen lassen, lassen wir die Champagnerkorken knallen.« Er giggelte über sein Wortspiel. »Besser geht es nicht.«

»Ja, das passt wirklich perfekt für uns«, erwiderte Andre Koopmann. »Nicht, dass wir es bräuchten, denn niemand wird je erfahren, was da im Brandenburger Boden liegt. Aber dennoch haben wir dann das beste Alibi, das man sich wünschen

Wie sie über den Monat kommen sollte, wusste sie noch nicht.

Die Lebenshaltungskosten fraßen sie auf. Bei den Lebensmitteln verzichtete sie auf jede überflüssige Ausgabe. Sie hätte sich gerne ab und an mal eine Flasche Wein gegönnt, aber selbst eines der preisgünstigsten Angebote aus dem Discounter war nur selten, wenn überhaupt, drin.

Bewusst ging sie meist alleine zum Einkaufen. Auch wenn David für sein Alter sehr vernünftig war und nichts forderte, wie andere Kinder in seinem Alter es gerne beim Shoppen taten, wenn sie etwas entdeckten, was ihre Herzen höherschlagen ließ.

Nicht David.

Es schien fast so, als lenke seine Krankheit seine Aufmerksamkeit auf das Wesentliche: gesund zu sein und mit seiner Schwester herumzutoben, wenn sie miteinander spielten. Bestimmt hatte er auch Wünsche, doch äußerte er sie nie.

Aber Isa erkannte an seinem Blick, wenn ihm etwas besonders gut gefiel, so wie heute, als sie ihn mitgenommen hatte, weil sie danach zu einem Zahnarzttermin mussten. Es war eine blaue Roboterspinne gewesen, von der er seinen Blick nicht hatte losreißen können, als sie an dem Sonderposten vorbeigekommen waren, der verkaufswirksam direkt am Eingang aufgebaut gewesen war.

Dieser Marktleiter hat entweder keine Kinder oder er hasst Eltern und ganz besonders alleinerziehende Mütter. Warum sonst hatte er das Spielzeug so aufbauen lassen, dass niemand den Laden betreten konnte, ohne an den Spinnen vorbeizukommen?, hatte Isa gedacht, als sie einem Vater ausweichen musste, der seine beiden Sprösslinge von den Sonderposten-Spinnen wegzuschleifen versuchte.

Ein Regal weiter hatte der Mann seinen brachialen Erziehungsversuch dann aufgegeben, mit dem er auch in den nächsten Jahren kläglich scheitern würde.

Im Vorübergehen war Isa Zeugin davon geworden, wie die väterliche Autorität des Mannes gleich einem misslungenen Soufflé in sich zusammengefallen war.

Gegen eine blaue Roboterspinne hatte seine väterliche Autorität einfach keine Chance gehabt.

Widerstandslos war er mit dem Einkaufswagen seinen beiden Jungs gefolgt, die dann nicht nur den Spinnenbausatz, sondern auch noch jeder eine riesige Actionfigur und einen roten Turboblaster zur Kasse geschleppt hatten.

David hatte weder den Figuren noch den elektrischen Wasserpistolen, die einem Science-Fiction-Film entsprungen schienen, Beachtung geschenkt.

Seine Augen hatten geleuchtet.

Das Interesse des Sechsjährigen war ganz alleine auf den Bausatz gerichtet geblieben, auf dessen Packung die große blaue Spinne geprangt hatte.

Davids Lippen waren fest aufeinandergepresst gewesen, als er den beiden Jungen nachgesehen hatte. Fast so, als wollte er sich mit Gewalt daran hindern, seinen Wunsch zu äußern.

Isa wusste, dass David darauf bedacht war, sie nicht mit seinen Wünschen zu belasten. So, als wisse er um ihre ständige Sorge um die nächste Miete, die Stromnachzahlung und die Lebensmittel, die immer teurer wurden. Sie führte seine Gedanken auf seine Erkrankung zurück. Wahrscheinlich hatte David ständig ein schlechtes Gewissen, weil er so oft krank war. Natürlich vollkommen grundlos, denn welches Kind sucht sich Bronchialasthma als ständigen Begleiter seiner Kindheit aus?

Eine andere Erklärung hatte Isa aber nicht. Warum sonst sollte ein Sechsjähriger so sehr darum bemüht sein, seiner Mutter keine Sorgen zu machen?

Sie hatte sanft gelächelt, als sie auf die Sonderposten zugegangen war und von dem Stapel einen Karton mit dem

Aufdruck der großen blauen Spinne mit langen Beinen und rot glühenden Augen genommen hatte.

»Ich glaube, sie will zu dir.« Isa war in die Hocke gegangen, um dem Jungen die Schachtel entgegenhalten zu können.

Es würde in diesem Monat keine Flasche Prosecco geben, für die sie ein paar Euro zurückgelegt hatte. Aber das war ihr vollkommen egal gewesen. Das Wichtigste waren die strahlenden Augen ihres sechsjährigen Sohnes gewesen, aus denen ein paar Freudentränen gekullert waren.

Umso mehr hatte sie sich gefreut, als dann spätabends der Anruf gekommen war, der sie zu der verlassenen Kaserne bestellt hatte, vor der sie nun wartete.

Zwar war ihr Auftraggeber anstrengend und anspruchsvoll, aber er zahlte ein verdammt gutes Honorar. Und das hatte sie im Moment dringend nötig.

»Verdammt noch mal!«, fluchte sie so leise, dass sie niemand hören konnte. »Wo bleibst du denn?«

Wie aufs Stichwort tauchten plötzlich die Scheinwerfer eines Autos im Dunkeln auf.

»Na endlich.« Isa schulterte ihren Rucksack.

Der Trageriemen zog bereits nach wenigen Sekunden schwer an ihrer Schulter. Sie warf einen kurzen Blick auf ihre Uhr. Es war kurz nach zweiundzwanzig Uhr, also noch eine durch den Verkehr entschuldbare Verspätung. Wobei Isabella nicht in der Position war, sich bei ihrem Auftraggeber über Verspätungen zu beschweren. Sie musste es nehmen, wie es kam. Auch wenn der Auftrag spontan und an einem Mittwochabend gekommen war, an dem sie eigentlich früh ins Bett gewollt hatte. Aber nach Simons Anruf hatte sie ihren Rollkoffer, der immer einsatzbereit neben ihrem Kleiderschrank stand, geschnappt und war sofort losgefahren. Von unterwegs hatte sie ihre Freundin Sandra angerufen, die mit ihrer Partnerin im gleichen Haus wohnte, und sie gebeten, als Babysitterin einzuspringen. Sandra war

Chefsekretärin und befand sich zu der Zeit noch im Büro, da sie für ihren Chef noch Präsentationsunterlagen zusammenstellen musste, hatte aber versprochen, bei den Kindern reinzuschauen, sobald sie heimkam. Sie würde auch so lange bei David und Emma bleiben, bis Isabella von ihrem Job zurückgekehrt war.

Die Scheinwerfer näherten sich schnell.

Isa kniff die Augen zusammen, als ihr das Licht in die Augen stach.

Schwungvoll schlug die Fahrerin das Lenkrad ein, sodass das schnittige Cabrio mit knirschenden Reifen neben Isas kleiner japanischer Rostlaube zum Stehen kam.

Isa seufzte.

Sie ließ den Griff ihres Rollkoffers los. Langsam nahm sie ihren Rucksack wieder von der Schulter und stellte ihn auf dem Koffer ab.

»Isabella!« Mit schwerem russischem Akzent begrüßte die Fahrerin Isa lautstark über das Stoffverdeck ihres Wagens hinweg. »Meine Lieblingsmaskenbildnerin mit den goldenen Händen!«

»Hallo, Mascha.« Isa bemühte sich um ein freundliches Lächeln, obwohl ihr ab dem Moment vor dem Job zu grauen begann, als sie die hochgewachsene Blondine aus dem Sportwagen steigen sah.

Jetzt fehlt nur noch ...

Wieder seufzte Isa. Nur diesmal lautlos und mit einem Lächeln. Schließlich gehörten diese beiden Frauen zum Ensemble ihres Auftraggebers. Womit sie auch ihre Kundinnen waren.

Wie befürchtet, wurde die Beifahrertür aufgestoßen und eine ebenfalls sehr große brünette Frau mit herben Gesichtszügen stieg aus. Mit ausdruckslosem Blick musterte sie Isa, machte aber keine Anstalten zu grüßen.

»Hallo, Kira«, sagte Isa. »Schön, euch zu sehen.« Isas Augen sagten etwas anderes aus als ihre Lippen, die weiterhin freundlich lächelten.

Falsche Freundlichkeit gehörte in ihrem Job genauso dazu wie falsche Wimpern oder falsche Brüste.

Ohne ein Wort der Begrüßung wandte Kira sich ab und beugte sich in den Wagen hinein, um ein paar Sachen herauszuholen.

»Schau nur, meine Haare.« Mascha, die blonde Fahrerin, fuhr sich theatralisch mit ihren langen künstlichen Fingernägeln durch die ausgefransten Haare, die zwei Finger breit unter ihren Ohrläppchen endeten.

Wenn Isa mit ihr fertig sein würde, dann würden die langen blonden Haare schwer und glatt wie ein Schleier über Maschas Schultern fallen und bis zu ihrer Taille reichen. Männer wie Frauen liebten Mascha, wenn sie mit ihren überdimensional langen Beinen und der blonden Mähne posierte.

Zugegeben, Mascha hatte ein hübsches Gesicht und eine tolle Figur.

Aber so gut wie niemand wusste, dass beide Russinnen ihr rassiges Aussehen und ihre Schönheit vor allem Isas Talent und professionellem Können zu verdanken hatten. Maschas puppenhafte Augen und ihr verführerischer Schmollmund waren ebenso Handwerk wie Kiras hohe Wangenknochen und ihre geheimnisvollen dunklen Augen.

Isa hatte sich in der Vergangenheit oft gefragt, woher Kira ihre Arroganz nahm. Bevor sie an Isas Schminktisch Platz nahm, sah sie mit ihren langweiligen brünetten Haaren und ihrem breiten Gesicht so gewöhnlich und alltäglich aus, dass sich niemand nach ihr umgedreht hätte. Sie hatte ein solch nichtssagendes Gesicht, dass sie, ohne Aufsehen zu erregen, auf jedem Wochenmarkt hinter einem Tisch hätte stehen und Kartoffeln verkaufen können.

Falsch, schalt Isa sich selber, als sie Kiras Hinterteil betrachtete, das die Russin ihr beim Herumkramen im Wageninnern präsentierte. Es gibt genug Männer, die sich ohnehin nicht für das Gesicht einer Frau interessierten. *Kiras Arsch hat auch ohne den Rest von ihr genug Fans.* Isa presste bei dem Gedanken die Lippen aufeinander. *Und bringt ihr eine Menge Geld ein.*

Als hätte die Russin Isas Gedanken gehört, richtete sie sich auf und schoss einen bösen Blick in ihre Richtung ab.

»Hier, guck doch mal.« Mascha wedelte mit ihren Haarsträhnen.

»Kein Problem.« Isas Lächeln kam mechanisch, was die Russin aber nicht bemerkte, da sie sich in erster Linie nur für sich selbst interessierte.

»Wuff!«, kläffte es schrill.

Und natürlich mit ihrem kleinen hässlichen Mistvieh, dachte Isa. Sie mochte diesen hysterischen Chihuahua mit den großen hervorstehenden Augen und dem ständigen Kläffen, das ihr in den Ohren wehtat, nicht.

»Mein Schätzchen«, rief Mascha aufgeregt und stöckelte, so schnell es ihre hohen Stiefelabsätze zuließen, zurück zum Auto.

Zu Isas Erleichterung tauchten auf dem Feldweg erneut Scheinwerfer auf, die sich schnell näherten.

Die schwere Limousine fuhr im Schritttempo an Isa vorbei und blieb wenige Meter entfernt vor dem eisernen Tor stehen.

Der Motor des Wagens lief so leise im Leerlauf, dass Isa sich nicht sicher war, ob der Fahrer den Motor schon abgestellt hatte.

»Hallo, ihr Stars!«

Wie erwartet war ihr Auftraggeber so aufgedreht wie ein Teenager, der auf seine erste Party ging.

»Hallo, Simon.« Die Blondine wedelte aufgeregt mit beiden Händen zur Begrüßung.

Isa war sich sicher, dass Simon ebenso wenig Simon hieß wie sie Beyoncé.

Mit weit ausholenden Schritten kam Isas Auftraggeber auf sie zu. Schon von Weitem streckte er die Hände aus, während er euphorisch lachte.

»Schön, dich zu sehen, Simon«, sagte Isa, als sie an der Reihe war, begrüßt zu werden.

Der Mann legte seine Arme um sie und zog sie fest an sich.

»Meine beste, allerbeste MakeupArtistin, ever«, säuselte ihr der Mann ins Ohr. »Schön, dass du so kurzfristig Zeit hattest.« Simon drückte ihren Oberkörper noch fester zusammen, sodass sie kaum mehr Luft bekam.

Isa wunderte sich einmal mehr, woher der Mann seine Kraft nahm. Soweit sie wusste, machte Simon weder Krafttraining noch trieb er irgendwelche Sportarten. Er war genauso hochgewachsen wie Mascha und wirkte mehr drahtig als muskulös.

»Hast du alles dabei?« Aufgeregt trippelte Simon auf den Fußspitzen. »So wie …«

»Genau so, wie wir es am Telefon besprochen haben«, bestätigte Isa mit beruhigender Stimme.

»Das wird so gut.« Simon breitete die Arme aus, als wolle er jeden Moment davonsegeln. »Das wird gut! So gut!«

»Na klar wird's gut.« Isa strich ihm mit der Hand zustimmend über den Rücken.

Abrupt umarmte ihr Auftraggeber sie wieder.

»Kriegst du sie hin?« Mit den Augen wies er über Isas Schulter, wo die beiden Russinnen heftig über einen Koffer stritten.

»Deine Models sind so gut, dass sie mich gar nicht brauchen.« Isa nickte Simon zu und versuchte, sich aus seiner Umarmung zu lösen.

»Du bist so charmant.« Simon lachte laut auf. »Du hast es drauf!«

Isa behielt ihr Lächeln so lange bei, bis sie sich so aus seinem Griff befreit hatte, dass Simon sich nicht zurückgewiesen fühlen musste.

Bevor sie ihren Auftraggeber auf Abstand bringen konnte, stieg ein weiterer Mann aus. Mit einem satten Geräusch fiel die Beifahrertür von Simons Limousine ins Schloss.

»Heute nicht alleine?« Einen Moment lang war Isa irritiert, denn bei den vergangenen Fotoshootings war außer ihrem Auftraggeber und den Models niemand sonst dabei gewesen.

Diesmal war es anders.

»Das ist …«, Simon deutete eine demonstrative Verbeugung an, als der Mann auf sie zutrat, »… Mr Blond.« Er kicherte amüsiert über das Pseudonym wie über einen guten Witz.

Isa kannte sich ganz gut mit Filmen aus und wusste sofort, dass das Pseudonym Mr Blond aus dem Tarantino-Film »Reservoir Dogs« stammte.

Okay, dachte sie mit gleichgültiger Miene. *Wenn ihnen nach Jungsspielchen ist, meinetwegen.*

Sie hatte nur ihren Job zu machen. Alles andere interessierte sie nicht. Danach würde sie so schnell wie möglich zurück nach Hause fahren. Sie machte sich zwar keine wirklichen Sorgen, denn ihre Freundin wusste, was zu tun war. Aber dennoch vermied sie normalerweise nächtliche Jobs wie diesen. Es sei denn, es gab gutes Geld, und zwar in bar. Aus Spaß nahm Isa ganz sicher nicht solche Jobs mitten in der Nacht an.

Isa wusste, dass es nicht allzu viele Kolleginnen gab, die für solche Jobs zur Verfügung standen. Ihr wären auch gut bezahlte BusinessAufträge lieber gewesen. Aber die großen Unternehmen hielten ihr Geld zusammen. Die wirtschaftliche Lage war derzeit nicht rosig. Auch wegen der Folgen der Coronazeit saß das Geld nicht locker. Viele Firmen mussten sparen und taten es zuerst dort, wo sie am ehesten Kosten kappen konnten: bei Werbung und Marketing.

Die Sparmaßnahmen spürte dabei vor allem eine Branche ganz schmerzhaft: Produzenten, Fotografen und natürlich auch die dafür benötigten Maskenbilder und MakeupArtisten.

»Hallo«, grüßte sie mit unbewegtem Gesichtsausdruck, als der Typ, den Simon Mr Blond genannt hatte, sich vor ihnen aufbaute.

Der Mann war schlank, einen Kopf größer als sie und ein paar Zentimeter größer als Simon. Er trug dunkle Hosen und einen Rollkragenpullover, über dem er eine metallic-olivgrüne wattierte Weste anhatte. Als Kopfbedeckung diente ihm eine Dockermütze, wie sie Fischer und Hafenarbeiter trugen.

Isa musterte ihn mit kurzem professionellen Blick. Etwas an dem Mann kam ihr bekannt vor. Sie konnte nur nicht sagen, was es war. Sie hatte schon so viele Leute von Film und Fernsehen geschminkt, dass es durchaus sein konnte, dass er sie an einen Moderator oder Schauspieler erinnerte. Aber auch wenn er einen gut gebauten Körper und markant geschnittene Gesichtszüge hatte, interessierte sie sich nicht für ihn als Mann. Für ihren Geschmack sah er einfach zu gut aus. Und je besser die Kerle aussahen, umso schneller ließen sie einen sitzen.

Davon abgesehen hatte Isa bei der Arbeit ihre Prinzipien. Keine Männergeschichten am Set, lautete einer ihrer obersten Grundsätze.

Aber der gut aussehende Typ nahm ohnehin keine Notiz von ihr. Ihren Gruß ignorierte er.

Isa war es egal. Sie arbeitete schon lange genug in der Branche und kannte die Arroganz, den Narzissmus und Egoismus derer, die vor der Kamera standen, und derjenigen, die sich auf anderen Ebenen für zu wichtig hielten.

Natürlich waren nicht alle so. Sie hatte auch jede Menge Models, Fotografen, Produzenten und Kreative kennengelernt, die authentisch waren und ihre Bodenhaftung nicht verloren hatten. Aber ebenso wusste sie aus leidvoller Erfahrung, dass Eitelkeit eine Berufskrankheit dieser Branche war.

Und dieser Mr Blond gehörte ganz sicher zu dieser Kategorie, wie sein Auftritt vermuten ließ.

Als hätte er ihre Gedanken gehört, wandte sich der Mann um und sah sie prüfend an. Sein Blick glitt langsam an ihr hinunter. Isa hatte nicht die geringste Lust, sich wie ein Stück Vieh auf dem Markt begutachten zu lassen.

Sie schulterte ihren Rucksack und griff nach ihrem Rollkoffer.

»Wo geht's zum Set?«, fragte sie Simon, der einen Stapel Uniformen über dem Arm trug, die er aus dem Kofferraum seines Wagens geholt hatte.

»Immer mir nach.« Mit schnellen Schritten ging ihr Auftraggeber voraus.

»Kommt ihr auch gleich mit?«, rief Simon den beiden Russinnen zu, als er ihren Wagen passierte.

Isa folgte ihm. Hinter sich hörte sie das Knirschen der Schritte des ominösen Mr Blond.

Mit der Schulter drückte Simon ein metallenes Gittertor auf, dessen Eisenstäbe am oberen Ende wie Bajonettspitzen geformt waren. Trotz des verrosteten Metalls wirkten die Spitzen noch immer bedrohlich.

Das eiserne Tor war seitlich in dem großen Rolltor eingelassen. In früheren Zeiten war dieser Durchgang offenbar von Fußgängern genutzt worden, sodass nicht jedem Besucher das große und sicherlich ziemlich schwere Einfahrtstor geöffnet werden musste.

Eine Taschenlampe flammte auf. Ihr Auftraggeber war gut vorbereitet.

Zielsicher lief Simon im Schein der Lampe auf ein Gebäude zu, welches zu einem Komplex von mehreren seiner Art gehörte, deren halbrunde Formen an Flugzeughangars denken ließ. Die

Hallen verfügten allerdings über Dimensionen, dass vermutlich jedes der Gebäude zwei Zeppeline nebeneinander hätte aufnehmen können.

Vor einer zweiflügeligen Stahltür, die in ein großes Eingangstor eingelassen war, blieb Simon abwartend stehen, bis die Gruppe vollzählig war. Offenbar wurde auch hier diese Extratür genutzt, damit man nicht jedes Mal beim Betreten des Gebäudes das riesige Rolltor öffnen musste.

»Und jetzt?« Fragend sah Isa Simon an, als sie ihn nach wenigen Schritten erreicht hatte.

»Nur Geduld«, erwiderte Simon. »Geht gleich weiter.«

Noch bevor Isa ihren Rucksack absetzen konnte, kam Mr Blond so dicht an ihr vorbei, dass sie den herben Duft seines Eau de Toilette riechen konnte.

Wortlos schob er einen Schlüssel in das Schlüsselloch, sodass sich das Schloss mit einem leisen Knacken öffnete. Isa fand es erstaunlich, dass die Stahltür nahezu lautlos aufschwang. Sie hätte nicht damit gerechnet, dass die Technik in einer seit Jahrzehnten stillgelegten Militärkaserne noch so einwandfrei funktionieren würde.

Aber wieso funktioniert die Technik an einem Lost Place überhaupt?, dachte sie misstrauisch.

»Das hier ist eine solch krasse Location«, flüsterte Simon ihr zu, während sie auf die Models warteten. »Diese Riesenhalle, da passen ein paar Fußballfelder rein«, übertrieb er leicht vor lauter Begeisterung. »Aber das Schärfste ist, dass diese Hallen auf einem Ameisenbau stehen.«

»Ameisenbau?« Isa sah ihn irritiert von der Seite an. »Was meinst du denn damit?«

»Ich meine das natürlich sinnbildlich«, raunte er ihr zu. »Hier unten sind gigantische Bunkeranlagen aus der Nazizeit: die Superwaffen, von denen die immer geredet haben.« Er tippte mit dem Fuß auf den Boden. »Das war hier! Und die Russen haben noch ein paar zusätzliche Kilometer Tunnellänge in die brandenburgische Erde gebuddelt.« Er deutete mit dem Kopf zu den anderen Hallen hinüber. »Da drüben ist ein Gang, der ist so breit, dass zwei Siebeneinhalbtonner nebeneinander fahren können.« Er schnaufte vor Begeisterung. »So eine coole Location, sag ich dir. Das Ding geht kilometerweit in die Tiefe, wie eine dreistöckige Tiefgarage.« Wieder tippte er mit seinem Stiefel auf den Boden. »Aber hier drunter, das ist der Megahammer! Ein riesiges unterirdisches Gewölbe mit …«, er brach ab. »Sorry, ich darf dir nicht alles sagen. Das will Mr Blond nicht, aber ich sage dir, das ist so krass, da kann man verdammt geile Shootings machen.«

Isabella empfand nicht die gleiche Begeisterung wie Simon. Fetischkram hatte sie noch nie sonderlich interessiert, aber trotzdem kannte sich niemand besser mit dem hierfür benötigten und sehr speziellen Make-up aus als sie. Sie war jedoch auch trotz aller Geldknappheit nicht für alles buchbar. Simon wusste das. Nicht, dass sie ihm misstraute, aber dennoch kamen ihr langsam Zweifel daran auf, ob es sich heute Nacht um ein normales Fotoshooting handeln würde. Möglicherweise würde Simon noch ein paar Filme drehen, denn er war nicht nur Fotograf, sondern stand auch hinter der Kamera, wenn es besondere Kunden verlangten.

Wobei, beruhigte sie sich selber, *was ist bei dieser Art von Shootings schon normal?*

Ihr war klar, worauf sie sich einließ, wenn Simon ihr ein Jobangebot machte. Es ging weder um Business noch Modefotos. Simon buchte sie immer nur für Fetischshootings, meist der spezielleren Art.

Isa war einiges gewohnt, wenn es um Simons Fotosessions ging. Aber heute Nacht war irgendetwas anders. Isa konnte das diffuse Gefühl noch nicht fassen, ihr wurde jedoch zunehmend unwohl bei der Sache.

Vielleicht lag es an dem Fakt, dass Simon diesen weiteren Mann mitgebracht hatte. Das war ungewöhnlich. Und auch der Typ selbst war ihr nicht geheuer.

Da kann er noch so gut aussehen, dachte Isa mit einem verstohlenen Blick auf den sogenannten Mr Blond, der sich jetzt zu ihnen herumdrehte.

Ein Ruck ging durch Simon. Er drückte den Rücken durch und nahm eine aufrechtere Haltung ein. Er begegnete diesem kalten Typen mit einem Respekt, der fast schon an Ehrfurcht grenzte. Das kannte Isa so gar nicht von Simon. Mr Blond griff nach der Stahltür und zog sie zu. Mit einem metallischen Geräusch drehte sich der Schlüssel im Schloss, als er die Tür zusperrte. Das kalte Klacken hörte sich irgendwie endgültig an. Ohne sein Einverständnis konnte nun niemand mehr das Gebäude verlassen. Es sei denn, es gab einen Notfall oder der Job war beendet. In diesem Fall durfte Simon selbstständig die Tür öffnen.

Isabella überkam mit einem Mal ein eisiges Frösteln.

Wortlos setzte sich Mr Blond in Bewegung.

Simon hastete ihm hinterher. Auch Mascha und Kira trotteten wortlos den beiden Männern hinterher.

Es hilft ja alles nichts, dachte Isa mit einem stillen Seufzer. *Das Geld muss irgendwo herkommen.*

Beklommen nahm die Maskenbildnerin ihr Gepäck wieder auf und folgte der kleinen Gruppe in die dahinterliegende Halle, in der sie von einer bedrückenden Dunkelheit empfangen wurden.

Gespenstisch hallten ihre Schritte in der Stille.

- 4 -

Berlin • Pankow • Sellinstraße
Mittwoch, kurz vor Mitternacht …

Als der Junge die Augen wieder aufschlug, war es dunkel im Zimmer.

Der Clown war verschwunden.

»Mama.« Die Stimme des Jungen war so zaghaft, dass sie sich im Dunkel des Zimmers verlor. »Mama. Wo bist du?«

Ängstlich hielt der Junge die Bettdecke mit beiden Händen umklammert. Jeden Moment konnte ihn die Dose im Gesicht treffen, die der böse Clown in seine Richtung gekickt hatte.

Es war dunkel im Zimmer.

Nur der schwache Schimmer des Nachtlichts, das seine Mutter jeden Abend für ihn einschaltete, spendete etwas Licht.

Wo ist der Wald, dachte er ängstlich. Völlig durcheinander starrte er das Licht an. Den Kopf zu drehen, wagte er nicht.

Der Junge verstand nicht, wieso der Weg und die dunklen Bäume verschwunden waren. Sein Herz klopfte vor Angst so laut, dass ihm der eigene Herzschlag in den Ohren dröhnte.

Sein Atem rasselte schwer, als er versuchte, mehr Luft in seine Lungen zu bekommen. Seine Haare waren verschwitzt und an seiner Wange lief ein Schweißtropfen hinunter.

Mit seinen sechs Jahren war er zu klein, um zu wissen, dass sich seine Bronchien infolge einer Panikattacke so sehr verengt hatten, dass der Sauerstoffgehalt in seinem Blut unter zweiundneunzig Prozent gesunken war. Dieser Sauerstoffmangel würde seinen Herzschlag auf mehr als einhundertzehn Schläge pro Minute beschleunigen. Lippen und Finger würden sich bald aufgrund der Zyanose blau verfärben.

Der Junge spürte nur den Ring um seine Brust, der ihm das Atmen fast unmöglich machte. Aber noch schlimmer als das Engegefühl in der Brust, das immer stärker zu werden schien, war die schreckliche Angst, dass seine Mutter ihn nicht hörte.

Normalerweise reichte es schon aus, wenn er zu husten begann, um seine Mutter aufzuwecken. Sie hatte einen leichten Schlaf und reagierte auf das leiseste Geräusch ihrer Kinder.

Aber nicht jetzt.

»Mama.«

Er hatte lauter gerufen. Auch wenn er sich davor fürchtete, dass der Clown ihn hören könnte.

Ein leises Wimmern ertönte plötzlich von der gegenüberliegenden Seite des Kinderzimmers.

Der Junge erkannte das Geräusch sofort.

Im gleichen Moment wurde ihm endlich klar, dass er gar nicht mehr im Wald war. Er hatte geträumt. Auch der Clown war nicht da.

Obwohl.

Ganz so sicher war er sich da nicht.

Wenn seine Mutter jetzt kam, würde sie ihm ihre warme Hand auf die Stirn legen, um zu prüfen, ob er noch dieses Fieber hatte, weshalb sie ihn so oft so ernst ansah. Auch wenn sie ihn tröstete und lachte, wusste er, dass sie sich Sorgen machte.

Sorgen um ihn. Und das wollte er nicht. Schließlich war er ihr Großer, wie seine Mutter ihn immer nannte.

Und da durfte er ihr keine Sorgen machen.

Das hatte sie ihm zwar so nie gesagt. Aber Siggi, das Mädchen, das auf ihn und seine Schwester aufpasste, wenn seine Mutter arbeiten musste, hatte das gesagt. Sie sah ihn immer ganz ernsthaft an, wenn sie alleine waren, und sagte dann, dass er seiner Mama keine Sorgen machen durfte und still im Bett liegen musste. Auch wenn er wach wurde und nicht mehr einschlafen konnte.

Vor ein paar Nächten war er aufgewacht, weil er so dringend pullern musste. Er hatte gewusst, dass Siggi da war, um auf ihn und seine kleine Schwester aufzupassen, weil seine Mutter arbeiten war.

Er hatte ja tun wollen, was Siggi ihm gesagt hatte und ruhig im Bett liegen bleiben, aber so dringend auf Toilette gemusst, dass er Angst bekommen hatte, ins Bett zu machen. Und das durfte auf keinen Fall sein. Er hätte sich zu Tode geschämt, schließlich war er ja schon ein Großer.

Siggi hatte im Wohnzimmer den Fernseher laufen gehabt.

Er war ganz leise aus dem Bett geklettert und barfuß zur Toilette geschlichen. Dabei hatte er ganz doll aufgepasst, dass er nur ja kein Geräusch machte. Noch nicht einmal auf den Knopf am Klo hatte er gedrückt, als er fertig gewesen war.

Siggi durfte ihn auf gar keinen Fall hören. Denn dann hätte sie seiner Mutter erzählt, dass er nicht geschlafen hatte. Und dann wäre seine Mutter in Sorge gewesen. Deshalb war er so leise, wie er konnte, zurück in sein Kinderzimmer geschlichen.

Aber nur fast zurück. Denn plötzlich hatte er Siggi kichern gehört.

Er hatte schon oft mit Siggi Quatsch gemacht und sie lachen hören. Aber in diesem Augenblick hatte ihr Lachen so ganz anders geklungen. Irgendwie quietschig. Und dann hatte sie angefangen zu stöhnen. Erst leise und dann immer lauter.

Am liebsten wäre er so schnell er konnte zurück ins Bett gekrochen und hätte sich die Bettdecke über den Kopf gezogen. Aber das hatte er sich nicht getraut. Vielleicht ging es Siggi schlecht. Oder sie hatte Angst.

Siggi war seine Freundin. Nicht die beste Freundin, das war schon Mara von den »*Rotznasen*«. So hieß seine Kita, in die ihn seine Mutter immer brachte.

Aber Siggi war die zweitbeste.

Er mochte den Geruch der Seife, die sie benutzte. Er vergrub so gerne sein Gesicht in ihrem Haar, das so weich war und auch so gut roch. Nur manchmal roch Siggi nach Rauch, so wie der Busfahrer, mit dem Mama und er manchmal mitfuhren.

Das mochte er überhaupt nicht.

Wieder war ein Stöhnen aus dem Wohnzimmer zu hören gewesen.

Dann hatte Siggi angefangen zu keuchen. Nicht laut, aber so, als ob sie Schmerzen hätte.

Mutig hatte der Junge seine Angst überwunden und war zur Wohnzimmertür gegangen. Seine nackten Füße waren leise über die Bodenfliesen gepatscht.

Im Wohnzimmer hatte nur eine Stehlampe gebrannt und der große Fernseher, auf dem er so gerne seine Lieblingsserie im Kinderkanal schaute, unheimlich geflackert.

Der Junge hatte auf einen langen Weg geblickt, der durch einen dunklen Wald mit hohen, leise raschelnden Bäumen führte.

Erschrocken war er zusammengezuckt, als plötzlich eine Limodose über diesen Weg entlanggescheppert war.

Siggi hatte ein lang gezogenes Stöhnen ausgestoßen.

Der Kopf des Jungen war zu dem Sofa herumgefahren.

Das Stöhnen war lauter geworden.

Langsam war der Junge auf die Couch zugegangen, die mit dem Rücken zur Tür stand, und hatte seinen Kopf über die Lehne geschoben.

Siggis verzerrtes Gesicht hatte ihm Angst gemacht.

Ihre Augen waren weit aufgerissen und ihr Blick ins Leere gegangen.

Mit keuchendem Atem hatte sie sich bewegt, als würde sie auf einem Pony reiten. Unter ihr – ein Mann.

Es hatte laut aus der Richtung des Fernsehers gescheppert. Das hässlich blecherne Geräusch hatte die Aufmerksamkeit des Jungen auf sich gezogen, sodass er wieder neugierig zum Bildschirm hinübergeblickt hatte.

Die Blechdose kam wie ein Geschoss auf ihn zugeflogen.

Das grell geschminkte, zu einer bösartigen Grimasse verzogene Gesicht eines Clowns war in Großformat auf dem Bildschirm aufgetaucht.

Die hässliche Clownsfratze hatte ein schrilles Lachen ausgestoßen.

Der Angstschrei des Jungen hatte das Gelächter des Clowns übertönt, als er voller Panik davongelaufen war.

Siggi hatte ihn später ganz fest im Arm gehalten und ihm gesagt, dass alles gut sei. Es sei nur ein Film für Erwachsene gewesen, den sie sich im Fernseher angesehen hatte. Der Clown war nur ein Schauspieler und nicht echt gewesen.

Der Junge hatte sich lange nicht beruhigen können. Sein Herz hatte geflattert und er hatte nicht aufhören können zu weinen.

Irgendwann war er in Siggis Armen eingeschlafen.

Auch wenn er Siggi mochte und sie seine zweitbeste Freundin war, war er dennoch erleichtert, dass sie seitdem nicht mehr auf ihn aufpasste. Ihr Stöhnen und ihr verzerrtes Gesicht hatten ihm solche Angst gemacht, dass er sie nicht mehr wiedersehen wollte.

von vorne anfangen können. Sie wollte nicht unnötig Zeit verlieren, sondern so schnell wie möglich wieder nach Hause. Sie verließ sich darauf, dass Simon alles ordentlich in ihren Rucksack zurückpackte.

Simon bemerkte ihr Unbehagen.

»Keine Sorge, meine Liebe.« Er lachte. »Ich schau auch gar nicht hin, was ich einpacke. Deine Geheimnisse sind bei mir in den besten Händen.«

»Da wirst du auch nichts bei mir finden«, erwiderte Isa trocken.

»Wie? Keine Kondome, Womanizer oder Kokain?« Simon kicherte über seinen eigenen Witz.

»Das Härteste, was du bei mir findest, ist vielleicht eine Packung Gummibärchen von meinen Kindern.«

»Uh«, machte Simon und erhob sich mit Isas Rucksack in den Händen. »Zucker. Harter Stoff.« Er stellte den Rucksack wieder zurück an seinen Platz und reckte anerkennend beide Daumen in die Luft. »Mega!«, lobte er. »Mascha sieht schon jetzt hammermäßig aus.« Trotz seiner inneren Unruhe, die ihm deutlich anzusehen war, wirkte er zufrieden. »Und Kira hast du Bombe hinbekommen«, lobte er. Simon legte die Fingerspitzen an die Lippen und machte die Geste eines Feinschmeckers, der dem Koch gerade einen symbolischen Michelinstern verlieh.

Auch wenn Isa seine begeisterten Lobeshymnen kannte, tat es ihr natürlich gut, von ihrem Auftraggeber ein Lob zu kassieren.

Und er hatte recht. Kira als dominante Offizierin sah wirklich verdammt gut aus. Isa hatte ihr ein starkes, kaltes Makeup aufgelegt, welches ihrem Gesicht einen harten, dominanten Ausdruck verlieh. Kiras tiefrote Lippen, die Isa zusätzlich zum Lippenstift mit einem Gloss versehen hatte, erzielten eine enorme Wirkung. Lippen, die einen harten Befehl ebenso erteilen konnten, wie eine sündige Versuchung flüstern.

»Ich bau in der Zeit den Rest Technik auf.« Simon deutete in die Mitte der Halle, wo er bereits im Vorfeld die Kulisse aufgebaut hatte, so wie er es Isa am Telefon beschrieben hatte: ein schlichter Schreibtisch mit zerkratzter Tischplatte aus Buche und Beinen aus Vierkantrohrstahl, dessen Lack abgeschabt war. Der Stuhl hinter dem Schreibtisch stand dem davor in Kargheit in nichts nach. Der einzige Unterschied war, dass der Stuhl, auf dem das Opfer sitzen würde, mit Handschellen aus gehärtetem Stahl ausgestattet war, die an den Lehnen links und rechts mit Ketten befestigt waren.

Eine von der Decke baumelnde Lampe mit grauem Metallschirm und eine Liege, die mit ein paar Holzklötzen auf die richtige »Arbeitshöhe« dafür aufgebockt war, wenn das Verhör des Opfers in die nächste Phase gehen würde, vervollständigten das Ensemble.

»Brauchst du noch etwas?«, rief Simon ihr zu.

»Alles gut. Ich habe alles«, antwortete Isa.

Sie hatte ihren eigenen Arbeitsplatz ein paar Meter entfernt in der Nähe der Seitenwand aufgebaut. Simon hatte ihr ein Kabel aus einer Trommel dorthin verlegt, denn Strom war die wichtigste Voraussetzung für sie, um arbeiten zu können. Sie hatte als Erstes ihren verspiegelten Schminktisch aufgebaut, der mit seinen LEDLeuchten eine konstante Lichttemperatur bot. Isa benötigte Licht, dessen Farbtemperatur der des Tageslichts entsprach. Wobei die Helligkeit insgesamt bei etwa 1 200 bis 1 600 Lumen liegen musste, da so Farben und Schattierungen des Makeups am natürlichsten erschienen. In einer dunklen Halle wie dieser war der Schminktisch für sie die primäre Lichtquelle, deren Lichtintensität sie mithilfe eines Dimmers optimal einstellen konnte.

»Ich bin gleich fertig.« Simon schaltete ein paar zusätzliche Leuchten ein, die das Verhörzimmer dramatisch ausleuchteten und in Szene setzten.

Isa nickte Simon zu, ohne von ihrer Arbeit aufzusehen.

Beim Betreten der dunklen Halle hatte sie zunächst nichts von dem Set gesehen. Erst als dieser ominöse Mr Blond eine LED-Taschenlampe eingeschaltet hatte, konnte sie die Kulisse sehen. Sie hatte die Szenerie sofort als die erkannt, die Simon ihr beschrieben hatte. Ihr war klar, worum es bei diesem Fotoshooting gehen würde. Da musste sie sich diesen Kram nicht auch noch im Detail anschauen, wenn es sich vermeiden ließ.

Ihr Job lag ausschließlich darin, die beiden Models zu schminken und ihre Outfits fotofähig zu machen. Bei Business-Shootings hingegen war sie die gesamte Zeit über dabei, da sie auf jede Kleinigkeit des Models achten musste, während der Fotograf seine Fotos schoss. Je nachdem, ob sich unter dem heißen Scheinwerferlicht Schweißperlen auf der Stirn oder unter den Armen des Models bildeten, Falten auf der Kleidung auftauchten, eine Haarsträhne sich verselbstständigte oder auf welche Art auch immer die Kundin oder der Kunde unvorteilhaft in Szene gesetzt war, griff Isa sofort ein.

Hier und heute Nacht aber nicht!

Shootings dieser Art entwickelten oftmals ihre ganz eigene Dynamik.

Wenn die Models sich gut fühlten und der Fotograf oder die Filmcrew den Dingen ihren Lauf ließen, wurden die besten und authentischsten Bilder eingefangen. Dann konnte es aber auch sein, dass aus dem Fotografen plötzlich sein eigenes Model wurde, weil er es hinter der Kamera nicht mehr aushielt.

Mit solcher Kreativität hatte Isa nichts im Sinn.

Sie vereinbarte bei Fetischjobs von vornherein, dass sie die Models schminkte und stylte, aber während des Shootings nicht mehr dabei war. Ihr Job endete, wenn der Fotograf sein erstes Foto machte. Es war ihr egal, dass sie deswegen ein geringeres

Honorar bekam, als wenn sie die Fotosession begleitet und etwaige Korrekturen an den Models vorgenommen hätte.

Waren Mascha und Kira einsatzbereit, würde Isa ihre Utensilien und ihren beleuchteten Schminktisch mit dem großen Spiegel zusammenpacken und verschwinden.

»Wie findest du das Set?«, rief Simon ihr zu.

Isas Bürste fuhr immer noch durch das lange Blondhaar, Maschas Markenzeichen. Prüfend hielt sie die Echthaarperücke gegen das Licht. Zufrieden nickte sie.

»Sag doch mal!« Simons Stimme hörte sich quengelig an.

»Mega.« Isa gab sich Mühe, begeistert zu wirken. »Sieht sehr authentisch aus.«

Simon reckte den Daumen zur Bestätigung in die Luft. »Ja, das ist ziemlich geil.«

»Is doch imma der gleiche Kram.«

Isa hielt in ihrer Bewegung inne. Ihr Blick ging zum Spiegel. Mascha rückte ihre Brüste im Ausschnitt ihrer Bluse zurecht.

»Wie meinst du das?« Isa wusste nichts Besseres zu erwidern.

»Na was wohl?« Mascha schnaubte verächtlich. »Das Übliche. Wir posen, Simon macht geile Fotos und wenn er Bock hat …«, Mascha seufzte tief, »… geht's noch zur Sache.«

Einen Sekundenbruchteil verharrte Isas Hand regungslos in der Luft. Es war ihr nicht neu, was Mascha da gerade sagte. Und sie war auch nicht wirklich überrascht oder schockiert. Schließlich war sie lange genug im Geschäft und wusste, dass es oft an Sets dieser Art eine Party nach der Party gab.

Allerdings nie für sie.

Das aber keineswegs, weil sie von Produzenten oder Fotografen nicht eingeladen wurde. Ganz im Gegenteil. Isa wusste, dass sie nicht schlecht aussah, und war sich ihrer Wirkung auf Männer bewusst. Oft sahen Männer wie auch Frauen ihr nach, sprachen sie an oder versuchten, sie zu daten.

Und das lag nicht nur an ihrer weiblichen Figur und den roten Haaren, die ihr bis eine Handbreit über die Schulter fielen.

Es war ihr freundliches und offenes Wesen, ihre unkomplizierte Art, auf Leute zuzugehen und mit Menschen umzugehen, was sie sehr anziehend für Frauen wie Männer machte.

Aber obwohl sie Everybody's Darling war, verhielt sich Isa zurückhaltend. Sie drängte sich nicht auf und ließ sich nicht auf schnelle Abenteuer ein. Dafür war sie zu vorsichtig und zu bodenständig.

Und schon gar nicht im Job!

Sie weigerte sich zuzulassen, dass Maschas Worte in ihrem Kopf Bilder erzeugten. Bilder, die sie nicht sehen wollte. Sie hatte nicht immer diese Art von Shootings mit Simon gemacht. Er war ein großartiger Fotograf, sehr kreativ, technisch auf dem neusten Stand und sehr diszipliniert. Doch auch seine Auftragslage hatte sich die letzten Monate dramatisch verschlechtert, bis sie komplett eingebrochen war.

Isa vermutete, dass er deshalb damit angefangen hatte, etwas zu nehmen, was ihn auffing und ihm half, trotz aller Schwierigkeiten weitermachen zu können. Vielleicht brauchte er die Drogen auch, um damit klarzukommen, dass er jetzt Fetischshootings machte.

Aber offenbar scheint ihm das ja mittlerweile ziemlich gut zu gefallen, dachte sie spöttisch.

Trotzdem wollte sich Isa nicht im Detail vorstellen, wie Simon seine Professionalität verlor, bloß weil die Geilheit mit ihm durchging.

Isa konzentrierte sich wieder auf die Bürste in ihrer Hand. Mit gleichmäßigen Strichen fuhr sie durch die langen Haare.

»Ich hab auch nicht immer Bock …« Mascha schüttelte den Kopf.

»Halt still!«

Es dauerte eine ganze Zeit, bis Isa die blonde Perücke auf Maschas Kopf platziert hatte.

Dann wandte sie sich in Simons Richtung.

»Wir sind fertig«, rief sie.

Simon gab ihr mit einem Wink zu verstehen, dass auch er so weit war.

Mit einer routinierten Handbewegung zog Isa den Umhang von Maschas Schultern.

»Du siehst toll aus«, lobte sie die Russin. »Deine Fans werden dich lieben.«

Während Isa begann, ihre Sachen zusammenzupacken, streckte Mascha ihre langen Beine aus. Ohne ihre Maskenbildnerin eines Blickes zu würdigen, strich sie sich durchs Haar. Sie stemmte demonstrativ beide Hände in die Hüften.

»Mega!« Simon klatschte begeistert in die Hände, während er näherkam. »Du siehst hammermäßig aus«. Er reckte den Hals, um Maschas Kollegin besser sehen zu können, die abseits auf einem Campingstuhl saß und in eine Datingshow vertieft war. »Du natürlich auch, Kira.« Er reckte den Daumen in die Luft. »Du bist die perfekte Militarydomina. Von dir würde ich mich auch gerne verhören lassen.«

Er hätte sich das Lob und die Anzüglichkeit auch sparen können.

Die Russin hörte ihn nicht. Sie war völlig in ihre Show vertieft. Simon interessierte sie nicht, denn auf ihrem Handy erklärte gerade eine vollbusige junge Frau ihrem Gegenüber, einem muskulösen, tätowierten Mann, dass es bei ihr nicht gefunkt hatte.

Kira war schier verrückt nach diesen Datingshows: »*The Bachelor*«, »*Love Island*«, »*Love Is Blind*«. Sie kannte alle und verpasste keine einzige Folge.

»Da wäre noch was.« Simon trat neben Isa.

Sie hob den Kopf und sah ihn fragend an. »Und zwar?«

»Ich weiß, das hätte ich dir eher sagen müssen.« Simon zog entschuldigend die Schultern hoch. »Aber das hat sich erst kurzfristig ergeben …«

»Nee.« Isa seufzte. »Von Umstyling und Szenenwechsel hast du nichts gesagt.« Sie kannte ihn gut genug, um zu wissen, was jetzt kam.

Es war ihr klar, dass Shootings üblicherweise von Anfang bis Ende von einer MakeupArtistin begleitet wurden. Zwischen den einzelnen Etappen einer Fotostrecke oder bei Szenen- und Kleiderwechseln waren ein Nachschminken und die etwaige Korrektur der Kleidung notwendig. Wenn ein solcher Auftrag auf Stundenbasis berechnet wurde, musste dies aber vorher abgesprochen werden, damit sie einen Babysitter organisieren konnte. Es war verdammt schwierig, jemanden zu finden, der zuverlässig war.

Simon hatte ihr am Telefon zugesichert, dass sie wieder verschwinden könne, sobald sie die beiden Models geschminkt hatte. Er hatte ihr pauschal das gleiche Honorar angeboten, das sie sonst für einen ganzen Tag ansetzte. Aber ihr jetzt ohne zu fragen einen weiteren Job aufs Auge zu drücken, ging nicht.

»Sorry, tut mir leid«, versicherte Simon. »Ich wusste das selber bis vorhin nicht.« Er breitete entschuldigend die Arme aus.

Isa atmete zweimal ruhig durch, um ihren Ärger hinunterzuschlucken. Sie musste sich zusammenreißen und eine gute Miene machen. Im Moment sollte sie dankbar für jedes Angebot sein. Sie konnte es nicht riskieren, einen Auftraggeber wie Simon zu vergrätzen. Auch wenn er ihr immer nur diese Scheißfetischjobs gab.

Das ist wohl auf dem Mist von diesem Mr Blond gewachsen, hätte sie fast schon gesagt, besann sich aber im letzten Moment eines Besseren. Es wäre nicht nur unprofessionell, sondern auch ziemlich unklug gewesen, den indirekten Auftraggeber zu beleidigen.

»Okay«, sagte sie stattdessen. »Wie sieht deine Zeitschiene aus?«

»Eine Stunde«, antwortete Simon hastig. »Auf keinen Fall länger.«

»Wo ist eigentlich dein Mr Blond die ganze Zeit?«, hakte Isa nach.

Mit dem Daumen machte Simon eine Geste über die Schulter.

Isa sah in die angegebene Richtung. Sie hatte gute Augen und verblüffte ihre Umgebung oft mit ihrem Adlerblick, wenn sie Ziffern und Buchstaben noch in einer Entfernung erkannte, für die der Großteil der Menschen bereits ein Fernglas benötigte.

Aber sosehr Isa sich auch anstrengte, sie konnte im hinteren Teil der Halle nichts erkennen. Abgesehen davon, dass die Halle die Ausmaße eines riesigen Flugzeughangars zu haben schien, lag nur wenige Meter hinter ihrem Set der Hintergrund im Dämmerlicht, welches mit jedem Meter dunkler wurde.

»Da hinten ist nichts«, stellte sie fest. »Zumindest nichts, was man sehen kann.«

Simon drehte sich jetzt auch um, wie um sich von Isas Worten zu überzeugen. »Genau.« Zufrieden nickte er. »Das ist ja das Spannende.«

»Was?« Isa verzog spöttisch die Mundwinkel. »Dass man nichts sieht?«

»Nicht auf den ersten Blick.« Simon senkte die Stimme und warf einen schnellen Blick Richtung Mascha. Die aber war so sehr mit ihrem Handy beschäftigt, dass neben ihr ein zwölfteiliges Porzellanservice auf dem Boden hätte zerschellen können, ohne dass sie davon Notiz genommen hätte.

»Aber da hinten wird es erst richtig interessant.« Vielsagend sah er jetzt Isa an, die ihm aufmerksam zuhörte.

Es war immer gut zu wissen, wo man sich bei einem Job befand. Vielleicht gab es Überraschungen, von denen man lieber nichts wissen wollte. Insbesondere bei diesen Fetischshootings. Sie hatte schon die unglaublichsten Situationen erlebt, wenn Fotograf, Regisseur oder Produzent einen kreativen Einfall gehabt hatten. Oder zumindest meinten, ihn zu haben. Da tauchten plötzlich auch mal als Einhörner verkleidete Ponys auf. Oder eine originale Rockergang, die der Regisseur als Statisten verpflichtet hatte.

Isa glaubte zwar nicht, dass dieser Mr Blond derartige Überraschungen parat hielt. Aber man konnte nie sicher sein, wie ein Auftraggeber tickte.

»Wie meinst du das?«, fragte sie.

»Ich dachte zuerst, das hier sei ein Lost Place.« Verstohlen sah sich Simon um, bevor er sich vorbeugte und mit leiser Stimme fortfuhr. »Aber das denkt man nur auf den ersten Blick. Da hinten sind noch jede Menge Räume und – Keller …«

»Was ist das hier?« Isa fühlte sich bei Simons Worten zunehmend unwohl.

Simon zuckte mit den Achseln. »Weiß ich auch nicht so genau.« Er lachte nervös auf. »Krass ist jedenfalls, dass hier alles funktioniert. Licht und so.«

»Ich habe mich auch schon darüber gewundert, dass die Rolltore funktionieren«, gestand Isa. »Ich hätte eher gedacht, dass die Tore oder die eingelassenen Türen schrecklich quietschen würden – wenn sie sich überhaupt öffnen ließen.« Sie lachte trocken. »Und dann sind die lautlos auseinander geglitten.« Ohne, dass es ihr bewusst war, senkte auch Isa jetzt ihre Stimme. »Kein Quietschen, kein Metall auf Metall. Nichts.«

Simon nickte begeistert. »Krass, nicht?«

»Ja, toll.« Isa wirkte wenig begeistert. »Und wofür soll das hier alles gut sein?« Ihr Blick fixierte ihr Gegenüber. »Das hier alles nur für ein Fotoshooting?« Sie schüttelte den Kopf. »Das kannst du mir doch nicht erzählen.«

Simon kaute mit seinen Zähnen auf seiner Unterlippe. Eine schlechte Angewohnheit, die bei Stress bei ihm durchschlug. Isa hatte ihm in der Vergangenheit schon einige Male die aufgebissenen Lippen versorgen müssen.

»Hör auf damit«, sagte sie mit der Selbstverständlichkeit einer Mutter, deren Kinder etwas taten, wovon sie nicht begeistert war.

Wie auf Kommando stand Simons Unterkiefer still.

»Doch.« Jetzt nickte Simon. »Genau das: für ein zweites Shooting.«

»Davon hast du mir nichts gesagt.« Isa konnte nicht glauben, was er sagte.

Noch ein Shooting?

Isa brauchte keine weiteren Erklärungen. Ihr war schlagartig klar geworden, dass es um die Party nach der Party ging – ein Shooting nach dem Shooting!

Aber ohne mich!

»Reg dich nicht auf«, erwiderte Simon hastig. »Ich konnte dir auch nicht sagen, dass dies eine Fotosession wird, bei der eine spezielle Maske gebraucht wird.«

Isa sah ihn unverwandt an.

»Mr Blond ist der Auftraggeber und er legt sehr großen Wert auf Diskretion.« Simon zwinkerte Isa vertraulich zu. »Wenn du verstehst, was ich meine.«

Mehr brauchte Simon nicht zu sagen. Sie wusste jetzt, worum es ging, wollte es aber von Simon selber hören.

»Ihr macht nach diesem Shooting irgendwo dahinten irgendetwas Hardcoremäßiges. Stimmt's?«

»Hinterm Horizont geht's weiter.« Simon hob unschuldig die Hände und deutete zum Himmel, der über der Hallendecke verborgen war.

»Verstehe.« Isa musterte ihn nachdenklich. »Szenenwechsel kostet.« Ihr Ton war jetzt geschäftsmäßig.

Simon nickte ergeben. Er wusste zwar, dass Isa als alleinerziehende Mutter auf Jobs angewiesen war. Aber er wusste ebenso gut, dass sie zu den Besten ihres Fachs zählte. Und es davon abgesehen nicht einfach war, für seine Shootings überhaupt eine professionelle MakeupArtistin zu finden.

»Na klar«, sagte er deshalb schnell. »Dreihundert Bonus, wäre das okay?«

Isas Herz machte einen Hüpfer. Mit diesem Zusatzhonorar war ihr Monat gerettet. Sie würde, ohne rechnen zu müssen, einkaufen und ihren Kindern ein paar Leckereien mitbringen können.

Sie warf einen schnellen Blick auf die Uhr. Sicher würde es nun noch später werden, als sie gedacht hatte. Aber ihre Freundin würde so lange bei den Kids bleiben, bis sie heimkam. Sie wusste, dass sie sich auf Sandra verlassen konnte.

»Einverstanden.« Sie nickte zustimmend.

»Dann können wir ja vielleicht auch mal an die Arbeit gehen.«

Die Stimme hinter ihr schien aus dem Nichts zu kommen.

Isa fuhr herum.

Vor ihr stand der Mann, der ebenso gut aussah, wie sie sich in seiner Nähe schlecht fühlte.

Negative Energie, schoss es ihr durch den Kopf, als sie in seine kalten Augen blickte.

»Alles in Ordnung?« Die Lippen des Mannes kräuselten sich spöttisch. So, als würde er ihre Gedanken lesen und sich darüber lustig machen.

»Klar.« Isa verzog keine Miene, als sie seinen Blick erwiderte. »Alles bestens«, log sie, denn sein kalter, fast schon lebloser Gesichtsausdruck ließ sie frösteln.

»Na denn, lasst die Spiele beginnen.«

Langsam, wie in Zeitlupe, knöpfte der Mann seinen Mantel auf.

Es lag etwas Unheilvolles in seinem Blick, als seine Augen die ihren erfassten. Er starrte sie so intensiv an, als könne er die Sorgen und Ängste in ihrem Innern sehen.

Es war ein kalter und berechnender Blick, der nicht nur sah, sondern auch zu nehmen schien – ein Raubtierblick, der seine Beute fixierte und ihr das Gefühl gab, die Kontrolle über die Situation zu verlieren.

Isa merkte, wie ihr Herzschlag sich beschleunigte. Ihre Hände wurden kalt.

Der Mann machte ihr Angst.

- 6 -

Berlin • Kollhoff-Tower • Bockhorst Elite Financial Solutions Donnerstagmorgen, kurz nach fünf Uhr …

Der Aufzug brachte Thyra in die sechzehnte Etage, die Chefetage.

Lautlos öffneten sich die Lifttüren.

Um diese Zeit waren Büros und Gänge wie ausgestorben. Zielstrebig steuerte sie das Chefbüro mit seinen Vorzimmern an. In einem der Vorzimmer stand ihr Schreibtisch, an dem sie seit rund einem Monat arbeitete.

Es war nicht einfach gewesen, einen Job bei diesem Consulting Unternehmen zu bekommen. Die ungeplante Schwangerschaft, die für die betroffene Mitarbeiterin wie aus heiterem Himmel gekommen war, hatte sich als Glücksfall für Thyra herausgestellt. Ihr war klar gewesen, dass Jobs bei einem Unternehmen wie der Bockhorst Group weder beim Arbeitsamt angeboten wurden noch in Stellenanzeigen, selbst nicht in denen der *Frankfurter Allgemeinen Zeitung* oder des *Handelsblatts*, zu finden waren.

Noch vom Zug aus hatte Thyra eine gute Freundin angerufen, von der sie wusste, dass sie als freiberufliche Headhunterin erfolgreich in Berlin arbeitete.

»Ich brauche einen Job«, hatte Thyra ihre Freundin begrüßt, die sie aus ihrer Zeit in Irland kannte. »Hallo, Kailin.«

»Wenn das nicht meine ehemalige Zimmergenossin ist.« Kailins Lachen hatte genauso erfrischend geklungen, wie Thyra es in Erinnerung gehabt hatte. »Und immer noch die Alte – ohne Vorspiel auf dem Weg zum Tor.«

»Du kennst mich doch«, hatte Thyra erwidert. »Ich bevorzuge es, den Nagel sofort direkt auf den Kopf zu treffen.«

Am gleichen Abend hatte Thyra einen Termin zum Vorstellungsgespräch erhalten und wurde am nächsten Vormittag bereits unter ihrem Alias Michaela Marx als »Executive Assistant & Kommunikationskoordinatorin« bei Bockhorst Elite Financial Solutions eingestellt.

Die Bockhorst Elite Financial Solutions, in der Thyra nun undercover recherchierte, legte großen Wert auf diskrete Beratung ihrer Klienten. In der Regel setzten die Kunden keinen Fuß in das Bürogebäude, obwohl der Kollhoff-Tower, der sich mit einhundertdrei Metern als das höchste Gebäude über den Potsdamer Platz in Berlin erhob, eine der prestigeträchtigsten Adressen Berlins war.

Die Büroräume, die in einer der obersten Etagen des monolithischen Glas- und Stahlgebildes lagen, waren so sicher wie eine Schweizer Bank und so diskret wie die Zentrale des Bundesnachrichtendienstes in Berlin-Mitte.

Neben der Betreuung elitärer Privatklienten agierte die Bockhorst Elite Financial Solutions zudem als Veranstalter von Seminaren, in denen ausgewiesene Spitzenkräfte der Finanzwelt Tipps zur Steuervermeidung gaben. Die Kosten für die Teilnahme an einem solchen ZweiTagesSeminar bewegten sich im fünfstelligen Bereich. Kein Pappenstiel, aber Garant für die Finanzpotenz der Teilnehmerinnen und Teilnehmer.

Für den Preis bekamen die Seminarteilnehmer aber auch Insiderberatung aus der Hochfinanz. Eine Gastrednerin, deren Name in den vergangenen Jahren oft genannt worden war, war Gundula von Hochstein: eine Politikerin, die in Entscheidungsgremien saß und bei ihren Auftritten Insidertipps über geplante steuerliche Gesetzesänderungen gab, noch bevor diese in Kraft getreten waren – ganz genau so, wie es der unbekannte Anrufer Thyra erzählt hatte.

So hatten Reiche und Superreiche die Möglichkeit, noch vor Inkrafttreten von Steuergesetzen Vorsorge zu treffen und die von Gundula von Hochstein empfohlenen Hintertüren und Schlupflöcher zu nutzen, um ihr Vermögen zu schützen.

Der eigentliche Skandal war der, dass Gundula von Hochstein als gut dotierte Politikerin nicht nur üppige Diäten bezog, sondern neben ihren von Steuergeldern bezahlten Abgeordnetenbezügen in diversen Aufsichtsräten und Vorständen von Wirtschaftsunternehmen saß.

Thyra hatte Gundula von Hochstein zur Hauptperson ihrer umfassenden Hintergrundrecherchen gemacht und war einmal mehr erstaunt wie gleichermaßen entsetzt, dass es bereits mediale Berichte zu den Aktivitäten der Politikerin gab – die aber ganz offensichtlich niemanden zu interessieren schienen.

So intensiv Thyra das Internet auch durchforstete und ihre Quellen anzapfte, fand sie doch nichts darüber, dass es Ermittlungen, geschweige denn Untersuchungsausschüsse auf Bundes oder Europaebene gegen die fragwürdige Nebentätigkeit der Politikerin gab, der sie wahrscheinlich obendrein während ihrer gut bezahlten Arbeitszeit als EUAbgeordnete und Finanzbeamtin nachging.

Thyra hatte sich vorgenommen, die Aktivitäten der Politikerin bis ins letzte Detail zu durchleuchten. Wenn sich der Verdacht illegaler Praktiken bestätigen würde, woran Thyra keinen Moment lang zweifelte, würde sie dies mit einer fundierten Reportage über Gundula von Hochstein und auch die Bockhorst Elite Financial Solutions auf allen Medienkanälen öffentlich machen.

Die Erfahrungen der letzten Jahre und Jahrzehnte hinsichtlich politischer Skandale hatten ihr gezeigt, dass sich meist erst etwas regte, wenn die öffentliche Aufregung groß war. Je größer der Presserummel und die mediale Aufmerksamkeit, umso höher die Wahrscheinlichkeit, dass auch die kritikresistentesten Inhaber und Inhaberinnen öffentlicher Ämter den Skandal nicht mehr ignorieren konnten, obwohl das Aussitzen von Problemen und Skandalen anscheinend immer mehr zur Meisterdisziplin der Regierenden geworden war – das empfand zumindest Thyra so.

In den vergangenen drei Tagen war Thyra schon zur nachtschlafenden Zeit im Büro aufgetaucht, um Hintergrundmaterial zu finden, mit dem sie nicht nur eine enthüllende Story schreiben konnte, sondern auch verifizierbares Beweismaterial in der Hand gehabt hätte, welches sie der Staatsanwaltschaft später präsentieren konnte.

Thyra war sich bewusst, dass sie sich auf einem schmalen Grat bewegte.

Sie schaltete das Deckenlicht ein.

Schlagartig wurde es taghell in den Gängen und den angrenzenden Büros.

Mit geübten Handgriffen setzte sie den chromblitzenden Kaffeeautomaten in Gang. Die Maschine rumorte eine Weile geräuschvoll, bis sie zum Zeichen ihrer Einsatzbereitschaft einen Dampfstoß von sich gab.

Thyra stellte einen der Becher mit grafitfarbenem Firmenlogo unter den Auslauf. Nur wenige Sekunden später breitete sich angenehmer Kaffeeduft aus.

Sie wusste, dass Normalität ihre beste Tarnung war. Nichts war alarmierender als eine Taschenlampe, die im Dunkeln aufblitzte. Aber niemand, der um diese frühe Stunde im Büro auftauchte, hätte sich gewundert, wenn alle Gänge taghell erleuchtet waren und es nach frischem Kaffee duftete. Ihre Kolleginnen hätten vielleicht miteinander getuschelt, dass die Neue wohl Karriere machen wolle, weil sie schon so früh im Büro war. Aber niemand hätte vermutet, dass ihr die Karriere bei der Bockhorst Elite Financial Solutions so etwas von egal war, sie sich aber stattdessen sehr für verschiedene Geschäftsvorgänge interessierte. Insbesondere solche, die als streng vertraulich behandelt wurden.

Sie nahm die Tasse und nippte vorsichtig an dem heißen Gebräu, damit die Tasse benutzt aussah.

Im gleichen Moment vibrierte ihr Handy in ihrer Tasche. Schnell stellte sie die Kaffeetasse auf die Ablage und zog das Telefon aus der Tasche. Sie war sich sicher zu wissen, wer sie um diese Zeit anrief.

»Kannst du nicht schlafen?« Obwohl sie wusste, dass das Büro um diese Zeit menschenleer war, senkte sie instinktiv ihre Stimme zu einem Flüstern.

»Nicht, wenn du dich heute im Chefbüro umsiehst«, erwiderte Mackensen, ebenfalls mit gesenkter Stimme.

Beide verzichteten auf eine Begrüßung. Sie waren Profis und konzentrierten sich bei ihrer Arbeit auf das Wesentliche. Insbesondere, wenn es sich um eine heikle Angelegenheit wie heute Morgen handelte.

»Ich bin schon im Büro«, sagte Thyra, obwohl sie wusste, dass er ihren Standort zeitgleich über Handy verfolgte.

»Ich weiß«, erwiderte Mackensen mit Blick auf Thyras kleines, kreisrundes Profilfoto, welches ihre Position anzeigte. »Ich sehe dich.«

Beide teilten über eine Standort-App auf ihren Handys ihre Standorte miteinander. Dieses unsichtbare Band, das sie verband, gab ihnen ein Gefühl der Zusammengehörigkeit und der Sicherheit.

»Ich … äh…« Thyra durchflutete ein warmes Gefühl bei dem Gedanken daran, dass Folkert Mackensen als unsichtbarer Schatten über sie wachte. »Ich wollte sagen … es ist ein schönes Gefühl zu wissen, dass du mich im Blick behältst.« Im gleichen Moment, als sie den Satz ausgesprochen hatte, wurde ihr klar, dass er auch anders verstanden werden konnte.

Aber vielleicht will ich das ja, dachte sie schmunzelnd.

Auch Folkert Mackensen spürte ihre Verbundenheit, war sich aber auch bewusst, dass jetzt ein denkbar ungünstiger Moment für romantische Gefühle war.

»Jaa …«, antwortete er gedehnt, da er nicht so recht wusste, was genau er erwidern sollte. »Ich finds auch gut, dich sehen zu können.«

Ein paar Sekunden lang sagte keiner von ihnen etwas.

»Ich wollte mich nur vergewissern, dass bei dir alles in Ordnung ist«, wechselte Mackensen auf sicheres Terrain.

»Hm«, entgegnete Thyra und wartete kurz ab, ob er noch etwas anderes sagen würde. Da nichts folgte und sie auch gleichzeitig davon überzeugt war, dass er den sicheren Boden nicht verlassen würde, sagte sie nüchtern: »Alles okay. Ich bin alleine und nehme mir gleich das Chefbüro vor.«

»Wie lange wirst du brauchen?«, wollte Mackensen wissen.

»Ich will kein Risiko eingehen«, erwiderte Thyra. »Zumindest kein größeres als unbedingt nötig. Ich habe mir ein Limit von zwanzig Minuten gesetzt.«

»Das ist überschaubar«, pflichtete Mackensen ihr bei.

»Wenn ich in zwanzig Minuten nichts finden kann, was ich brauche, um meine Story mit Beweisen zu untermauern, würde ich auch nichts finden, wenn ich einen ganzen Tag in seinem Büro verbringen würde.«

»Sehe ich auch so.« Aus kriminalistischer Sicht empfand Mackensen ein Zeitfenster von zwanzig Minuten zwar als zu eng, stimmte ihr aber zu, da sie keine polizeilichen Befugnisse hatte, sondern sich auf nicht ganz legalem Weg Zugang zu den Hintergründen eines politischen Skandals verschaffen wollte. Sie würde allerdings keine Schränke aufbrechen oder gar Gewalt anwenden, da ihre Recherchen ein solches Vorgehen nicht rechtfertigten. Sie konnte also nur finden, was nicht sicher verwahrt oder versteckt war.

»Wenn ich raus bin, schicke ich dir eine Sprachnachricht.« Thyra warf einen kurzen Blick auf ihre Uhr. »Zwanzig Minuten ab jetzt.«

»Viel Glück«, wünschte Mackensen, dann beendeten sie ihr Gespräch.

Erleichtert steckte Thyra ihr Handy in die Tasche.

»Auf geht's«, gab sie sich selber das Startzeichen.

So unbefangen, als wären es normale Bürozeiten und die Schreibtische mit ihren Kollegen besetzt, ging Thyra den Gang entlang Richtung Chefbüro. Vor der Glastür, hinter der eins der für sie interessantesten Büros der Firma lag, blieb sie stehen.

Der Raum hinter der Scheibe lag im Dunkeln.

»Das hier ist das Büro der Chefsekretärin«, hatte Laura Dubois, die Thyra als Patin in ihrer Einarbeitungswoche zur Seite gestellt worden war, ihr halblaut zugeflüstert, als sie vor der Glastür gestanden hatten, deren Aluminiumlamellen halb geöffnet gewesen waren.

Thyras Blick war auf eine gut aussehende Frau mit halblangen blonden Haaren gefallen, etwas älter als sie selber, die hinter ihrem Schreibtisch gesessen und konzentriert auf den Bildschirm ihres PCs geblickt hatte, während ihre Finger über die Tastatur vor ihr zu fliegen schienen.

»Nach dem Chef die wichtigste Person hier in der Firma.« Nun hatte Laura im Flüsterton weitergesprochen. »Nur Frau Cramer bearbeitet die Premiumvorgänge.«

»Was sind Premiumvorgänge?«, hatte Thyra gefragt, während sie ihren Blick durch den schmalen Spalt der Lamellen hatte wandern lassen.

»Das sind die ErsteKlasse-Kunden vom Chef.« Laura Dubois hatte sich so eng an sie geschmiegt, dass Thyra den warmen Atem am Hals spüren konnte, als diese ihren Mund dicht, für eine Arbeitskollegin zu dicht, an ihr Ohr gehalten hatte. »Sehr exklusiv und … sagen wir mal, speziell.«

»Was heißt speziell?«

»Speziell halt«, hatte ihre Kollegin erwidert.

»Das ist keine Antwort.« Wie beiläufig hatte dann Thyra ihren Arm um die Hüfte ihrer Patin gelegt und an ihrem Ohr gespürt, wie sich der Atem ihrer Kollegin beschleunigte, als sie sie noch enger an sich heranzog.

»So speziell wie wir?« Thyra hatte sehr genau gewusst, welche Knöpfe sie hatte drücken müssen, um ihre Kollegin zum Weitersprechen zu animieren.

Lauras raues Lachen hatte eher wie ein Keuchen geklungen, als sie Thyra ins Ohr raunte: »Frau Cramer liebt nur ihren Job. Sie würde für die Firma sterben.« Damit hatte sich ihre Patin noch dichter an Thyra geschmiegt.

»Ist das Daisy?«, war Thyras zurückgeflüsterte Reaktion darauf. Das Parfüm hatte sie allerdings nicht anhand des Dufts erkannt, sondern sich an den Flakon mit der Aufschrift »Marc Jacobs Daisy«, den sie zuvor in einer halb offen stehenden Schublade in Lauras Schreibtisch gesehen hatte, erinnert.

Die Umarmung war dann so eng geworden, dass Thyra befürchten musste, postwendend ihren Job zu verlieren, wenn jemand den Gang entlanggekommen und sie mit ihrer Patin so auf Tuchfühlung miteinander stehen gesehen hätte.

»Mir wird heiß«, hatte sie behauptet, obwohl Laura Dubois' Avancen sie völlig kalt gelassen hatten.

»Und ich bin heiß.« Thyra hatte die Hand ihrer Patin an ihrer Hüfte gespürt.

In diesem Moment hatte die Chefsekretärin den Kopf gehoben und ihre Blicke sich durch die Glasscheibe getroffen.

Thyra hatte sofort reagiert und freundlich gelächelt, während sie ihre Kollegin in die Hüfte gekniffen hatte. Die dunklen Augen der Chefsekretärin hatten sie zwei Sekunden lang fixiert, dann hatte Thyra den Blick gesenkt. Ihr war bewusst gewesen, wie Bürohierarchien funktionierten. Sie war die Neue, das letzte Glied in der Nahrungskette.

Eine Chefsekretärin genoss den Status einer unentbehrlichen und privilegierten Schlüsselfigur innerhalb eines Unternehmens, deren Kompetenz und Diskretion ihr einen unnahbaren Status verlieh, ähnlich dem einer Hohepriesterin eines antiken Tempels. Da war es an Thyra gewesen, den Blick zu senken. Sie hasste zwar derlei Hierarchiespielchen, hatte aber auch gewusst, dass sie mitspielen musste, wenn sie ihr Ziel erreichen und die Informationen sammeln wollte, die sie für ihre Story brauchte.

»Stell mich vor«, hatte Thyra gezischt. »Ich darf nicht auffallen.«

Thyras Sorge hatte sich allerdings als unbegründet erwiesen, denn die Chefsekretärin hatte sie zwar registriert, aber nicht bewusst wahrgenommen. Zu sehr war sie auf ihre Arbeit fokussiert gewesen, als dass eine neue Mitarbeiterin ihr Interesse auf sich hätte ziehen können.

Als ihre Patin respektvoll die Glastür aufgedrückt und Thyra vorgestellt hatte, hatte Sandra Cramer nur geistesabwesend mit dem Kopf genickt.

In den darauffolgenden Wochen war Thyra darum bemüht gewesen, Kontakt zur Chefsekretärin zu bekommen. Aber genauso gut hätte sie versuchen können, sich mit dem Papst auf ein Feierabendbier zu verabreden.

Egal, was sie auch tat, Sandra Cramer hatte ihr nur freundlich zugenickt, aber kein einziges privates Wort mit ihr gewechselt.

»Sinnlos«, hatte Thyra gedacht und sich darauf beschränkt, Zugang zu den Premiumvorgängen zu bekommen, wo sie die brisanten Informationen vermutete.

Aber ebenso gut hätte sie, wie schon beim Feierabendbier, versuchen können, Zugang zum Archivio Segreto Vaticano zu bekommen, dem Geheimarchiv des Vatikans, in dem die Pontifices der letzten Jahrhunderte ihre Dokumente aufbewahrten.

Nach einem Monat intensivster Bemühungen hatte sich Thyra eingestehen müssen, dass sie auch das nicht schaffen würde.

Aber sie hatte herausgefunden, dass die Chefsekretärin die Schlüssel zum Allerheiligsten, dem Chefbüro, in ihrem Schreibtisch aufbewahrte, als sie einmal Blumen an der Rezeption hatte abholen müssen, die dort für Sandra Cramer abgegeben worden waren.

»Ich wusste ja überhaupt nicht, dass sie ein Sexualleben hat«, hatte Thyras Patin lachend gesagt, als Thyra das Blumenpapier entfernt und den Strauß in eine Blumenvase gestellt hatte. »Ich dachte immer, da drüben ist geschlechtsneutrale Zone.«

Dieser Botendienst hatte sich als Glücksfall für Thyra erwiesen. Sandra Cramer war gerade dabei gewesen, die Tür zum Chefbüro abzuschließen, als die Blumen ihre Aufmerksamkeit so sehr auf sich gezogen hatten, dass sie den Schlüsselbund gedankenverloren in ihre Schreibtischschublade gleiten ließ, ohne darauf zu achten, dass Thyra das sehr genau beobachten konnte.

Obwohl Thyra zu diesem Zeitpunkt schon seit drei Wochen undercover bei Bockhorst gewesen war, hatte sie immer noch nicht die Informationen finden können, die sie brauchte, um den Skandal zu belegen, von dem der unbekannte Anrufer gesprochen hatte. Für sie als neue Mitarbeiterin war der Zugang auf den Firmenserver stark eingeschränkt, da dieser in einem RBAC-System organisiert war, was Thyra erwartet hatte, da die meisten Sicherheitssysteme in der Role-Based-Access-Control, einem rollenbasierten Zugriffskontrollsystem, implementiert wurden. Durch dieses System wurden den jeweiligen Nutzern Rollen zugeteilt, die ihrer Funktion und hierarchischen Stellung innerhalb des Unternehmens entsprachen.

Thyra war also nichts anderes übrig geblieben, als sich möglichst unauffällig mit den neuen Kollegen anzufreunden, sie an ihren Schreibtischen zu besuchen, mit ihnen zu plauschen und den neuesten Büroklatsch auszutauschen. Zudem hatte sie den Vorteil, dass sie als *»die Neue«* jede Menge Fragen über die Firma stellen konnte, ohne dass es aufgefallen wäre.

Bislang hatte sie lediglich die Namen von zwei B-Prominenten in Erfahrung bringen können, die ziemlich tief in Steuerproblemen steckten und für die ein Dreierteam von Finanzexperten an kreativen Lösungen arbeitete. Thyra hatte sich natürlich gefragt, wie sich jemand, der tief in Steuerschulden steckte, ein Expertenteam der Bockhorst Elite Financial Solutions leisten konnte.

Laura Dubois, die das Expertenteam als Sekretärin begleitete, hatte gelacht, als Thyra sie bei einem Kaffee unter vier Augen fragte.

»Wer hier in Deutschland Steuerschulden hat, auch wenn diese astronomisch hoch sind, hat diese Schulden doch deshalb, weil er keine Steuern zahlt.«

»Du meinst …«

Ihre Kollegin hatte vielsagend genickt. »Der hat sein Geld dort, wo er keine Steuern zahlen muss. Es hat ja jemand Geld verdient, geerbt oder was auch immer, sonst würde das

Finanzamt keine Steuern haben wollen. Das Geld ist nicht weg, es ist nur woanders: Schweiz, Luxemburg oder Malta, wenn es in Europa sein soll«, hatte sie aufgezählt. »Oder auf den Bermudas, sehr beliebt bei Gründern von Holdings, da dort keine direkten Steuern wie Einkommens-, Kapitalgewinn- oder Mehrwertsteuer anfallen.«

»Verstehe.« Thyra hatte frustriert geseufzt. Wie sollte sie nun aber an diese Informationen kommen? Der unbekannte Anrufer hatte ihr zwar diesen Tipp gegeben, aber nicht gesagt, wie sie an die Hintergrunddaten kommen konnte.

»Und natürlich auf den Cayman Islands«, hatte Laura im Plauderton fortgeführt. »Dort ist alles streng vertraulich, dagegen wirken sogar die Schweizer wie Plaudertaschen. Nicht zu vergessen – Singapur.« Sie hatte leicht die Stimme gesenkt. »Der Juniorchef steigt oft im Marina Bay Sands Hotel ab. Dort und rund um Raffles Place befindet sich der Central Business District.«

»Du kennst dich aber sehr gut aus.« Thyra hatte nicht schlecht über die Ortskenntnisse ihrer Patin gestaunt.

»Bleibt nicht aus«, hatte ihre Kollegin achselzuckend erwidert. »Der Junior hat mich schon einige Male zu exklusiven Kundenbetreuungen mitgenommen.«

»Wow!« Thyra hatte sich beeindruckt gezeigt.

»Nicht, was du gleich denkst.«

»Was denke ich denn?«

»Ich vögele nicht mit Klienten herum.«

»Und mit dem Junior?«

Sie hatte ihre Worte nicht zurückholen können.

Erstaunlicherweise war Laura nicht aufgefahren und hatte auch nicht widersprochen. Sie war nur blass geworden. Die Fröhlichkeit und Ungezwungenheit, die sie sonst ausmachten, waren mit einem Schlag wie weggewischt gewesen.

Im gleichen Moment, als Thyra ihre Bemerkung herausgerutscht war, hatte sie diese schon bereut gehabt.

»Ich muss zum Meeting.« Ihre Patin hatte einen demonstrativen Blick auf ihre elegante Schweizer Uhr geworfen, die nach Thyras Befinden deutlich über dem Budget einer Sekretärin lag – auch wenn dieses bei Bockhorst das überstieg, was Sekretärinnen üblicherweise verdienten. Auch Thyras Einsteigergehalt lag über dem, was in der Branche normalerweise gezahlt wurde.

Nachdem Thyra nun wusste, dass ihre Patin offensichtlich über Insiderwissen verfügte, hatte sie verstärkt den Kontakt zu ihr gesucht und sie in Gespräche verwickelt. Sie hatte zwar einige interessante und auch pikante Dinge über Klienten und auch den Juniorchef des Unternehmens erfahren, aber leider nichts, was auf den Eisberg hindeutete, von dem der unbekannte Anrufer gesprochen hatte.

War also nur der Besuch im Chefbüro geblieben.

Und zwar zu solch früher Stunde, weil um diese Zeit die größte Chance bestand, dass wirklich niemand auftauchen würde. Außerdem war heute der letzte Arbeitstag der Chefsekretärin. Morgen begann ihr zweiwöchiger Urlaub. Ihre Vertretung würde jemand übernehmen, den Thyra noch nie gesehen hatte. Sie musste also davon ausgehen, dass der Schlüssel zum Chefbüro während der Abwesenheit von Sandra Cramer nicht mehr in der Schublade liegen würde, in der Thyra ihn gesehen hatte.

Mit einem Klick auf den Lichtschalter ließ Thyra das Deckenlicht aufleuchten.

Der vor ihr liegende Raum hatte die doppelte Größe der normalen Büros und strahlte Professionalität und Effizienz aus.

Ein großer, aufgeräumter Schreibtisch aus Ahorn dominierte den Raum. Auf der Tischplatte thronte ein High-End-Monitor, davor eine Tastatur und eine Funkmaus. In der

Kristallvase standen noch immer die Blumen, die Thyra angeschnitten und zurechtgesteckt hatte.

Die Wand links von ihr war mit eleganten, abschließbaren Aktenschränken bestückt. Thyra wusste, dass hinter den verschlossenen Türen sorgfältig beschriftete Ordner so akkurat aufgereiht waren wie Soldaten, die auf ihren Kompaniechef warteten. Gestern Morgen hatte sie sich die Schränke und insbesondere die Aktenordner angeschaut, aber nichts gefunden, was ihr weitergeholfen hätte.

An einer Wand hingen sechs großformatige Fotoleinwände. Thyra waren die Bilder schon bei ihrem ersten Besuch aufgefallen. Jedes zeigte ein anderes afrikanisches Tier: Löwe, Elefant, Leopard, Nashorn und Büffel – the Big Five, die traditionell bei Safaris am meisten gejagten Tiere. Sie wusste, dass die Bezeichnung und die Liste ursprünglich von Großwildjägern erstellt worden waren, um die fünf gefährlichsten Tiere zu bezeichnen, die in Afrika am schwierigsten zu Fuß gejagt werden konnten. In jüngerer Zeit hingegen wurde der Begriff von Safari-Anbietern verwendet, um Touristen anzuziehen.

Die Chefsekretärin wirkte auf Thyra nicht wie eine Großwildjägerin, auch wenn man das nicht wissen konnte. Vermutlich aber war sie Afrikaliebhaberin und Amateurfotografin. Dafür sprach auch die Art der Motive der Leinwanddrucke. Vermutlich Schnappschüsse, die Sandra Cramer selber auf einer Fotosafari geschossen hatte und auf die Leinwände hatte aufbringen lassen.

Zu ihrer Rechten befand sich die Tür zum Chefbüro. Wer ins Allerheiligste von Bockhorst Elite Financial Solutions wollte, musste an der Chefsekretärin vorbei. Viele scheiterten vor ihrem Schreibtisch. In der Clubszene hätte man gesagt, dass dies eine der härtesten Türen war.

Und die Cramer war »*The city's toughest bouncer – die härteste Türsteherin der Stadt*«. Thyra grinste bei der Vorstellung.

»Aber nicht hart genug für mich«, summte sie leise und zog die Schreibtischschublade auf, in der sich der Schlüssel zum Allerheiligsten befand.

Sie richtete sich auf und obwohl sie keine Zeit zu verlieren hatte, ging sie auf die Panoramascheibe zu, von der sie einen faszinierenden Blick auf das nächtliche Berlin hatte.

»Wahnsinn«, flüsterte Thyra, als sie das erleuchtete Brandenburger Tor sah, das etwa einen Kilometer Luftlinie entfernt war. Der große Tiergarten, links davon, lag im Dunkeln.

Ihr Blick ging zum Alexanderplatz hinüber, wo sich die beleuchtete Silhouette des Berliner Fernsehturms majestätisch dreihundertachtundsechzig Meter über die Hauptstadt erhob und mit seiner funkelnden Kugel die Nacht zum Tag machte – ein strahlendes Symbol der Stadt, das weit über die Grenzen Berlins hinaus bekannt war.

Thyra genoss noch zwei Sekunden lang den Anblick des glitzernden Lichterteppichs zu ihren Füßen, bevor sie sich von der Aussicht losriss.

Schnell durchquerte sie den Raum und blieb vor der Tür zum Büro von Arthur Bockhorst, dem Gründer und Chef der Bockhorst Elite Financial Solutions, stehen. Obwohl sie wusste, dass sich niemand außer ihr im Büro befand, presste sie kurz ein Ohr gegen die Tür.

Wie erwartet war nichts zu hören. Auch wenn hinter der Tür gesprochen worden wäre, hätte sie aufgrund der Schallisolierung der schweren Rosewood-Tür nichts hören können. Das Schloss öffnete sich geräuschlos, als Thyra den Schlüssel herumdrehte.

Langsam drückte sie die Tür auf. Regungslos blieb sie einen Moment auf der Türschwelle stehen, um das Chefbüro auf sich wirken zu lassen. Ein Büro sagte viel über einen Menschen aus.

Obwohl die Deckenbeleuchtung ausgeschaltet war, lag der Raum nicht völlig im Dunkeln, da auch er über die gesamte

Länge mit einem Panoramafenster verglast war, durch das die Lichter des nächtlichen Berlins hereinschienen.

Thyra ließ die Tür offen stehen, nachdem sie das Büro betreten hatte. Sie brauchte das Licht aus dem Büro der Chefsekretärin, um sich orientieren und etwas sehen zu können.

Das Chefbüro hatte noch größere Ausmaße als das von Sandra Cramer. Es hatte eher den Charakter einer Suite und nicht den eines Büros.

Ebenso spektakulär wie die Aussicht war das Riesengemälde an der Stirnwand, vor dem eine gelbe Sitzgruppe aus weichem Leder stand. Die Farbe der Sitzgruppe passte perfekt zu dem abstrakten Gemälde.

Thyra ging auf das Bild zu, neben dem in Augenhöhe ein Schild mit dem Namen des Künstlers angebracht war. Sie zog ihr Handy aus der Tasche und gab den Namen ein. Thyra zog die Augenbrauen in die Höhe, als sie die Summen sah, mit denen die Gemälde des Künstlers international gehandelt wurden.

Arthur Bockhorst, der Gründer und Chef der Bockhorst Elite Financial Solutions hatte Geld, und das stellte er in seinem Büro zur Schau.

Verständlich, fand Thyra. Denn schließlich gehörten Bockhorsts Kunden zu den Reichen und Superreichen. Da konnte er sich keine Schinken aus dem Baumarkt an die Wände hängen.

Auch der Schreibtisch des Unternehmenschefs repräsentierte Status und Exklusivität seines Besitzers: poliertes Walnussholz mit einem glänzenden Finish, eine handgearbeitete Schreibtischunterlage, eine edle 24-karätig vergoldete Bankerlampe und ein sich lautlos drehendes Perpetuum mobile in Form eines Messingrads mit geschwungenen Speichen, über die jeweils eine kleine Messingkugel rollte und das Rad durch Fliehkraft und Eigengewicht antrieb. Thyra erkannte das Rad sofort. Als sie das erste Mal ein solches vermeintliches Perpetuum mobile gesehen hatte, war sie

Wie konnte es dann sein, dass sich ihr Haustürschlüssel nicht dort befand, wo er hingehörte?

Mit einem harmonischen Dreiklang meldete sich das Kinderklavier, ihr Signalton, der ihr den Eingang einer neuen Nachricht auf ihrem Handy signalisierte.

»Was ist denn?« Mit einer Mischung aus Ungeduld und Nervosität zog sie ihr Handy hervor. Nachrichten um diese Zeit bedeuteten meist nichts Gutes.

Hoffentlich ist nichts mit den Kindern, dachte sie besorgt.

»Mist!«, entfuhr es ihr, als sie die Nachricht ihrer Freundin las:

Kann nicht zu den Kindern. Bin noch immer im Büro. Voll im Stress. Sorry.

»Oh nein!« Isa war vor Schreck wie vor den Kopf geschlagen. Damit hatte sie nicht gerechnet. »Ich hätte diesen Job nie angenommen, wenn ich das gewusst hätte«, stieß sie hervor.

Sandra konnte nichts dafür, das wusste sie. Sie hatte eben diesen Job, bei dem sie nie wusste, welchen Furz der Chef gerade im Kopf hatte. Nachtarbeit gehörte dazu, wenn man wie Sandra Chefsekretärin war.

»Wo sind diese verdammten Schlüssel?« Hastig schaltete sie die Innenraumbeleuchtung an.

Das gelbe Lämpchen reichte aber nicht aus, um viel sehen zu können. Mit fahrigen Händen suchte sie den Innenraum ihres Autos ab und tastete sogar mit der Hand unter die Sitze – zumindest so weit, wie sie mit ihren Fingern reichen konnte, ohne in den Graben zu fahren.

Nirgendwo eine Spur von ihrem Schlüssel.

Isa wurde jetzt zunehmend gereizter.

»Das darf doch wohl nicht wahr sein!« Ein Gedanke schoss ihr durch den Kopf, der sofort ein dumpfes Magendrücken in ihr auslöste. »Bitte nicht!«

Mit einem Ruck zog sie den Rucksack zu sich herüber. Während Isa mit einer Hand lenkte, durchsuchte sie mit der anderen erneut das Innere des Beutels.

»Ich glaub's doch wohl nicht.« Ihre Befürchtung schien sich zu bewahrheiten.

Sie hatte ihren Haustürschlüssel verloren!

»Verdammte Scheiße!«, stieß sie wütend hervor.

Allein schon bei dem Gedanken, umkehren und diesem Typen wieder gegenübertreten zu müssen, grauste es ihr.

Isa verspürte plötzlich eine unbestimmte Angst, die ihr Herz schneller schlagen ließ. Sie konnte den Gedanken kaum ertragen, dass ihre Kinder die ganze Zeit über alleine zu Hause gewesen waren – und es noch immer waren.

Sie musste so schnell wie möglich nach Hause! »Aber zuerst muss ich diesen verfickten Schlüssel finden!«

Isabella trat das Gaspedal durch.

Der Computer! Thyra biss sich auf die Unterlippe. *Shit!* Sie musste Datenspuren hinterlassen haben, als sie mit dem Passwort ihrer Patin die Dateien nach verdächtigen Vorgängen durchforscht hatte. *Das ist wohl doch zu viel des Guten gewesen*, dachte sie.

In dem Moment, als Thyra die Aufschrift des ersten Ordners gelesen hatte, war ihr schlagartig klar geworden, dass sie in eine Falle getappt war.

Die haben auf mich gewartet!

Allein diese Erkenntnis war schon eine eiskalte Dusche für Thyra. Aber dass die Männer auch noch die Unverfrorenheit besessen und sich mit den ironischen Beschriftungen auf den Ordnerrücken über sie lustig gemacht hatten, traf sie besonders schmerzhaft.

NUR FÜR SPIONE! »Pfft«, machte sie verächtlich. *Das ist ja superlustig.*

»Sie sind nicht die, für die Sie sich ausgeben.«

»Wie bitte?« Thyra wandte sich dem Blutleeren zu.

»Sie nennen sich Michaela Marx«, sagte der Mann mit dem fahlen Teint. »Aber das sind Sie nicht.«

Im Grunde war es völlig egal, was Thyra nun sagte.

Jetzt ist es amtlich. Die haben mich erwischt.

Mehr noch. Man hatte sie nicht nur erwischt, sondern ihr eine Falle gestellt, in die sie wie eine Anfängerin hineingestolpert war.

Noch immer lächelte Thyra, obwohl alles in ihr schrie: »HAU AB!«

Demonstrativ bedachte Thyra die Männer nacheinander mit einem missbilligenden Blick. »Ich verstehe nicht«, behauptete sie hartnäckig. »Sie entschuldigen mich. Ich habe eine Menge zu tun.«

»Sie haben heute nichts mehr zu tun«, entgegnete der Mann kalt. Mit schnellem Griff packte er die Schlüssel, die Thyra aus dem Schreibtisch der Sekretärin geholt und auf die Tischplatte gelegt hatte.

»Hey, was soll das bedeuten?«, fuhr Thyra ihn an, noch immer in ihrer Rolle der ahnungslosen Mitarbeiterin.

»Folgen Sie mir.« Ohne auf Thyras Reaktion zu warten, ging er an ihr vorbei Richtung Tür.

Er schien sich sicher zu sein, dass sie ihm folgen würde. Er drehte sich noch nicht einmal um.

Sein athletischer Kollege, der noch immer die Türöffnung versperrte, trat zur Seite und ließ den Mann mit dem blutleeren Gesicht passieren. Er sah dann Thyra an und machte eine eindeutige Bewegung mit der Hand, dass sie folgen sollte.

Thyra sah ein, dass sie keine andere Chance hatte, als der Forderung Folge zu leisten, die sie als unverhohlene Drohung empfand.

Sie hielt noch immer den Aktenordner mit beiden Händen vor ihre Brust gepresst. Auch wenn sie sich mit den Pappdeckeln im Ernstfall schwerlich verteidigen konnte, gaben sie ihr doch zumindest einen gewissen Halt.

Langsam ging Thyra zur Tür, während der breitschultrige Mann seinen Blick ungeniert an ihr entlanggleiten ließ. Sie ignorierte ihn und ging zurück in das Büro der Chefsekretärin.

Sie erschrak kurz, als sie einen dritten Mann in einem gut geschnittenen dunklen Anzug sah, der dessen trainierte Muskeln kaum kaschierte. Seine Hände abwartend vor dem Bauch gefaltet, sah er sie aufmerksam an.

Die Größe des Empfangskomitees überraschte sie. Offensichtlich maß jemand ihrem Einbruch eine solch hohe Bedeutung zu, dass dieser Jemand ein Team aus drei Männern auf sie angesetzt hatte.

»Hier entlang.« Der dritte Mann machte eine einladende Geste Richtung Flur und ging voraus.

Thyra spürte hinter sich eine Bewegung und wusste, dass der Breitschultrige dicht hinter ihr war. So anzüglich, wie er sie gemustert hatte, blieb sie lieber auf Abstand zu ihm. Sie beschleunigte ihren Schritt, bemühte sich aber, nicht zu willfährig zu wirken.

Die Männer führten Thyra den Gang entlang. Noch immer waren die weitläufigen Flure wie ausgestorben. Der dicke Teppich schluckte ihre Schritte wie ein Schalldämpfer. Nur das leise Rascheln ihrer Kleidung war zu hören.

Der Flur machte eine Biegung und Thyra sah den Mann mit dem bleichen Gesicht vor einer offenen Bürotür stehen und auf sie warten.

»Gehen Sie rein und warten Sie so lange, bis ich Sie wieder abhole«, befahl der Mann knapp.

»Mache ich nicht«, erwiderte Thyra spontan und ohne zu lange zu überlegen. »Ich habe …«

»Halten Sie den Mund!«, befahl der Mann mit unangenehm scharfer Stimme. »Sie haben nichts vor heute. Jetzt nicht und auch später nicht!«

Trotzdem bei den Worten des Mannes alles in Thyra rebellierte und sie ihm am liebsten eine passende Antwort gegeben hätte, ließ sein eisiger Blick sie innehalten. Die Spannung zwischen ihnen war fast schon körperlich spürbar und sie wusste, dass jede Konfrontation die Situation nur verschlimmert hätte. Nur mit Mühe unterdrückte sie den Impuls, dem Mann klarzumachen, dass er ihr überhaupt nichts zu sagen hatte. Stattdessen atmete sie tief durch und presste die Lippen fest zusammen.

Im Moment wäre jedes Wort eines zu viel gewesen.

Sie war nicht in der Position, ihrem Gegenüber zu widersprechen, geschweige denn, Wünsche zu äußern.

»Wenn ich Schwierigkeiten bekomme, weil ich meine Arbeit nicht schaffe, geht das auf Sie.« Thyra zeigte sich empört, folgte aber der Anweisung des Mannes.

Eine andere Option sah sie nicht, zumal sich die beiden anderen Männer im Flur aufgebaut hatten. Sie war sich sicher, dass die beiden keine Sekunde gezögert hätten, sie mit Gewalt in den Raum zu zerren, wenn sie sich weigerte.

»Das dürfte Ihre geringste Sorge sein«, erwiderte der Mann lapidar, als Thyra an ihm vorbei in den zugewiesenen Raum ging.

Thyra fröstelte bei seinen Worten.

»Stopp!«

Noch bevor Thyra reagieren konnte, spürte sie die Hände des Mannes auf ihrem Körper, die routiniert und blitzschnell an ihr entlangfuhren.

»Hey!«, schrie sie auf, als ihr das Handy aus der Hosentasche gezogen wurde.

Bevor sie sich wehren konnte, wurde sie mit einem derben Stoß in den Rücken quasi in den Raum hineinkatapultiert. Sie wäre fast gestolpert, konnte sich aber nach zwei Schritten wieder fangen.

Bei dem Raum handelte es sich um ein sehr kleines Büro. Es war mit einem Schreibtisch und dazugehörigem Bürostuhl sowie einem halbhohen Aktenregal spartanisch möbliert. Weder Computer noch Telefon standen auf dem Schreibtisch.

Thyra blieb mitten im Raum stehen, noch immer den Ordner mit beiden Armen vor die Brust gepresst. Sie zwang sich dazu, ruhig zu bleiben, denn auch wenn sie herumgeschrien hätte, wäre nichts gewonnen gewesen. Bei diesen Typen musste sie mit allem rechnen. Den Verlust des Handys konnte sie verschmerzen. Wenn sie undercover unterwegs war, hatte sie ein einfaches Prepaidhandy dabei: kein Adressbuch, keine Fotos, nichts, was Rückschlüsse auf sie oder das, was sie meist unerlaubterweise tat, zuließ. Nach ihrem Gespräch mit Mackensen hatte sie sofort routiniert ihre Anrufliste gelöscht. Das jeweilige

Handy für ihre Recherche besorgte sie sich auf Internetbörsen für schmales Geld.

Abgesehen vom Verlust des Handys, war ihr jetzt in drastischer Form klar geworden, dass die weitere Befragung über ein normales Mitarbeitergespräch hinausgehen würde. So wie man mit ihr umging, wäre kein seriöser Arbeitgeber vorgegangen. Ganz gleich, wobei sie erwischt worden war.

»Und was nun?« Trotzig sah sie den Mann an, dessen Gesichtsfarbe ihr noch fahler vorkam als bisher. »Was kommt jetzt?«

Vielleicht ist der Typ ein Vampir und braucht mal wieder eine Blutkonserve, dachte sie spöttisch und musste fast lachen bei dem Gedanken. Es war schon merkwürdig, welch absurde Gedanken einem durch den Kopf wirbelten, wenn man unter Stress stand.

»Sie warten hier, bis ich Sie hole.«

Ohne auf etwaige Einwände zu warten, verließ der Bleichgesichtige den Raum und zog die Tür hinter sich zu.

Mit einem Schlag wurde es dunkel.

Mit metallischem Knacken drehte sich ein Schlüssel im Schloss.

»Scheiße!«, stieß Thyra unterdrückt hervor.

Einen Moment lang hatte sie das Gefühl, ihr Gleichgewicht zu verlieren. Mit der rechten Hand ruderte sie Halt suchend in der Luft, bis sie die Schreibtischkante zu fassen bekam.

Thyra tastete sich an der Schreibtischkante entlang, bis sie mit einem Bein gegen den Bürostuhl stieß. Sie legte den Ordner auf die Tischplatte und setzte sich vorsichtig auf den Stuhl.

Mit beiden Händen hielt sie sich an dem Schreibtisch fest.

Es schien unmöglich, in der Dunkelheit irgendetwas zu erkennen. In dem Moment, als der Mann draußen das Licht ausgeschaltet hatte, war ihre Umgebung in einem undurchdringlichen Schwarz verschwunden, das jegliche visuellen Details verschluckte.

Sosehr ihre Augen nach Lichtquellen suchten, vermochten sie in der absoluten Dunkelheit keinerlei Schattierungen oder Konturen zu erkennen.

Es war nicht nur die Dunkelheit, sondern auch die Stille, die sie als bedrückend empfand.

Minuten vergingen und nach einer Weile merkte sie, wie sich ihr Zeitgefühl wie Morgennebel in der aufgehenden Sonne verflüchtigte.

Automatisch tastete sie nach ihrer Armbanduhr, um einen Blick darauf zu werfen, was sich aber als sinnlos herausstellte. Denn Thyra bevorzugte ein klassisches, schlichtes Zifferblatt ohne Leuchteffekte. Sie empfand es als störend, wenn eine Uhr eine ständige Lichtquelle war, egal ob daheim auf dem Nachttisch oder im Kino.

In der momentanen Situation allerdings wäre sie heilfroh über jedes Glimmen gewesen. Diese absolute Dunkelheit zerrte an ihren Nerven.

Sie begann zu summen, hörte aber schon nach dem zweiten Lied wieder auf, weil sie auf keinen Fall etwaige Geräusche verpassen wollte, wenn die Männer wiederkamen. Sie hatte keine Ahnung, wann das sein würde und wie lange die Männer sie hier festhalten wollten.

Auch wenn Thyras Situation bedrohlich wirkte, sagte sie sich, dass sie sich keine ernsthaften Sorgen zu machen brauchte. Denn schließlich befand sie sich nicht in irgendeinem Hinterhof oder einsamen Keller, sondern in hell erleuchteten Büroräumen in einem der spektakulärsten und bekanntesten Bürohochhäuser der Stadt.

Schon bald würden die ersten Frühaufsteher in den Büros auftauchen: eifrige Karrieristen, Buchhalterinnen oder Manager, die etwas vor- oder nacharbeiten mussten. Newcomer wie sie, die ihre Präsentationen vorbereiten mussten.

Außerdem würde Folkert Mackensen nach Ablauf der vereinbarten Zeitspanne mit Sicherheit tätig werden.

So gesehen gab es für Thyra keinen Anlass zur Beunruhigung. Aber natürlich war sie auf der Hut. Denn sie wusste nicht, was dieser bleichgesichtige Typ hier für eine Rolle spielte und für wen er arbeitete. Außerdem hatten er und seine Kollegen eine Grenze überschritten, als sie sie gegen ihren Willen festgehalten und eingesperrt hatten.

Thyra wollte sich kein zweites Mal überrumpeln lassen.

Aber trotz ihres Bemühens, wachsam zu bleiben, ließ ihre Aufmerksamkeit nach einer Weile immer mehr nach, sodass sie erschreckt aufschrie, als das Deckenlicht ohne Vorwarnung aufflammte.

Vollkommen geblendet schlug Thyra die Hände vors Gesicht. Ein stechender Schmerz durchzuckte ihre Augen und trieb ihr die Tränen ins Gesicht. Sie presste ihre Augenlider fest zusammen.

Vor Schreck zitterten ihr die Hände. Sie hatte nicht das geringste Geräusch vor der Tür gehört, das angekündigt hätte, dass die Männer zurückkehrten.

»Sie werden erwartet.« Thyra erkannte die Stimme des Mannes auch mit geschlossenen Augen.

Sie murmelte eine halblaute Verwünschung, bevor sie widerwillig zwischen ihren Fingern hindurchblinzelte und versuchte, ihre Umgebung zu erkennen.

Allmählich passten sich ihre Augen an das grelle Licht an, und die Welt um sie herum begann, Gestalt anzunehmen. Zuerst verschwommen, dann immer deutlicher, begannen sich die Konturen ihrer Umgebung abzuzeichnen. Schließlich konnte sie die Details des Raums klar und scharf erkennen.

»Kommen sie jetzt!«

»Ja«, gab sie mit sarkastischem Unterton zurück. »Ist ja nicht so, als wenn ich nicht die ganze Zeit auf Sie gewartet hätte.«

Thyra erhob sich von dem Bürostuhl. Mit einer beiläufigen Handbewegung strich sie den Stoff ihres Hosenanzugs glatt, was ihre souveräne Haltung unterstreichen sollte.

Der Mann stand in der Türöffnung und schaute sie abwartend an.

Den wertlosen Ordner mit der spöttischen Beschriftung ließ Thyra achtlos auf dem Schreibtisch liegen und folgte dem Mann, der sich bereits abgewandt hatte und vorausging.

Vor der Tür warteten die beiden anderen Männer, die sie eher gelangweilt als aufmerksam betrachteten.

Die kleine Prozession ging den Flur entlang und bog wenige Meter später in einen anderen Gang ein.

Thyras Herz machte einen Hüpfer, als sie weiter vorne plötzlich eine Mitarbeiterin auftauchen sah, die neugierig zu ihnen herüberblickte. Sie musste demnach eine ganze Weile in dem finsteren Zimmer verbracht haben.

Kurzerhand schob sie ihren Jackenärmel ein Stück hoch und warf einen schnellen Blick auf ihre Uhr. Es war noch wesentlich früher, als sie aufgrund des Anblicks der Kollegin vermutet hatte.

Einen Moment lang verspürte Thyra den Impuls, einfach loszuschreien und um sich zu schlagen, um die Arbeitskollegin auf sich aufmerksam zu machen. Sie verwarf den Gedanken aber gleich wieder. Denn auch wenn ihre Kollegin ihr zu Hilfe gekommen wäre, hätte der eiskalte Typ mit Sicherheit irgendeine Erklärung dafür gehabt, warum sie Thyra festhielten.

Noch bevor sie etwas tun konnte, verstellte ihr der bleichgesichtige Mann den Weg und deutete auf die offen stehende Bürotür neben sich.

»Man erwartet Sie.«

Der dritte Mann nahm den Platz des Bleichgesichtigen ein, als dieser in den Raum voranschritt, und behielt Thyra aufmerksam im Blick, während sie einen Moment auf der Stelle verharrte. Sie hatte keine Ahnung, wer oder was sie erwartete. Aber egal, was es auch sein mochte, es war mit Sicherheit nichts Gutes.

Obwohl Thyra auf frischer Tat von der Security erwischt worden war, und um eine Art Sicherheitsdienst musste es sich bei den Männern handeln, hatte Thyra zwar kein gutes Gefühl bei dem, was kommen würde, aber sie verspürte keine Angst.

Die Männer hatten zwar Zwang angewandt und sie in einem fensterlosen Raum ohne Essen und Trinken eingesperrt. Aber sie hatten Thyra nicht angefasst.

Bis jetzt zumindest nicht, dachte sie.

Vielleicht hatte sie auch keine Angst, weil sie sich auf vertrautem Terrain bewegte. Auch wenn sie in diesem Flur bislang noch nicht gewesen war, gehörte er doch zu Bockhorst Elite Financial Solutions. Außerdem hatte sie ein paar Sekunden zuvor eine Kollegin gesehen.

Sie war nicht mehr mit den Männern allein.

Ob es ihr aber im Ernstfall weiterhelfen würde, dass mittlerweile mehr Kollegen an ihren Arbeitsplätzen saßen, bezweifelte sie allerdings.

- 10 -

Genshagen • Verlassene Militärkaserne • Rheintochter Donnerstagmorgen, kurz vor ein Uhr …

Unter ihrem Fuß knirschte Glas.

Langsam nahm Isabella ihren Fuß von der Treppe.

Beklommen sah sie den Gang entlang. Sie hatte ein ungutes Gefühl hier unten. Schnell warf sie einen Blick nach oben. Einen Moment lang wurde ihr Denken von einem Fluchtimpuls überlagert. Ihre Hand krallte sich um das Eisengeländer. Mit aller Gewalt stemmte sie sich gegen den Impuls, die Eisentreppe hochzustürmen und die Halle so schnell sie konnte zu verlassen.

Sie konnte zu Hause einen Schlüsseldienst rufen. Sie musste nicht hier durch diese gespenstischen Gänge laufen und Simon bei seinen perversen Filmaufnahmen stören.

Nach kurzem Zögern atmete sie tief aus. Ihre Schultern entspannten sich.

Entschieden schüttelte sie den Kopf.

»Nein!«, presste sie hervor. »Vergiss es!«

Sie würde nicht weglaufen! Und ein Schlüsseldienst kam überhaupt nicht infrage. Denn dann wäre die Hälfte ihres Honorars für den Notdienst weg gewesen. Für nichts und wieder nichts.

Sie würde jetzt diesen verfickten Gang entlanggehen und irgendwo würde sie Simon mit seinen Models finden.

Entschlossen stieß sie sich von der Eisentreppe ab.

Wenige Meter weiter passierte sie eine maisgelbe Eisentür, die an der Innenseite mit zwei großen Hebeln versehen war, damit man den Bunker von innen verriegeln konnte.

Um einen Bunker musste es sich bei dieser Ebene unter der Halle handeln.

Die Wände rechts und links waren aus Beton. Der weiße Anstrich war im Laufe der Zeit teils abgebröckelt, teils vergilbt. An einigen Stellen war die Farbe in handtellergroßen Stücken abgeplatzt und bedeckte den grauen Betonboden.

Etwa alle zehn Meter befand sich jeweils eine weitere gelbe Eisentür mit einem Türsturz, der durch ein gelb-schwarzes Markierband abgeklebt war: eine Sicherheitsmaßnahme, damit niemand über die Schwelle stolperte oder sich am oberen Sturz den Schädel einschlug.

Weiter hinten im Gang hatte Simon ein weiteres Lichtpanel aufgebaut, welches den Gang ausleuchtete.

Die Lampe war das untrügliche Zeichen dafür, dass sie hier richtig war.

Abgeplatzte Farbe, Steinchen und Dreck, die sich im Laufe der Zeit im Gang angesammelt hatten, knirschten unter den Sohlen ihrer Boots. Langsam ging sie den Gang entlang.

Rechts von ihr bemerkte sie einen dunklen Schatten.

Isa ließ ihr Handylicht aufleuchten.

Der Schatten erwies sich als eine Türöffnung, hinter der ein technischer Betriebsraum lag. Mit ausgestrecktem Arm beschrieb sie einen Kreis. Eine Art Tank war auf metallenen Eisenstreben aufgebockt. Der graue Anstrich war zwar mit einer fingerdicken Schicht Staub bedeckt, aber ansonsten vollkommen in Ordnung. Zwei armdicke Rohre, die aus der Wand kamen, mündeten in zwei graue Pumpen.

Tank und Zuleitungen machten den Eindruck, als ob sie jeden Moment zum Leben erwachen konnten.

Isa ging weiter.

Nach wenigen Metern tauchte der nächste Raum auf: riesengroß und dunkel. Isas Handylicht riss eine Reihe alter, eiserner Bettgestelle aus dem Dunkeln.

»What the fuck!«

Isa hatte schon so einige ungewöhnliche Locations gesehen: alte, verlassene Heilstätten und Kinderheime, Kasernen und Flugzeughangars. Verrostetes Eisen, mit Patina überzogene Hinterlassenschaften und verschimmelte Wände. Aber diese fein säuberlich aufgereihten Bettgestelle hier wirkten umso makabrer, wenn sie daran dachte, dass sie Dekoration eines Fetischdrehs waren.

Langsam tastete Isa sich weiter vor.

Im nächsten Raum fand sie Simon.

Obwohl sie auf der Suche nach ihm war, zuckte sie erschrocken zusammen, als sie so plötzlich vor ihm stand.

Der winzige Raum war so eng, dass sie die gegenüberliegenden Wände mit ausgestreckten Armen gleichzeitig hätte berühren können. An der Rückwand stand ein völlig verranztes Klobecken inmitten allerlei ekligen Unrats.

Simon saß auf dem stockfleckigen Klo. Regungslos.

Gott sei Dank hat er seine Hose an!, war ihr erster Gedanke, als sie ihn erblickte.

»Hey, Simon.« Ihre Stimme klang so zaghaft, wie sie sich fühlte, als sie Simon leblos in sich zusammengesunken und mit geschlossenen Augenlidern auf der schmutzigen Porzellanschüssel sitzen sah. Sein Mund stand offen. Aus einem Mundwinkel war ihm Speichel gelaufen und hatte in seinem Dreitagebart eine Spur hinterlassen, die mittlerweile getrocknet war.

Simon musste hier schon eine ganze Zeit lang sitzen.

»Geht's dir gut?«

Ihre Frage war eigentlich überflüssig, denn es war offensichtlich, dass es Simon gar nicht gut ging. Aber was sonst hätte sie auch sagen sollen, als sie ihn so dort sitzen sah?

»Hörst du mich, Simon?«

Isa spürte einen Anflug von Panik. Sie wusste nicht, was sie tun sollte. Eigentlich hatte sie ihn nach ihrem Schlüssel fragen wollen. Das Letzte, womit sie gerechnet hatte, war gewesen, ihn leblos auf einem Klo sitzend vorzufinden.

Bei diesem Gedanken setzte ihr klarer Verstand wieder ein.

Simon war in sich zusammengesunken, sein Mund stand offen und er reagierte nicht.

Sie musste etwas tun!

Mit zwei Schritten war Isa bei ihm und beugte sich über ihn. Sie hielt ihr Ohr dicht an seinen Mund und lauschte gespannt. Sein Atem war so leise, dass sie ihn kaum hören konnte. Aber sie spürte die warme Luft an ihrer Wange – und sie konnte seinen säuerlichen Atem riechen.

Erleichtert richtete sie sich auf.

Simon lebte. Sie war froh, dass sie keine MundzuMundBeatmung durchführen musste.

»Hey, Simon.« Isa rüttelte ihn an der Schulter. »Wach auf!«

Sie wartete einen Moment. Dann schüttelte sie ihn erneut, diesmal aber ziemlich unsanft.

Aber auch jetzt reagierte Simon nicht.

»Was hast du denn bloß genommen? Du bist ja nicht mehr in diesem Universum.« Isa ließ von ihm ab.

Umkippen konnte er nicht, dafür war der Raum zu eng.

Aber es gab einen dumpfen Laut, als Simons Kopf gegen die Wand schlug.

»Oh«, machte Isa erschrocken. Simon war jedoch so weggetreten, dass er nichts mitbekam.

Einen Moment lang sah sie ihn an.

Sie brauchte aber nicht länger zu überlegen. Ihr war klar, was sie tun würde. Mit Sicherheit nicht darauf warten, dass Simon wieder ansprechbar war. Sie hockte sich vor den Fotografen hin und begann seine Taschen zu durchsuchen. In den Außentaschen seiner Jacke fand sie allerlei Utensilien, wie Fotografen sie mit sich herumtrugen: Mikrofasertücher, einen kleinen Pinsel zum Reinigen von Kamera und Objektiven, mehrere Speicherkarten und Ersatzakkus. In den Innentaschen zwei kleine Plastikdosen mit allerlei verschiedenen Pillen, ein paar Tütchen mit einem weißen Pulver, das mit Sicherheit kein Backpulver war, und allerlei Krimskrams, nur nicht das, was sie suchte.

»Wo hast du meinen verdammten Schlüssel?«, stieß Isa gereizt hervor.

Hastig stopfte sie alles wieder zurück in seine Jacke. Blieben nur noch seine Hosentaschen.

Isa verzog widerwillig das Gesicht. Sie hatte überhaupt keinen Bock darauf, in Simons Hose herumzuwühlen. Sie fühlte sich immer unbehaglicher, hier in diesem dreckigen Klo zusammen mit ihrem Fotografen: diese Enge, der Schmutz, die Situation.

Unbeabsichtigt schüttelte sie sich.

Sie hatte keine Wahl.

Glücklicherweise trug der Fotograf bei seiner Arbeit immer eine Cargohose. Aber auch in den vollgestopften Seitentaschen fand sie nur Fotografenzeugs. Alles, nur keinen Haustürschlüssel.

Mit einem Ruck erhob sie sich. Ein paar der Wechselakkus und ein Handbelichtungsmesser fielen zu Boden. Angewidert wandte sich Isa um und verließ fluchtartig den kleinen Raum.

Ihr reichte es!

Sie würde den Kram nicht zurück in Simons Hosentaschen stopfen.

»Soll er doch seinen Scheiß alleine einsammeln«, zischte sie wütend, als sie weiterging.

Der Schlüssel war definitiv nicht im Auto und auch nicht in ihren Klamotten. Bisher war sie davon ausgegangen, dass er aus dem Rucksack gefallen sein musste, als Simon sich in dem Gurt verheddert hatte, und dass Simon ihren Schlüssel gefunden und an sich genommen hatte. Wenn der Schlüssel sich nicht in seinen Taschen befand, dann musste er ihn irgendwo am Set für sie abgelegt haben. Dass er die Schlüssel Mascha oder Kira gegeben hatte, schloss sie aus. Die beiden Models hätten Simon den Mittelfinger gezeigt, wenn er sie um Hilfe gebeten hätte.

Für so was sind die Tussis sich zu schade, dachte Isa verächtlich, als sie dem Gang weiter folgte. *Und diesem Typen hat Simon meinen Schlüssel sicherlich auch nicht gegeben, damit der ihn für mich aufbewahrt.*

Blieb also nur noch das Set.

Blöd nur, dass sie dort diesem Mr Blond und den beiden Russinnen über den Weg laufen würde. Darauf hatte sie überhaupt keinen Bock.

Mittlerweile hatte Isa eine Biegung erreicht, hinter der es ziemlich finster war, weil das Licht des Panels kaum noch bis hierher reichte. Ihre Anspannung wuchs, als sie vorsichtig den Kopf um die Ecke streckte und in den nächsten Gang schaute, der vor ihr lag.

Wenige Meter weiter fiel ein heller Lichtschein aus einem Raum in den Gang herein.

Endlich!, dachte sie. *Das dürfte das Set sein.*

Sand knirschte leise unter den Sohlen ihrer Boots, als sie langsam weiterging.

Ihre Vermutung stellte sich als richtig heraus.

Sie hatte das Set gefunden.

Was ist das denn? Ungläubig blieb sie in der Tür stehen.

Isa hatte zwar mit einer ungewöhnlichen Location gerechnet. Aber nicht mit einem unterirdischen Bunker in dieser Größe.

Aber klar!, dachte sie, als sie die Augen zusammenkniff und in das grelle Licht blinzelte.

Sie befand sich schließlich in einer alten Kaserne. Da war es nicht verwunderlich, wenn sich unter dem Gebäudekomplex auch unterirdische Anlagen zur Versorgung der dort stationierten Soldaten befanden.

Simon hatte den Raum mit vier leistungsstarken Lichtpanels ausgestattet. An jeder Ecke des etwa fünfzig Quadratmeter großen Bunkerraums hatte er ein Stativ mit einem LED-Panel aufgebaut. Das eigentliche Bühnenbild für seinen Videodreh bestand aus einem alten metallenen OPTisch, wie er in militärischen Feldlagern zur Versorgung Verwundeter verwendet wurde. Dieser hier war mithilfe einer Sonderausstattung in Form von Arm- und Beinhaltern zu einem Spezialtisch für gynäkologische und urologische Eingriffe umgebaut worden. Sonderausstattungen dieser Art waren nicht erst notwendig, seit auch Frauen in den meisten Armeen der Welt Dienst verrichteten: Auch männliche Soldaten konnten schwere Unterleibsverletzungen davontragen.

Die metallenen Arm- und Beinhalter waren mit robusten Lederriemen versehen, die zur Fixierung der Patienten gedacht waren, wenn es die Schwere der Verletzung oder die Qualität der Anästhesie erforderte.

Abgesehen von dem Operationstisch, einem Infusionsständer und zwei Beistelltischen, auf denen diverse chirurgische Instrumente aufgereiht lagen und auf ihren Einsatz zu warten schienen, war der unterirdische Raum leer.

Das Set wirkte kalt und bedrohlich.

Isa wusste natürlich, dass genau diese Wirkung von den Machern solcher Videos und Fotos einschlägiger Fetischmagazine gewollt war. Je härter und martialischer die Models in Szene gesetzt wurden, umso höher der Preis für das Hardcorematerial.

Und dennoch überkam sie ein unbestimmbares Angstgefühl beim Anblick des Bühnenbilds.

Warum ist hier niemand?, dachte Isa, deren Puls mit einem Mal immer schneller schlug.

Simon hatte das Set professionell aufgebaut und ausgeleuchtet. Seine Kamera stand auf einem Stativ am Fußende des Gynstuhls.

Aber keine Menschenseele war hier.

Weder von Mascha noch Kira, auch nicht von Mr Blond, war etwas zu sehen.

Vielleicht hat es doch etwas zu bedeuten, dass ich Kiras Wagen draußen nirgendwo gesehen habe, überlegte Isa. Und was hatte es mit dem Offroader auf sich, der vor dem Tor stand? Wo war der Fahrer?

Isa stellten sich plötzlich jede Menge Fragen. Aber es war niemand da, der sie beantworten konnte. Sie war sich nicht sicher, ob sie überhaupt die Antworten darauf wissen wollte. Außerdem lief ihr die Zeit weg.

Sie traute sich gar nicht, auf ihre Uhr zu schauen. Es war sicher schon viel später, als es eigentlich hätte sein dürfen.

Ich hole mir jetzt meinen Schlüssel und dann nichts wie ab nach Hause!, sprach sie sich selber Mut zu. *Irgendwo wird Simon ihn ja schließlich deponiert haben.*

Erneut setzte sie ihre Suche fort. Sie sah sich schnell um und stutzte, als sie eine weitere Eisentür im hinteren Teil des Bunkers erspähte, die ihr vorher nicht aufgefallen war. Unruhig, da sie so schnell wie möglich von hier verschwinden wollte, ging sie auf die Tür zu. Obwohl diese mit einer Jahrzehnte alten Staubschicht bedeckt war und aussah, als würde sie sich überhaupt nicht bewegen lassen, schwang sie mit einem kaum wahrnehmbaren Quietschen auf, als Isa den großen Riegel packte und sie aufzog. Vor ihr lag ein dunkler Gang, der nur punktuell von kleinen Lampen beleuchtet war, die vermutlich Simon an den Wänden angebracht hatte. Isa schaltete ihre Handylampe an. Es wurde deutlich heller. Sie sah auch sogleich, dass die Scharniere der Metalltür nass schimmerten. Neugierig fuhr sie mit einer Fingerspitze über eine Stelle und roch vorsichtig an dem Fleck an ihrem Finger.

Wie sie es sich bereits gedacht hatte, als sich die Tür unerwartet geräuschlos hatte öffnen lassen, erkannte sie den typischen Geruch eines Öls, welches Simon benutzte, wenn er an technischen Geräten arbeitete. Hier hatte er es verwendet, um die Tür gängig zu bekommen.

Wofür dieser Aufwand?, dachte sie im Weitergehen, als sie die LED-Leuchten betrachtete, die Simon mit einer Art Bauschaum an die Wände geklebt hatte. Bei den Lampen handelte es sich ganz offensichtlich um einen preisgünstigen Notbehelf.

Passt zu Simon. Unwillkürlich musste sie grinsen. *Der alte Sparfuchs.*

Sie kannte solche Leuchten: batteriebetrieben, nicht sehr hell und mit begrenzter Lebensdauer. Offenbar hatte Simon diesen Gang nur für dieses eine Shooting auf eine einfache Art vorbereitet, bei der er keine elektrischen Leitungen legen oder hochwertige Leuchten verwenden musste.

Der Gang endete nach etwa zwanzig Metern in einer Biegung. Vor ihr befand sich eine weitere Tür, die sich von den üblichen metallenen Bunkertüren unterschied.

»Was ist das denn für ein Ding?«, stieß sie gepresst hervor. Überrascht betrachtete sie die großen doppelflügeligen Holztüren.

Das dunkle Holz schimmerte matt. Die Flügel der Tür waren schätzungsweise mindestens vier Meter hoch. So genau konnte sie das mit ihrem Handylicht nicht einschätzen. Die dunklen Metallgriffe waren ebenso wie die Türbeschläge kunstvoll verziert.

Obwohl die Holztürflügel massiv wirkten und sicherlich eine halbe Tonne wogen, ließ sich der rechte Flügel ebenso mühelos öffnen wie die Eisentür zuvor.

Gespannt schob sich Isa durch den Türspalt.

»Das ist ja abgefahren!«, rief sie überrascht. Mit großen Augen blickte sie sich um.

Sie kannte eine Menge merkwürdiger Orte, aber nichts mit diesem hier Vergleichbares.

Links und rechts der Tür hatte Simon zwei seiner leistungsstärksten Lichtpanels aufgebaut, die den vor ihr liegenden Säulengang jedoch nur zum Teil aus der Dunkelheit reißen konnten. Die Mauern der Säulenbögen ragten so hoch in das Gewölbe hinauf, wie sie es zuletzt bei einem Dreh für eine Fernsehdokumentation in der gotischen Frauenkirche, einer der drei bedeutenden Kirchen Nürnbergs, gesehen hatte.

»Ich glaub's ja nicht.« Isa liebte gotische Kirchen, Kathedralen und mittelalterliche Klöster sehr und hatte viele Studienreisen unternommen, bevor sie ihre Kinder bekommen hatte. »Wie genial ist das denn?«

So etwas Beeindruckendes hatte sie bisher noch nicht gesehen. Ihre Schritte hallten laut auf dem Steinboden wider und verloren sich in der Dunkelheit, die an den Rändern der Lichtkegel der Leuchten zu nagen schien.

Falls es sich bei dem Gewölbe um ein Bauwerk handelte, das von Menschenhand stammte, war es gigantisch. Aber das passte – die alten Nazibaumeister waren für ihren Größenwahn bekannt.

Zwischen den Säulenbögen hindurch konnte Isa weiteres Mauerwerk erkennen, in dem sich in regelmäßigen Abständen Kirchenfenster befanden. Das Glas der Fenster war blind. Ob sich dahinter etwas befand, war nicht zu erkennen. Am Ende des Sonnengangs hatte Simon ebenfalls Lichtpanels auf einem

Stativ aufgebaut. Im Schein der LEDs erkannte Isa schon von Weitem den großen Steinaltar.

Für einen Moment hatte sie Simon und die Suche nach ihrem Schlüssel vergessen. Als sie sich aber dem Altar näherte, wurde ihr bewusst, dass es sich hierbei um das ominöse Set handeln musste. Das erkannte sie nicht nur an den zerrissenen Kleidungsstücken aus grobem Leinen, die auf dem Altar lagen. Auch der zerborstene Holzbalken sprach dafür. An seinen Enden befanden sich Eisenringe und auf dem Boden rund um den Altar lagen grobe Stricke. Wie sie Simon und seine Kunden kannte, hatte hier eindeutig eine Fotosession der ganz speziellen Art stattgefunden.

»Oh mein Gott!«, stieß sie entsetzt hervor, als sie die große Blutlache auf dem Steinaltar erblickte.

Hier war etwas völlig außer Kontrolle geraten.

Schlagartig wurde ihr der Haustürschlüssel völlig egal. Sie wollte nur noch von hier weg, und zwar so schnell wie möglich! Sie würde zu Hause den Schlüsseldienst anrufen und die Tür öffnen lassen. Dann hatte sie heute eben umsonst gearbeitet.

Scheißegal, dachte sie. Nur weg von diesen Irren hier!

In diesem Moment packte sie eine Hand hart am Oberarm.

Noch bevor Isa begriff, was geschah, wurde sie herumgewirbelt.

»Was?«

Vor ihr stand eine hochgewachsene Gestalt in einem schwarzen Umhang, der bis zum Boden reichte. Eine Kapuze bedeckte den Kopf und hing der Gestalt so tief über die Stirn, dass sie das Gesicht ihres Gegenübers nicht erkennen konnte.

Eine schallende Ohrfeige traf sie im Gesicht.

Ihr Kopf wurde so heftig herumgerissen, dass ihre Nackenwirbel laut knackten.

Der Angriff traf Isa so unvorbereitet, dass sie überhaupt nicht reagieren konnte. Aber selbst, wenn sie nicht unerwartet getroffen worden wäre, hätte sie dem Schlag nichts entgegensetzen können.

Die Wucht der Ohrfeige war so heftig, dass sie das Gleichgewicht verlor und stürzte.

»Aaah!«, schrie sie.

Der Schmerz war höllisch, als sie mit voller Wucht mit den Knien auf den Betonboden knallte. Heiße Tränen schossen ihr in die Augen und nahmen ihr die Sicht.

Eine Hand packte sie an der Kehle.

»Was hast du hier zu suchen?« Die Stimme war kalt wie Stahl. Sie erkannte sie. Die Stimme gehörte diesem widerlichen Typen, den Simon Mr Blond genannt hatte.

»Ich …« Isas Antwort erstarb unter ihrem mühsamen Versuch, Luft zu bekommen.

Die Hand drückte ihr unbarmherzig die Kehle zu. Von einer Stelle unterhalb ihres Kehlkopfes ging durch den mechanischen Druck ein Hustenreiz aus, den sie nicht kontrollieren konnte.

Die Kapuze ihres Gegenübers war verrutscht und ein eisiger Schreck durchfuhr Isa.

Die unheimliche Gestalt hatte kein Gesicht.

Dort, wo eigentlich Augen, Mund und Nase zu sehen gewesen wären, befand sich lediglich ein weißer Fleck.

Obwohl ihr dann klar wurde, dass ihr Gegenüber eine dieser Masken trug, die einem solch ein gesichtsloses Aussehen verliehen, begann Isa panisch um sich zu schlagen.

Die Luftnot und der heftige Hustenreiz schüttelten ihren Oberkörper durch. Mit beiden Händen griff sie nach der Hand, die ihre Kehle umklammerte.

Verzweifelt versuchte Isa, sich aus dem Griff zu befreien.

Mit aller Gewalt versuchte sie, einen Finger der Hand, die ihren Hals umklammerte, zu lösen, um den Griff anbringen zu können, den sie in einem Selbstverteidigungskurs gelernt hatte.

Aber genauso gut hätte sie auch auf den Betonboden einschlagen können.

Diese Griffe, die Frauen und Männern in Tutorials zur Selbstverteidigung in den sozialen Medien zuhauf beigebracht wurden, taugten im Notfall auf der Straße meist gar nichts.

Angreifer sind ihrem Opfer gegenüber meist schon deshalb im Vorteil, weil sie etwas auszeichnet, das dem Opfer fehlt – Skrupellosigkeit. Während das Opfer erst eine innere Grenze überwinden muss, schlägt oder sticht der Angreifer sofort skrupellos zu. Aggressive Angreifer haben keine innere Grenze und attackieren ihre Opfer rücksichtslos.

Diese leidvolle Erfahrung musste nun auch Isa machen, als sie wirkungslos an den Fingern ihres Angreifers herumzerrte.

»Gib Ruhe!«, schnauzte ihr Angreifer sie an. »Ich tu dir sonst richtig weh!«

Statt dem Befehl zu folgen, schlug Isa mit beiden Händen wie wild auf ihren Angreifer ein. Der Versuch, sich zu befreien, scheiterte kläglich.

Ein zweiter Hieb ins Gesicht traf sie.

Diesmal nicht mit der flachen Hand, sondern mit geballter Faust.

Isa hatte das Gefühl, dass ihr Unterkiefer weggesprengt wurde.

Ein Schwall Blut lief ihr aus dem Mundwinkel.

Sie hätte sich bei dem Hieb fast ein Stück ihrer Zunge abgebissen. Aber – Glück im Unglück – ihre Zähne hatten zwar eine tiefe Wunde verursacht, die stark blutete, jedoch sehr wahrscheinlich ohne bleibende Schäden wieder verheilen würde.

Ein Adrenalinstoß jagte durch ihren Körper, als ihr Nebennierenmark Epinephrin und Norepinephrin freisetzte, um ihren Körper in Sekundenbruchteilen auf Kampf oder Flucht vorzubereiten. Ihre Herzfrequenz beschleunigte sich und ihr Blutdruck schoss in die Höhe. Das Adrenalin bewirkte zudem, dass sie keine Schmerzen in ihrer Zunge verspürte und sich der Verletzung nicht bewusst wurde.

Der Schmerz würde sie erst später quälen.

Die Hand des Mannes umklammerte ihre Kehle unerbittlich wie eine Stahlklammer. Blutrote Schleier tanzten vor ihren Augen.

Unvermittelt lockerte sich der Griff.

Mit einem Schmerzenslaut sank Isa in sich zusammen. Röchelnd rang sie nach Luft. Ihr Herz raste und die Schleier vor ihren Augen verdichteten sich. Isa hatte Angst, das Bewusstsein zu verlieren. Sie konzentrierte sich auf ihre Atmung und zwang sich zur Ruhe.

Kaum, dass sie zwei Atemzüge getan hatte, setzte ihr Angreifer seine Attacke fort.

Mit hartem Griff packte Mr Blond Isa an ihrem Zopf, den sie sich für ihre Arbeit gebunden hatte. Hilflos ruderten ihre Hände in der Luft, als der Mann sie an ihren Haaren über den Boden schleifte.

Sein Griff war unerbittlich und schmerzhaft.

Wie ein Gepäckstück wurde Isa über den schmutzigen Betonboden gezogen. Mit Armen und Beinen versuchte sie, ihr Gleichgewicht wiederzuerlangen, was ihr aber nicht gelang, da der Boden unter ihr wegglitt.

Ihre Zunge blutete so heftig, dass ihr Blut ins Gesicht spritzte und ihre Augen verklebte.

Isa spürte mehr, als sie sah, wie der Mann sie an ihren Haaren durch den Raum schleifte und irgendwo abbog. Mit einem Mal ließ er sie los, und Isa landete mit einem dumpfen Aufprall auf dem Boden.

Sie lag mit dem Gesicht auf dem schmutzigen Beton. Hinter ihr wurde eine Metalltür scheppernd zugeworfen. Trotz der Dunkelheit flackerte es vor ihren Augen. Schwindel ergriff sie, dann schwanden ihre Sinne.

- 11 -

Berlin • Pankow • Sellinstraße
Donnerstagmorgen, kurz vor ein Uhr …

Der böse Clown.

Das Herz des Jungen schlug vor Angst so laut, dass er es in seinen Ohren hämmern hörte.

Genauso wie in seinem Traum.

Siggi hatte ihm erklärt, dass der Clown, der ihm einen solchen Schreck eingejagt hatte, ein Filmschauspieler gewesen war. Und er wusste auch, dass er von dem Clown nur geträumt hatte. Aber das machte es nicht besser. Die Angst war die gleiche.

Und diese Angst war es, die ihm immer stärker die Brust zuschnürte und ihn immer flacher atmen ließ.

Seine Haare klebten verschwitzt an seiner Stirn und ein Schweißtropfen lief ihm über die Wange. Er wusste nicht, was mit ihm passierte, aber er spürte die unerbittliche Enge um seine Brust herum.

Mit jedem Augenblick schien sich die Luftzufuhr weiter zu verknappen, und er konnte kaum noch atmen. Seine Bronchien waren so eng, dass er das Gefühl hatte zu ersticken.

Die Panik überwältigte den kleinen Jungen, als er begriff, dass er alleine war und seine Mutter ihn vielleicht nicht hören konnte. Die Angst vor dem Erstickungstod schnürte ihm die Kehle zu und ließ Tränen in seine Augen schießen.

Tapfer unterdrückte der Junge sein Schluchzen, das ihm die Kehle hinaufkroch. Er wollte nicht weinen.

Mama sollte sich keine Sorgen um ihn machen müssen.

Er war ihr Großer!

Er schob die Bettdecke zur Seite und streckte die Hand zu dem kleinen Nachttisch aus, der neben seinem Bett stand. Die Augen hielt er unverwandt auf die dunkle Türöffnung gerichtet.

Vielleicht kam seine Mutter ja doch.

Aber vielleicht tauchte auch das schreckliche Clownsgesicht aus dem Dunkel auf.

Seine Finger ertasteten Medusa, seine blaue ferngesteuerte Riesenspinne. Eigentlich war Medusa ein Spielzeug für ältere Kinder. Aber als er seine Mutter zum Einkaufen begleitete, war sein Blick auf die große Schachtel mit der blauen Roboterspinne gefallen und er sofort Feuer und Flamme gewesen. Kein anderes Spielzeug hatte ihn so begeistern können wie die Spinne mit ihren blauen Beinen und den roten Augen, die gefährlich im Dunkeln leuchten und Laserstrahlen verschießen konnten.

Er hatte seine Mutter nicht mal bitten müssen. Sein sehnlicher Wunsch war ihm sofort erfüllt worden. Zu Hause hatten sie viel Spaß damit gehabt, gemeinsam den Bausatz zusammenzubauen. Emma war zwar noch zu klein für eine solch tolle Spinne. Trotzdem hatte auch sie keine Angst gehabt, als Medusa über den Boden auf sie zu gekrabbelt kam.

Sie hatte so sehr gelacht, dass sie gleich wieder in die Windeln gemacht hatte.

Vielleicht, überlegte der Junge für einen Moment, würde Medusa den Clown erschrecken und verjagen, wenn der auftauchte.

Er packte die Spinne an einem der langen Beine und zog sie zu sich ins Bett. Obwohl die Roboterspinne nicht allzu schwer war, brachte ihn die Anstrengung sofort noch mehr außer Atem.

Schwer japsend tastete der Junge mit zunehmender Panik nach dem Asthmaspray, das seine Mutter abends immer in Reichweite auf seinen Nachttisch legte.

Seine Fingerspitzen ertasteten den kleinen Plastikzylinder. Als er danach greifen wollte, rollte der Inhalator über die Nachttischkante und fiel zu Boden. Medusas Beine hatten das Spray so nah an die Kante geschoben, dass die kleinste Bewegung es zu Boden fallen lassen musste.

Der Junge erstarrte vor Schreck.

Mühsam rang er nach Luft.

Er hatte Angst, das Bett zu verlassen. Etwas war nicht in Ordnung. Seine Mutter hatte noch immer nicht nach ihnen geschaut, obwohl Emmas Schluchzen noch lauter geworden war.

Es musste etwas mit dem Clown zu tun haben, dass seine Mama nicht zu ihnen kam.

Mit dem Ärmel seines Schlafanzugs wischte er sich die Tränen aus dem Gesicht. Dann schwang er die Beine über die Bettkante. Seine Beine waren zu kurz, um bis zum Boden zu reichen. Deshalb rollte er sich auf den Bauch und ließ sich langsam vom Bett hinunterrutschen, bis seine nackten Füße den Teppich berührten.

Er plumpste auf den weichen Bodenbelag. Am Boden war es dunkel. Mit beiden Händen tastete der Junge hektisch den Fußboden ab. Dann endlich fand er den Inhalator.

Mit zittrigen Fingern zog er die Schutzkappe ab und nahm das Mundstück zwischen die Lippen. Obwohl er das Gefühl hatte, jeden Moment zu ersticken, inhalierte er das Asthmaspray so sorgsam, wie es ihm die freundliche Ärztin erklärt und er es mit seiner Mutter schon oft geübt hatte.

»Du musst ganz ruhig bleiben«, hatte seine Mutter ihm eingeschärft. »Auch wenn du plötzlich keine Luft mehr bekommst. Du musst ruhig und tief inhalieren, sonst wirkt die Medizin nicht.«

Er zählte quälend langsam bis fünf, nachdem er inhaliert hatte.

»So hilft dir das Spray am besten«, hatte ihm die Ärztin erklärt.

Die Atemluft strömte zuerst nur etwas leichter, dann aber immer stärker in seine Lungen, als das Bronchospasmolytikum sich an die Betarezeptoren in seinen Bronchien band und die verkrampfte Bronchialmuskulatur erschlaffte.

Eine Schweißperle fand ihren Weg durch die feinen Härchen seiner Augenbraue und lief ihm ins Auge, das leicht zu brennen begann. Mit dem Handrücken rieb er sich das Auge, als das Weinen seiner kleinen Schwester unvermittelt an Lautstärke zunahm.

Schnell sah er zu der offen stehenden Tür hinüber, die ihn mit ihrer dunklen Öffnung wie der Schlund eines dieser megagroßen Drachen anzugähnen schien, deren Bildkarten er sammelte und sorgfältig in sein Sammelalbum einklebte.

Da sich in dem Dunkeln nichts bewegte, weder Clown noch seine Mutter, tapste er zu Emmas Bett hinüber.

Sanft berührte er seine kleine Schwester am Arm.

Emma schlief nicht. Sie lag zusammengerollt auf der Seite, die Beine hochgezogen. Ihre Händchen hielt sie gegen den Bauch gedrückt.

Das Gesicht des Mädchens war bleich und bildete einen starken Kontrast zu ihren dunklen Augen, die wie Kohlestückchen in ihrem Gesicht wirkten.

Das Mädchen sah seinen Bruder mit weit aufgerissenen Augen an, das Gesicht nass von Tränen. An den Wimpern klebten Spuren vom Sandmännchen, wie seine Mutter die Krümel nannte, die manchmal morgens die Augen verklebten.

Emma schniefte laut, als sie ihren Bruder bemerkte. Ihr Weinen ging in ein Schluchzen über.

»Was hast du denn?« Unsicher, weil er nicht wusste, was er tun konnte, um seine Schwester zu trösten, stupste er sie vorsichtig an.

Das Mädchen erwiderte etwas, was der Junge nicht verstehen konnte, weil ihr Schluchzen ihre Worte übertönte.

»Was hast du gesagt?« Ratlos sah er seine Schwester an.

Wieder stieß das Mädchen etwas hervor. Diesmal verstand er »Bauchweh«.

»Hast du Bauchweh?«, wollte er wissen.

Ein lautes Wimmern bestätigte ihm, dass er richtig verstanden hatte.

Bauchweh kannte er selber gut. Er wusste, wie doof es war, wenn der Bauch wehtat.

Hilflos sah er zu der offen stehenden Tür hinüber.

Normalerweise hätte seine Mutter sein Rufen und das Weinen seiner Schwester gehört und wäre schon längst bei ihnen gewesen.

Aber heute Nacht nicht. Etwas war definitiv anders.

Und das machte dem Jungen immer mehr Angst.

Was soll ich denn jetzt tun?, dachte er ängstlich und wusste gleichzeitig, dass er das tun musste, wovor er am meisten Angst hatte – in den dunklen Flur gehen und seine Mutter wach machen.

Auch wenn der Junge noch klein war, war er dennoch sehr mutig.

»Ich hole Mama.« Der Junge gab sich alle Mühe, sich seine Angst nicht anmerken zu lassen, denn er wollte seine Schwester nicht auch noch verängstigen. »Mama macht dir eine Wärmflasche.«

Er streichelte dem Mädchen wie zum Abschied über den Arm. Entschlossen presste der Junge die Lippen zusammen, dann machte er sich auf den Weg ins Dunkel … dorthin, wo vielleicht sogar der Clown mit dem bösen Lachen auf ihn wartete.

In der einen Hand hielt der Junge sein Asthmaspray fest umklammert und in der anderen Medusa, die blaue Roboterspinne. Tapfer tapste er mit nackten Füßen über den Teppich, direkt auf die finstere Türöffnung zu.

Mit jedem Schritt wurde der Junge selbstbewusster. Er war Mamas Großer und er musste sich jetzt um seine Schwester kümmern, die zusammengekauert in ihrem Bettchen lag. Er würde seiner Mutter keine Sorgen machen, sondern sie würde stolz auf ihn sein, wenn sie erfuhr, dass er so mutig durch den halbdunklen Flur getapst war.

Als er die Wohnzimmertür erreichte, verließ ihn der Mut schlagartig. Er erinnerte sich jetzt nur zu gut an Siggis Keuchen und Stöhnen. Nur deshalb war er ins Wohnzimmer gegangen, wo ihn der böse Clown so schlimm erschreckt hatte.

Jetzt war es still im Wohnzimmer.

Ein matter Lichtschein fiel in den Flur.

»Da ist keiner«, flüsterte er lautlos. »Der böse Clown ist nur ein Schauspieler. Die bekommen Geld dafür, Leute zu erschrecken.«

Er dachte an Emma. Sie hatte Bauchweh. Er durfte sie nicht so lange warten lassen.

Der Junge gab sich einen Ruck. Er streckte Medusa wie eine Waffe vor sich, dann ging er vorsichtig weiter.

Im Wohnzimmer war niemand.

Mama hatte die kleine Lampe auf der Kommode angelassen. Deshalb der Lichtschein. Erleichtert atmete der Junge auf. Dann fiel sein Blick auf den großen Fernseher, dessen Bildschirm schwarz war.

Aber der Bildschirm konnte jeden Moment zum Leben erwachen.

Schnell lief der Junge weiter.

Die Tür zum Schlafzimmer seiner Mutter stand offen.

»Mama.« Der Junge blieb auf der Türschwelle stehen. »Emma hat Bauchschmerzen. Wach auf.«

Seine Mutter antwortete nicht.

Eine schreckliche Angst befiel den Jungen.

»Mama!«, rief er so laut, dass seine Mutter ihn hören musste. Egal, wie fest sie schlief.

Aber seine Mutter wachte nicht auf.

Mit dem Asthmaspray in der Hand tastete der Junge nach dem Lichtschalter.

Grell flammte das Deckenlicht auf, als er auf den Schalter drückte.

Das Bett vor ihm war leer. Seine Mutter war nicht da.

»Mama. Wo bist du?« Der Junge konnte nicht glauben, dass seine Mutter nicht da war. Er ging zum Bett. Die Decke war zurückgeschlagen. Seine Mutter hatte also schon im Bett gelegen.

War sie vielleicht auf dem Klo?

Hastig drehte der Junge sich herum. So schnell er konnte, lief er zum Badezimmer.

Ohne anzuklopfen, wie es seine Mutter ihm beigebracht hatte, griff er nach der Türklinke und zog die Tür auf.

Das Badezimmer war ebenso leer wie das Schlafzimmer und das Wohnzimmer. Keine Spur von seiner Mutter.

Der Junge hatte sich noch nie so einsam und verlassen gefühlt wie in diesem Moment. Er hatte sich auch noch nie so traurig gefühlt wie jetzt. In seinen Augenwinkeln standen wieder Tränen.

Dann fiel ihm Emma ein. Sie weinte schon die ganze Zeit. Er musste sich um seine Schwester kümmern!

Ganz plötzlich war die Wut da.

Der Junge war noch nicht so oft wütend gewesen. Nur wenn der Solarantrieb seines Monstertrucks nicht funktionierte oder als ihm sein blaues Kinder-Walkie-Talkie in die Badewanne

- 12 -

Genshagen • Verlassene Militärkaserne • Rheintochter • Katakomben
Donnerstagmorgen, gegen zwei Uhr …

Isabella wusste nicht, wie lange sie auf dem Bauch im Dreck gelegen hatte. Es musste aber wohl eine Zeit lang gewesen sein, denn sie spürte die Kälte des Bodens durch ihre Kleidung hindurch.

Sie hatte einen ekligen metallischen Geschmack im Mund und ihr Kopf tat weh. Ihre Lider waren schwer wie Blei, nur mit Mühe konnte sie die Augen öffnen, denn ihre Wimpern waren verklebt.

Die Welt um sie herum war so dunkel, dass sie eine Weile brauchte, um sich zu vergewissern, ob sie ihre Augen tatsächlich geöffnet hatte. Das Kaleidoskop aus Formen und Lichtblitzen vor ihren Augen spielte sich nur auf ihrer Netzhaut ab. Um sie herum war es vollkommen dunkel.

Mit zittrigen Händen stützte sie sich auf den Boden und versuchte, die Umgebung zu fokussieren. Sie spürte spitze Steinchen, die ihr in die Handflächen drangen. Ihr Kopf hämmerte und die pochenden Schmerzen breiteten sich in ihre

Arme und Beine aus. Ein beißender Schmerz zog ihr von der Zunge in den Unterkiefer. Isa stöhnte gequält auf, als sie versuchte, den Mund zu öffnen. Ihre Lippen waren verklebt. Sie hatte das Gefühl, statt einer Zunge einen Blutklumpen im Mund zu haben.

Jeder Herzschlag verstärkte das Pochen im ganzen Körper, während die Sinne allmählich zurückkehrten und mit ihnen das volle Ausmaß des Schmerzes. Jede weitere Bewegung schien undenkbar; jeder Versuch verstärkte die quälenden Schmerzen nur noch mehr.

Der Mann hatte sie wie einen Müllsack auf den Boden geworfen.

Vorsichtig richtete sie sich auf, jede Bewegung ein Echo der Anstrengung. Sie atmete tief durch und stabilisierte sich im Sitzen, während ihre Sinne langsam schärfer wurden.

Allmählich setzte ihre Erinnerung wieder ein: der Job, Simon, dann der zweite Job … dieser Typ, der sich Mr Blond nannte. Isa stöhnte angeekelt auf, als sie an diesen widerlichen Typen dachte, der sie geschlagen hatte.

Diese plötzliche Gewalt, die aus dem Nichts gekommen war. Ihr wurde übel. Magensäure stieg bitter in ihr hoch. Sie schluckte angestrengt und versuchte, mit leicht geöffnetem Mund ein paar Atemzüge zu tun. Es dauerte einen Moment, bis die Übelkeit halbwegs nachließ.

Sie tastete nach ihrer Uhr und erschrak, als die Leuchtziffern ihr die Uhrzeit anzeigten.

»Ach, du …« Isa brach ab. Der Schmerz in ihrer Zunge war unerträglich und machte ihr das Sprechen unmöglich. Ihr wurde klar, dass sie sich bei der Attacke des Mannes heftig in ihre Zunge gebissen hatte und ihr das Blut aus dem Mund gelaufen war. Sie hatte Angst, dass ihre Verletzung schwerwiegend war und genäht werden musste, sich womöglich noch entzündete.

Sie brauchte einen Moment, um sich zu fassen.

Als sie wieder halbwegs klar denken konnte, versuchte sie, den Schmerz wegzuatmen. Eine Technik, in der sie während ihrer Schwangerschaft geschult worden war und die ihr damals bei ihren Wehen so gut geholfen hatte, dass sie sie auch später bei Sportverletzungen einsetzte oder wenn sie sich mal überanstrengt hatte.

Isa versuchte, ihre Umgebung zu erkennen, aber ihre Augen konnten die Finsternis einfach nicht durchdringen.

Der Mann hatte eine Tür hinter ihr zugeworfen, nachdem er sie hier auf dem Boden abgelegt hatte. Mit fahrigen Händen suchte sie ihre Jackentaschen nach ihrem Handy ab.

Fehlanzeige, dachte Isa bitter.

Kalter Schweiß trat ihr auf die Stirn, als ihr mit einem Mal klar wurde, in welch auswegloser Situation sie sich befand und dass sie eingesperrt war. Panische Angst kroch in ihr hoch, und sie spürte, wie ihre Hände zu zittern begannen.

Warum?

Ihre Gedanken begannen zu rasen.

Die Kinder, schoss es ihr durch den Kopf. Sie war schon viel zu lange von zu Hause weg. Was, wenn eins der Kinder wach geworden war? Es konnte in der Zwischenzeit alles Mögliche passiert sein. Sicher, die beiden stellten selten Blödsinn an, aber es war nicht auszudenken, was geschehen konnte, wenn eins der Kinder wach wurde und niemand daheim war.

»Mist!«, stieß sie hervor, was sie aber in der Sekunde bereute, als ihre Zunge das »s« formte. Das tat höllisch weh.

Sie musste irgendetwas tun! Sie hockte hier in der Dunkelheit auf dem Boden, irgendwo in einem unterirdischen Bunker. Kein Mensch außer dem Shootingteam wusste, dass sie hier war.

Ich kann hier verrecken und niemand würde mich an diesem Ort suchen.

Sie musste hier raus! Und zwar so schnell wie möglich.

Scheiß auf den Schlüssel!, dachte sie. Nur weg von hier!

Stechende Schmerzen schossen durch ihren Körper, als sie langsam aufstand. Nur mühsam kam sie auf die Beine. Wieder wurde ihr schwindlig. Ihr Atem ging flach und schnell. Der Boden schien unter ihren Füßen zu schwanken.

Isa streckte die Arme aus und riss die Augen so weit auf, wie es ging, um sich zu stabilisieren. Sie konzentrierte sich auf ihre Atmung und zwang sich, ruhig und gleichmäßig Luft zu holen.

Alles wird gut, dachte sie. *Das hier ist nur vorübergehend. Ich komme hier wieder raus und alles wird gut.*

Isa dachte konzentriert an ihre Kinder: wie ihr Großer sich über die blaue Roboterspinne gefreut hatte und wie sehr Emma immer kicherte, wenn sie beim Spielen mit ihrem Bruder versuchte, der Spinne hinterherzukrabbeln.

Langsam ging es ihr wieder besser. Die Panik ließ nach und ihr Herz raste auch nicht mehr so schnell.

Gut!, dachte sie. *Und jetzt versuche ich, hier rauszukommen!*

Vorsichtig tastete Isa sich vorwärts, ihre Hände weit von sich gestreckt, um den nächsten Schritt absichern zu können. Behutsam setzte sie einen Fuß in die Richtung, in der sie die Tür vermutete. Langsam zog sie den anderen Fuß nach.

Schritt für Schritt durchquerte sie so den dunklen Raum.

Erschrocken zuckte Isa zusammen, als ihre Finger gegen die Wand stießen. Nun konnte die Tür auch nicht mehr weit sein. Sie wandte sich nach links. Ihre Hände tasteten sich in der Finsternis vorwärts.

Plötzlich war da ein Hindernis.

Isa verlor ihr Gleichgewicht. Verzweifelt suchten ihre Arme noch in der Luft nach einem Halt, der aber nicht da war. Mit einem gedämpften Aufschrei kippte sie vorwärts – die Zeit schien sich zu dehnen, während sie dem Boden entgegenfiel.

Der Aufprall war hart und abrupt. Ein stechender Schmerz schoss durch ihr Handgelenk, mit dem sie instinktiv ihren

- 13 -

Genshagen • Verlassene Militärkaserne • Rheintochter
Donnerstagmorgen, gegen zwei …

»Was habe ich dich gefragt?«

Mr Blond krallte seine Hand um die Kehle seines Schulfreundes.

Seine Gesichtszüge waren vor Wut verzerrt. Er musste sich zusammenreißen, um nicht zuzudrücken und das erbärmliche Leben dieses Vollidioten auf der Stelle zu beenden.

Mr Orange stieß ein lang gezogenes Röcheln aus. Reden konnte er nicht. Dafür reichte seine Atemluft nicht.

»Lukas … niiicht …«, keuchte der untersetzte Mann.

Mit weit aufgerissenen Augen starrte er seinen alten Freund flehend an – wobei er nicht wirklich dachte, dass sie beide echte Freunde waren. Eher Weggefährten, die eine gemeinsame Mission hatten oder, wie in ihrem Fall, ihre perverse Neigung teilten.

Obwohl Lukas Bockhorsts Gesicht wutverzerrt war, nahmen seine gut geschnittenen Gesichtszüge keinen Schaden. Wo andere Menschen durch Wut oder Hass hässlich wurden, wirkte

Mr Blond noch markanter, noch attraktiver, als er es von Natur aus schon war.

Widerwillig löste er seine Finger vom Hals des Freundes, wo sie deutliche Male hinterließen. Der röchelnde Mann griff sich mit beiden Händen an seine Kehle, als die Luftröhre wieder frei war. Der weiße Handabdruck, den Mr Blond auf der blassen Haut hinterlassen hatte, nahm langsam wieder eine normale Farbe an.

Dieser Zustand würde allerdings nur so lange anhalten, bis das Würgemal sich hin zu Dunkellila verfärbte. Wenn Andre Koopmann unliebsame Blicke und Fragen vermeiden wollte, war er gut beraten, eine Weile lang einen Rollkragenpullover oder ein Halstuch zu tragen.

»Was habe ich dir gesagt, bevor wir hierher gefahren sind?«

»Es tut mir leid.« Ein Schluchzen begleitete die Entschuldigung des untersetzten Mannes, der sich mit dem Unterarm Speichel von der Lippe abwischte.

»Es tut mir leid. Es tut mir leid«, höhnte Mr Blond. »Hör auf herumzuwinseln, du erbärmliche Ratte.«

Seit der Schulzeit war die Rollenverteilung zwischen ihnen beiden klar: Lukas Bockhorst war der smarte, intelligentere Gutaussehende und Andre Koopmann der ungelenke Dicke, der immer darauf hoffte, dass etwas von dem Glanz seines Freundes auf ihn abstrahlen würde. Im Laufe der Jahre hatte sich diese Hoffnung auch vielfach erfüllt. Lukas Bockhorsts Tisch war immer reich gedeckt: Mit ihm ergaben sich Kontakte, auf die sein Freund nie hätte zugreifen können. Egal, wie reich und wirtschaftlich erfolgreich sein Vater auch war: Abfallwirtschaft war kein Betätigungsfeld, mit dem man gesellschaftlich glänzen konnte. Geschweige denn, die guten Frauen abbekam, wie sein Freund ihm immer gerne unter die Nase rieb. »Klar, jeder braucht die Müllabfuhr«, zog er Andre Koopmann gerne

Auch Mascha bei ihrem Geschäft zuzusehen, hatte ihm das Gefühl einer Intimität gegeben, die er mit Geld nicht kaufen konnte. Sie hatte sich zu Recht aufgeregt, als sie ihn bemerkt hatte. Er war in ihre ganz persönliche Intimsphäre eingedrungen, aber das hatte ihr nicht das Recht gegeben, ihn zu beschimpfen. Noch immer hatte er ihre Worte im Ohr, mit denen sie ihn als krank und abartig bezeichnet hatte. Eigentlich hätte er wütend werden müssen, was aber nicht der Fall gewesen war. Stattdessen hatte ihn eine solch starke Erregung ergriffen, wie er sie bis dahin nur ab und an mal bei einer der Dominas verspürt hatte, die er gelegentlich für teures Geld buchte, wenn der Druck zu groß wurde.

Bis dahin war alles so gelaufen, wie vorher geplant: Mascha als Büßerin im dünnen Leinenkleid mit groben Stricken ans Kreuz gefesselt. Simon war mit den Aufnahmen sehr zufrieden gewesen und nach hinten verschwunden, wahrscheinlich um sich seine Nase mit einer Prise Koks zu pudern.

Dann hatte Koopmann die Kontrolle verloren. Er wusste nicht mehr im Detail, was er mit ihr gemacht hatte: Er hörte noch immer ihr Röcheln, sah das viele Blut …

Erst als die Russin tot auf dem steinernen Altar gelegen und ihre gebrochenen Augen ihn leblos angestarrt hatten, war ihm klar geworden, dass ihm alles mörderisch entglitten war.

»Ich verstehe dich«, hörte er Lukas Bockhorst sagen, erkannte aber am Klang der Stimme, dass die Sache damit für ihn längst nicht erledigt war. Er wusste zu gut, wie unberechenbar Bockhorst junior war.

»Sie hat dich getriggert und du hast die Kontrolle verloren.« Mr Blond zuckte mit den Schultern. »Aber jetzt haben wir einen Mord am Arsch – was für dich ja nicht das erste Mal ist.«

Die Bemerkung traf Andre Koopmann wie ein Tiefschlag.

Seine Augen weiteten sich vor Panik, und seine Hände begannen zu zittern. Die Last, die er seit fünfundzwanzig Jahren mit sich trug, drückte ihn bei den Worten des vermeintlichen Freundes nieder. Ein leises Wimmern entwich Koopmanns Lippen, als Lukas Bockhorst die Vergangenheit ansprach, über die sie die ganzen Jahre hinweg Stillschweigen bewahrt hatten.

Ungerührt sah Mr Blond zu, wie der untersetzte Mann wie ein körperloses Kleiderbündel in sich zusammensackte. Das Bild, das Mr Orange jetzt bot, entsprach einmal mehr dem gleichnamigen labilen Filmcharakter und bestätigte Bockhorst junior in seiner Entscheidung, dass sein »Freund« sterben musste.

Aber vorher war noch einiges zu erledigen. Und Mr Blond hatte nicht die Absicht, die Drecksarbeit alleine zu machen.

»Dir ist klar, dass wir die Sauerei bereinigen müssen?«

Koopmann hielt den Blick auf den Betonboden gerichtet und nickte schwerfällig.

»Ja. Ich weiß.« Seine Stimme war kaum zu hören.

»Lauter!«, befahl Mr Blond. »Sprich es aus, damit ich weiß, dass ich mich auf dich verlassen kann.«

Der Mann am Boden zitterte.

»Lauter!«

»Ich … weiß, dass wir sauber machen müssen«, stieß er hervor.

Nicht nur Andre Koopmann zitterte jetzt.

Auch Isabella, die einen Raum weiter im Dunkeln kniete und ihr Ohr an die kalte Metalltür gepresst hatte, zitterte am ganzen Körper. In den unterirdischen Gängen hallte es sehr laut, wenn gesprochen wurde. Zuerst hatte sie um Hilfe rufen wollen, als sie plötzlich die Stimmen gehört und innegehalten hatte. Ihre Vorsicht, mit der sie gelernt hatte, Situationen und Menschen in Berlin zu begegnen, zahlte sich aus. Sie musste nicht lange lauschen, um die Stimme dieses kranken Arschlochs zu erkennen, der sich wie eine Figur aus »Reservoir Dogs« nennen ließ.

Sie brauchte nicht erst zu überlegen, um zu verstehen, was der Mann damit meinte, dass sauber gemacht werden musste. Das bedeutete, dass man sie als Zeugin töten würde.

Isabella presste ihre Hand vor den Mund, um nicht vor Entsetzen loszuschreien.

Die Panik packte sie jetzt gnadenlos: Kalter Schweiß trat ihr auf die Stirn, und ihr Herz hämmerte in einem harten Rhythmus gegen ihre Rippen.

Sie kämpfte gegen die Panikattacke an, machte ein paar tiefe Atemzüge und presste ihr Ohr noch fester gegen die Metalltür, um kein Wort von dem zu verpassen, was die beiden Männer sprachen.

»Wo ist Simon?«, hörte sie Mr Blond fragen.

»Den Gang entlang«, antwortete der andere Mann kaum hörbar. »Da ist so ein kleiner Raum mit einem Klo drin. Das Ding funktioniert aber nicht. Das ist da nur abgestellt. Simon hockt auf dem Thron, völlig weggetreten.«

»Hast du nachgeholfen?«

Koopmann antwortete nicht.

»Steh auf!«, befahl Lukas Bockhorst. »Wir holen uns den Typen.«

»Wieso?« Koopmann hob den Kopf. In seinen Augen schimmerte es noch immer feucht.

»Weil dieser Fotograf weiß, wer wir sind.« Die Stimme von Mr Blond klang jetzt scharf wie die Klinge eines Skalpells. »Er kennt dich und er kennt mich. Er weiß, wo du wohnst und wo du arbeitest. Meinst du etwa, der hält dicht, wenn die Polizei wegen der toten Russin ermittelt?«

Andre Koopmann atmete kaum hörbar aus. Er wollte alles vermeiden, was den anderen reizen konnte. Denn ebenso wie Lukas entschieden hatte, dass Simon sterben musste, konnte er auf die Idee kommen, dass auch Koopmann junior ein

Risiko für ihn darstellte. Er wusste nicht, wie zutreffend seine Überlegung war.

»Geh nicht davon aus, dass du das gleiche Glück haben wirst wie vor …« Lukas Bockhorst legte den Kopf schief, als er demonstrativ vorgab nachzudenken. »Warte …«, sagte er. »… fünfundzwanzig Jahren, richtig?« Ein boshaftes Grinsen umspielte die vollen Lippen seines gut geschnittenen Mundes. Es machte ihm sichtlich Spaß, dem Freund nicht nur das Messer in den Rücken zu rammen, sondern es auch noch genüsslich herumzudrehen. »Ein Vierteljahrhundert«, höhnte er. »Lass mal überlegen, wie alt die Kleine heute wäre. Hmm …«, machte er gedehnt. »Ihre Kinder wären wahrscheinlich schon volljährig. Ach, ne …« Er lachte kalt. »Sie war ja eine Nutte. Sie hätte keine Kinder gekriegt.« Wieder lachte er. »Der Prinz auf dem weißen Pferd hätte sie nicht geholt. Die Kleine hätte umsonst gewartet und sich dabei mit Drogen umgebracht. Vielleicht hätte sie ja auch ein Freier umgebracht.« Wieder lachte er kalt. »Aber nee, das hast du ja schon besorgt.«

»Hör auf«, stieß Andre Koopmann hervor. Ruckartig richtete er sich auf. »Halt die Fresse«, fuhr er den anderen an.

»Sei doch nicht so empfindlich«, erwiderte Lukas Bockhorst ungerührt. »Fakt ist, dass du vor fünfundzwanzig Jahren eine Nutte erwürgt hast. Damals hab ich dir ein Alibi verschafft.« Er sah Koopmann eindringlich an. »Der Fall liegt bei den Akten. Aber …« Warnend hob er den Zeigefinger. »Mord verjährt nicht. Wenn dich die Polizei wegen Mascha drankriegt, werden sie weiterbohren, dich unter Druck setzen. Und wie ich dich kenne, wird es nur eine Frage der Zeit sein, bis du einknickst.«

Kalt musterte Bockhorst den anderen, der jetzt vor ihm stand und vor Anspannung schwer atmete. »Und wenn sie dich haben, bin auch ich geliefert. Mitgefangen, mitgehangen.«

»Was schlägst du vor?« Erstaunlich gefasst erwiderte Koopmann den Blick des anderen Mannes. »Sollen wir die alle umbringen?«

»Exakt.« Lukas Bockhorst, jetzt ganz der kaltblütige Mr Blond, nickte so zufrieden wie ein Klassenlehrer, dessen schlechtester Schüler als Einziger der Klasse die Antwort wusste. »Genau das werden wir machen.«

Entsetzen zeichnete sich auf Andre Koopmanns Gesicht ab. »Ich …«

»Sag jetzt bitte nicht, dass du das nicht kannst«, fiel ihm Mr Blond ins Wort. »Wir gehen jetzt zu dem Klo, wo dieser Simon hockt. Wir bringen ihn hierher und werfen ihn zu dieser Schminktante.«

Koopmann seufzte erleichtert auf.

Er hatte Panik geschoben, weil er dachte, er solle Simon mit eigenen Händen umbringen. Egal wie – ein Mord war nie einfach und immer schmutzig.

»Der Eingang wird durch unser Sprengkommando mit unzähligen Tonnen Schutt versiegelt«, sagte der junge Bockhorst. »Ein halbes Jahr später wird hierauf ein neues Stadtviertel gebaut. Niemand wird wissen, dass unter den schicken Neubauten komplette Brennelemente, Druckbehälter und Steuerstäbe ebenso begraben sind wie die Leute, die uns jetzt noch gefährlich werden könnten.«

Andre Koopmann sah ihn mit großen Augen an. »Du meinst …«

Mr Blond nickte. »Ja, genau das meine ich«, erwiderte er mit abschätzigem Blick. »Wir stecken zuerst Simon in den Keller und dann schnappen wir uns Kira.« Er schnaubte verächtlich. »Die du hast laufen lassen.«

»Das war nicht meine Schuld«, verteidigte sich der untersetzte Mann. »Die war plötzlich verschwunden.«

Weil sie cleverer war als du Idiot. Lukas Bockhorst schob die Hände in die Taschen seiner maßgeschneiderten Hose.

»Hast du ihre Privatadresse?«, fragte er herablassend.

Andre Koopmann nickte matt.

»Na, super.« Mr Blond nickte erfreut. Sein Mund verzog sich zu einem Lächeln. »Wenn wir wissen, wo sie wohnt, holen wir sie uns – noch heute Nacht!«

»Wir sperren sie zu den anderen.« Andre Koopmann wusste, was Mr Blond wollte. »Und dann geht hier die ganze Chose hoch.«

Ein paar Meter weiter den Gang entlang erstarrte Isabella vor Angst. Sie hatte jedes einzelne Wort mitgehört.

In ihrem Kopf rasten die Gedanken. Fieberhaft ging sie alle Fluchtmöglichkeiten durch, die ihr einfielen.

Die bringen Simon hierher. Das hatte sie gehört. *Vielleicht kann ich …* Sie verwarf die Idee gleich wieder, die kurz in ihr aufblitzte. Sie hatte keine Chance gegen den Mann, der sie bereits einmal überwältigt hatte, geschweige denn gegen zwei Männer.

Aber vielleicht gibt es hier eine Waffe, dachte sie weiter. Einen Stein oder eine Holzlatte. Irgendetwas, mit dem sie auf die Männer losgehen konnte. Sie würde alles einsetzen, um die Männer zu verletzen und sich eine Fluchtchance zu erkämpfen – notfalls mit blutiger Gewalt. Sie würde auf alles einschlagen und einstechen, was sie erreichen konnte: Augen, Unterleib, alles, an das sie herankam.

Die Männer wollten sie und Simon töten.

Genauso, wie sie Masha umgebracht hatten.

Die beiden waren Mörder.

Einer von ihnen hatte bereits das zweite Mal getötet.

Sie würde es diesen Kerlen nicht erlauben, ihren Kindern die Mutter zu nehmen. Isabella würde wie eine Löwin um ihr Leben kämpfen.

- 14 -

Berlin • Kollhoff-Tower • Bockhorst Elite Financial Solutions
Donnerstagmorgen, kurz nach acht …

Widerwillig und mit zögerlichen Schritten folgte Thyra dem Mann.

Langsam durchquerte sie das Vorzimmer, das dem von Sandra Cramer bis auf die Fotoleinwände der Big Five sehr genau glich.

Auch hier gab es eine Verbindungstür zu einem dahinter liegenden Büro, neben deren Türrahmen der Bleichgesichtige bereits auf sie wartete.

Auch diesmal ging er voraus, als sie ihn erreicht hatte. Neben einer Sitzgruppe blieb er stehen. Die Tür schloss sich hinter ihnen. Die beiden anderen Männer waren draußen geblieben.

Thyra sah bereits beim Eintreten, dass auch dieses Zimmer nahezu identisch mit dem des Firmenchefs war. Nur dass die Kunstwerke andere waren.

Und dass der Schreibtisch nicht leer ist, dachte sie beklommen, als sie den Mann sah, der sich bei ihrem Eintreten aus seinem Ledersessel erhob und geschmeidig neben dem Tisch hervortrat.

»Möchten Sie einen Kaffee?«, bot der Mann statt einer Begrüßung an.

Thyra hatte ihn schon einige Male von Weitem gesehen, wenn er den Fahrstuhl verlassen hatte und Richtung Chefbüro gegangen war. Bereits aus größerer Entfernung war er ihr aufgefallen: groß, schlank und gut gekleidet.

Ein gut aussehender Mann, hatte sie gedacht, wenn er so den Gang entlanggeschlendert und ab und an stehen geblieben war, um mit entgegenkommenden Mitarbeitern ein paar Worte zu wechseln.

Auch aus der Nähe verlor der Mann nichts von seiner Attraktivität. Er hatte ein gut geschnittenes Gesicht mit einem leicht gebräunten Teint, so als hätte er gerade ein Skiwochenende verbracht oder einen Kurztrip an die Mittelmeerküste unternommen. Unwillkürlich fühlte sich Thyra an einen Musiker erinnert, als sie ihn ansah. Ihr fiel nur der Name nicht ein.

Der Mann trug einen dunklen, gut sitzenden Anzug mit einem weißen Hemd. Auf eine Krawatte hatte er verzichtet. Er strahlte eine männliche Dominanz aus, die Thyra schon in dem Moment gespürt hatte, als sie den Raum betreten hatte.

Aufmerksam musterte Thyra ihn, als er nach der chromblitzenden Thermoskanne griff, die auf einem ebenso glänzenden Tablett mit Kaffeetassen, einer Zuckerdose und einem Milchkännchen stand.

»Ich weiß nicht, wie es Ihnen geht, aber so früh am Morgen brauche ich einen Kaffee. Es ist noch nicht einmal neun Uhr.«

Er wirkte auf Thyra wie jemand, der die Nacht durchgemacht hatte und nur kurz unter die Dusche gesprungen, sich ein frisches Hemd angezogen und in einen Anzug geschlüpft war. Seine blonden Haare, die ihm lässig in die Stirn und auf die Ohren fielen, waren noch feucht vom Duschen.

Sie beobachtete, wie er zwei Tassen mit Kaffee eingoss.

»Milch, Zucker?«

»Schwarz«, erwiderte Thyra.

Kein Musiker, dachte sie, als der Mann ihr eine Tasse reichte. *Er sieht aus wie … Ryan Gosling!* Obwohl der auch Musik machte. Aber sie meinte den Schauspieler, den sie erst vor Kurzem während eines Fluges im Film »*La La Land*« gesehen hatte, in dem er an der Seite von Emma Stone einen leidenschaftlichen Jazzpianisten spielte, der einen eigenen Jazzclub eröffnen wollte. Der Schauspieler mit dem markanten Kinnbart hatte ihr ausgesprochen gut gefallen.

Dieser Mann hier allerdings sah dem Schauspieler zwar sehr ähnlich, hatte aber nicht die sympathische Ausstrahlung eines Gosling. Er wirkte trotz seiner Freundlichkeit aalglatt und gleichzeitig unberechenbar.

»Danke.« Thyra verspürte mit einem Mal großen Kaffeedurst. Es war schließlich noch recht früh und sie hatte noch kein Koffein gehabt.

Der Kaffee duftete stark und verführerisch.

Schnell nippte sie an dem Getränk, bevor jemand auf die Idee kommen konnte, dass das eine zu freundliche Behandlung für eine auf frischer Tat ertappte Einbrecherin war, und ihr die Tasse wieder wegnahm.

»Wer sind Sie?« Der Mann strich sich mit der Hand über seinen Kinnbart, der seit langer Zeit aus der Mode gekommen war und den man nur noch gelegentlich bei Männern sah, an denen Modetrends vorbeigingen.

»Michaela Marx.« Thyra war selber überrascht über die Selbstverständlichkeit, mit der sie den fremden Namen aussprach.

Sie hob den Kopf und ließ die Tasse leicht sinken. Freundlich lächelte sie ihr Gegenüber über den Rand der Kaffeetasse an.

»Ganz sicher nicht.« Ein spöttisches Lächeln umspielte seine vollen Lippen. »Ich frage sie noch einmal.« Die Stimme des Mannes hatte sich in Sekundenbruchteilen abgekühlt und war nicht mehr so freundlich, wie als er Thyra Kaffee angeboten hatte.

Sie haben mich erwischt, dachte Thyra. *Aber sie wissen nicht, wer ich wirklich bin.*

Und das würde sie auch nicht verraten. Je nachdem, wie sich die Geschichte weiterentwickelte, würde sie noch immer ihre Story schreiben können. Sie konnte noch immer recherchieren, wenn auch nicht undercover bei Bockhorst.

Aber sie würde sich nicht outen, sondern an ihrer Legende festhalten. Was sollten die Männer tun? Mehr als sie hinauswerfen konnten sie sie nicht.

»Michaela.«

Der Schlag riss Thyras Kopf zur Seite. Die Kaffeetasse flog in hohem Bogen durchs Zimmer. Ihr Inhalt ergoss sich über den Teppich.

Durch die Wucht des Schlags verlor sie das Gleichgewicht und stolperte ein paar Schritte, bis sie wieder sicher auf den Füßen zu stehen kam.

Ihre Wange brannte wie Feuer.

Sie hatte die Ohrfeige nicht kommen sehen. Der Mann hatte ansatzlos zugeschlagen.

Die unerwartete Attacke hatte sie kalt erwischt.

Die Situation erschien surreal.

Mitten in den eleganten Büros einer renommierten Beratungsfirma, die für ihre exklusive Klientel aus der High Society bekannt war, wurde sie plötzlich brutal attackiert. Es war, als hätte sie am Kottbusser Tor versehentlich einen Kriminellen provoziert – so heftig und unvermittelt war der Angriff gegen sie gerichtet worden. Umgeben von poliertem Holz und einem grandiosen Panoramablick stand sie da, schockiert über das Ausmaß der Aggression, und versuchte, sich zu sammeln.

Noch bevor Thyra ihren Schock überwunden hatte, spürte sie eine Hand in ihrem Haar. Brutal wurde ihr Kopf in den Nacken gerissen. Der bleichgesichtige Mann stand hinter ihr. Seinen freien Arm legte er um ihren Hals.

»Verstehen Sie mich bitte nicht falsch«, begann der Mann, dessen Ähnlichkeit mit Ryan Gosling aus unmittelbarer Nähe noch verblüffender war. »Ich hatte eine schlechte Nacht, es ist früh am Morgen und mir fehlt schlichtweg die Geduld, um mich durch den Dschungel Ihrer fadenscheinigen Lügengeschichten zu kämpfen.«

Seine Augen spiegelten die Müdigkeit wider, die auch sein gepflegtes Äußeres kaum verbergen konnte. Mit beiden Händen griff er nach seinem Kopf und massierte sich kurz die Schläfen, als wolle er die Anspannung der schlaflosen Nacht vertreiben.

»Also, ein letztes Mal – wer sind Sie?«

»Was bilden Sie sich eigentlich ein«, fuhr Thyra ihn wütend an. »Sie und ihr blutleerer Lakai.« Ihr Schock hatte sich in Wut verwandelt. Schlimmer, als die Situation bereits war, konnte sie kaum noch werden. Da war es jetzt vollkommen egal, wie sie sich verhielt. »Lassen Sie mich los, Sie Idiot!« Mit aller Kraft keilte Thyra nach hinten aus und versuchte, den Mann, der sie festhielt, mit dem Absatz ihres Schuhs zu treffen. Es sollte richtig wehtun, wenn sie ihn traf.

Diesmal sah Thyra den Schlag kommen, als der Mann mit dem Kinnbart wieder ausholte.

Die Ohrfeige tat nicht weniger weh.

Vor ihren Augen explodierte ein Funkenregen. Wieder wurde ihr Kopf zur Seite gerissen. Ein stechender Schmerz zog durch ihre Nervenbahnen und hallte in ihrem Schädel nach. Boden und Wände um sie herum begannen zu schwanken.

Wenn der Mann hinter ihr sie nicht festgehalten hätte, wäre sie mit Sicherheit durch den Raum geflogen.

»Oh, Entschuldigung!« Sandra Cramer, die Chefsekretärin, stand wie erstarrt in der offenen Tür, ihre Augen vor Schreck weit aufgerissen. »Ich wollte wirklich nicht stören.«

Den kurzen Moment, in dem die Zeit stillzustehen schien, nutzte Thyra und holte mit ihrem Fuß aus. Diesmal traf sie richtig. Ihr fünf Zentimeter hoher Absatz traf das Schienbein des Mannes, der sie festhielt. An dieser Stelle ist die Knochenhaut eines Menschen besonders schmerzempfindlich.

Der Mann stöhnte unterdrückt auf. Der Arm um Thyras Hals lockerte sich.

»Ist schon in Ordnung, Frau Cramer.« Der Mann mit dem Kinnbart bemühte sich um ein entspanntes Lächeln. »Sie stören nicht.«

Der Blick der Chefsekretärin ging von Thyra zu den beiden Männern. Sie versuchte, die Situation einzuordnen, was ihr aber nicht so recht gelang, als sie Thyra und den Mann sah, der noch immer seinen Arm um Thyras Hals liegen hatte.

Das Prekäre der Situation wurde auch dem Bleichgesichtigen bewusst. Wie beiläufig zog er seinen Arm zurück.

»Ich wollte wirklich nicht stören, Herr Bockhorst.« Sandra Cramers Blick wanderte erneut und noch immer irritiert zwischen den Anwesenden hin und her, bevor sie schließlich Thyra fixierte, deren Wange von den Ohrfeigen rot glühte.

»Ich bin …« Sie verbesserte sich im gleichen Atemzug. »… war auf der Suche nach Frau Marx. Der Pförtner informierte mich, dass sie bereits eingetroffen sei.« Ihre Worte hingen in der angespannten Atmosphäre des Raums, während sie Thyras Wange anstarrte.

»Frau … Marx hat hier noch etwas zu erledigen«, entgegnete der Mann, der Ryan Gosling so ähnlich sah und von dem Thyra nun wusste, dass es sich um Lukas Bockhorst handelte – den

Juniorchef der Bockhorst Elite Financial Solutions. »Ich schicke sie Ihnen gleich, wenn wir hier fertig sind.«

»Ach, das geht sicherlich ganz schnell, Herr – Bockhorst.« Thyra betonte genüsslich den Namen des Mannes, der sie zweimal geschlagen hatte. Er sollte wissen, dass sie sehr genau zugehört hatte und seinen Namen nun kannte. »Ich stehe Ihnen sofort wieder zur Verfügung.«

Mit einer geschmeidigen Bewegung machte sich Thyra frei, nicht ohne ihren Absatz noch einmal nach hinten auszufahren. Ein Stöhnen verriet ihr, dass sie auch diesmal gut getroffen hatte.

»Entschuldigen Sie bitte nochmals, Herr Bockhorst, es war nicht meine Absicht zu stören«, beteuerte die Chefsekretärin aufs Neue. »Es ist nur, dass ich ganz schnell jemanden brauche, dem ich ein paar wichtige Sachen übergeben kann.« Sie hob entschuldigend die Hände. »Und meine Vertreterin ist um diese Zeit noch nicht im Haus.«

»Schon gut, schon gut.« Ärger machte sich jetzt auf Bockhorst juniors Gesicht breit.

Er wusste, dass er Thyra verloren hatte. Wenn sie das Büro verließ, würde sie verschwinden. Aber er hatte noch ein paar Trümpfe im Ärmel, das sah sie ihm an, als er zum Telefon griff.

»Ich habe ab morgen Urlaub«, erklärte Sandra Cramer hastig. »Und mir ist ein …«, sie suchte nach dem passenden Begriff, »… privater … äh … familiärer Notfall dazwischengekommen. Ich muss gleich noch einmal los und brauche eine Vertretung.«

»Ja.« Bockhorsts Stimme hatte jetzt einen scharfen Ton angenommen. An seiner Schläfe begann eine Ader zu pochen. »Es ist in Ordnung.«

»Wenn ich alles geklärt habe, bin ich auch wieder im Büro«, versicherte die Chefsekretärin hastig.

Thyra hatte die Gelegenheit genutzt und das Büro durchquert. Sie stand jetzt dicht neben ihrer Kollegin, die abgehetzt und zunehmend nervös wirkte.

»Natürlich helfe ich Ihnen«, versicherte Thyra. Sie folgte der Chefsekretärin, die sich hastig vom Juniorchef verabschiedete.

Draußen auf dem Gang standen die beiden anderen Männer und wirkten ratlos. Sandra Cramer nickte den beiden zu, die keinerlei Anstalten machten, sich ihnen in den Weg zu stellen.

»Kennen Sie die zwei?«, fragte Thyra, die sich dicht neben der Sekretärin hielt, als diese mit eiligen Schritten den Gang entlangeilte.

»Ja … äh …« Die Frau nickte abwesend. »Ich mache für sie die Personalabrechnung.« Ihre Gedanken schienen ganz woanders zu sein, worüber Thyra froh war.

Sie schätzte die Chefsekretärin als sehr scharfsinnig ein und war erleichtert, dass sie keine Fragen stellte. Dabei hätte sie allen Grund gehabt, von Thyra erfahren zu wollen, weshalb sie sich um diese Zeit im Büro des Juniorchefs aufgehalten hatte und zudem in solch eine befremdliche Situation verwickelt gewesen war, in der sie Thyra angetroffen hatte.

»Sie sind die Neue, richtig?«, war alles, was die Chefsekretärin fragte.

Thyra nickte. »Richtig, ich bin Executive Assistant und Kommunikationskoordinatorin …«

»Es ist mir vollkommen egal, was Sie sind«, unterbrach Sandra Cramer Thyra. »… und was Sie in der Firma machen.«

Thyra ersparte sich eine Antwort. Sie fühlte sich durch die schroffe Reaktion der Kollegin abgewatscht. Auch wenn die unfreundliche Abfuhr sie überhaupt nicht mehr zu interessieren brauchte, weil ihr Arbeitsverhältnis in wenigen Minuten ohnehin fristlos enden würde, verspürte Thyra Ärger in sich hochsteigen.

Sie folgte der Frau zu ihrem Büro, wo sie sich, ohne Thyra eines Blickes zu würdigen, sofort an ihrem Schreibtisch zu schaffen machte. Ihre Jacke hatte sie nachlässig über einen Stuhl geworfen, der vor ihrem Schreibtisch stand. Die Handtasche, die sie auf den Tisch gestellt hatte, war umgefallen; diverse Kleinigkeiten lagen verstreut auf der Tischplatte. Es sah aus, als hätte Sandra Cramer ihre Handtasche hastig durchwühlt, aber nicht gefunden, wonach sie gesucht hatte.

Thyra wusste im gleichen Moment, als sie die Handtasche und den verstreuten Inhalt erblickte, was die Chefsekretärin so dringend gesucht hatte. Wie beiläufig steckte sie ihre Hand in die Hosentasche. Diese war jedoch ebenso leer wie die andere und auch die Taschen ihres Blazers.

Erschrocken biss Thyra sich auf die Unterlippe.

Mist, dachte sie. *Die Schlüssel!* Sie hatte die Schlüssel zum Chefbüro auf dem Schreibtisch des Chefs liegen lassen.

Und genau diesen vermisste die Chefsekretärin.

»Suchen Sie den, Frau Cramer?« Offenbar genoss es der bleichgesichtige Mann, Leute zu überraschen.

»Wie bitte?« Der Kopf der Chefsekretärin fuhr hoch. Ihre Augen blitzten auf, als sie den Schlüsselbund in der Hand des Mannes sah. »Jaaa«, sagte sie verblüfft. »Woher haben Sie meine Schlüssel?«

»Also, für mich war's das dann hier.«

Es war Thyra so klar wie irgendwas, dass ihre Nachforschungen hier für sie in dem Moment beendet gewesen waren, als sie den Ordner mit der spöttischen Aufschrift gefunden hatte. Sie brauchte keine Fassade mehr aufrechtzuerhalten und konnte sich so lässig aus diesem Job hier verabschieden, wie es sich unzählige Mitarbeiter insgeheim wünschten, wenn sie ihrem Chef am liebsten alles vor die Füße werfen wollten.

Bevor jemand reagieren konnte, war Thyra an dem Mann vorbeigeschlüpft und stand auf dem Flur. Sie hatte Glück, die beiden anderen Männer waren nicht zu sehen. Vielleicht berieten sie ihr weiteres Vorgehen oder warteten auf neue Anweisungen.

Es war ihr aber auch vollkommen egal, was die beiden taten. Hauptsache, sie waren nicht zu sehen.

Thyra spurtete zu ihrem Büro, denn ihren Rucksack würde sie nicht hierlassen. Aus Sicherheitsgründen befand sich in dem Rucksack zwar nichts Persönliches, was Rückschlüsse auf ihre Identität zugelassen hätte. Schließlich musste Thyra bei ihren Undercover-Reportagen immer damit rechnen, dass ihre Tarnung aufflog und sie schnell verschwinden musste. Im schlimmsten Fall auch ihr Gepäck nicht mitnehmen konnte. Deshalb war normalerweise nichts Nennenswertes in ihrem Rucksack. Bis auf heute – sie hatte den Schlüssel zu ihrem Apartment, welches sie für ihren Berlinaufenthalt angemietet hatte, in einem Fach verstaut. Nicht aus Nachlässigkeit, sondern weil die Jacken- und Hosentaschen ihres Hosenanzugs so klein waren und der Schlüssel mit seinem dämlichen Berlinanhänger so riesig. Sie konnte die weise Voraussicht von Vermietern verstehen, die ihre Schlüssel mit sperrigen Anhängern versahen, damit Touristen sie nicht versehentlich bei der Abreise mitnahmen oder irgendwo liegen ließen. Dummerweise war die Anschrift ihres Apartments auf dem Schlüsselanhänger eingraviert.

Der Schlüssel hätte die Männer auf direktem Weg zu ihrer Unterkunft geführt.

An der Gangbiegung, die zu ihrem Büro führte, stieß sie fast mit ihrer Patin zusammen.

»Was ist heute nur hier los?«. Erschrocken riss Thyras Einarbeitungspatin die Augen auf. »Ich hatte noch keinen Kaffee und dann diese Aufregung schon am frühen Morgen.«

»Sorry.« Thyra wich ihrer Patin mit einem Seitenschritt aus. »Ich hab's eilig.«

»Dann haben wir ja frei.« Sie drehte sich um. »Sorry, ich hab's wirklich eilig.«

Thyra flitzte schnell in ihr Büro. Ihr Rucksack lehnte noch neben ihrem Schreibtisch. Schnell kniete sie sich hin und fischte ihren Schlüssel aus dem Fach. Sie stand auf und umklammerte den Schlüssel. Den Rucksack würde sie nicht mitnehmen. Es wäre zu auffällig gewesen, während der Arbeitszeit und inmitten einer Sicherheitsübung mit einem Rucksack über der Schulter unterwegs zu sein.

»Ich sagte, du brauchst dich nicht zu beeilen.« Ihre Patin stand mit verschränkten Armen lässig gegen den Türrahmen gelehnt.

»Ich muss los.« Thyra wollte sich an ihr vorbeidrängeln.

»Wohin?« Die dunklen Augen ihrer Patin musterten sie aufmerksam. »Auch wenn wir eine Sicherheitsübung haben, hast du nicht Feierabend.«

Thyra mochte ihre Patin. Sie hatte sich ihr gegenüber immer sehr sachkundig und freundlich verhalten, auch wenn sie ein Faible für sexuelle Andeutungen und schlüpfrige Witze hatte. Die Mischung aus Fachkompetenz und Schrägheit gefiel Thyra.

»Ich habe heute meinen letzten Tag«, entgegnete Thyra knapp.

Laura sah sie unverwandt an. Ihre Mundwinkel kräuselten sich leicht, als ob sie sich über Thyras Aussage amüsierte. Dann wurde sie wieder ernst.

»Du kommst hier nicht raus«, sagte sie knapp.

»Sehe ich anders.« Thyra versuchte, sich an ihrer Patin vorbeizuschieben, die keinen Zentimeter Platz machte.

»Eine Betriebsunterbrechung bedeutet, dass niemand das Gebäude verlassen darf.«

Thyra hielt abrupt inne.

Die beiden Frauen standen sich jetzt auf Tuchfühlung im Türrahmen gegenüber.

»Du kommst hier nicht raus.« Laura Dubois schüttelte bedauernd den Kopf. »Die Leute von der SOC kontrollieren den Ausgang.«

Thyra atmete schwer aus. Wenn stimmte, was Laura ihr gerade sagte, hatte sie ein echtes Problem. Auch wenn sie zuerst gedacht hatte, dass ihr nicht mehr passieren konnte, als dass man sie aus dem Job hinauswarf, fürchtete sie mittlerweile, dass das noch das kleinste Übel war. Lukas Bockhorst, der Juniorchef, war ebenso skrupellos wie der schmallippige Typ mit dem bleichen Gesicht.

Sie musste hier raus.

»Ist die Sicherheitsübung wegen dir?« Laura fixierte Thyra, die dem wachsamen Blick standhielt.

Thyra nickte langsam.

»Warum?«

»Bockhorst hat mich geschlagen.«

Laura sah sie unverwandt an. Ihre bislang kontrollierte Miene veränderte sich. Entschlossen packte sie Thyra bei der Schulter.

»Komm!«

Obwohl Lauras Verhalten Thyra verblüffte, reagierte sie schnell und folgte ihrer Patin den Flur entlang. Im Laufen warf sie einen kurzen Blick über die Schulter. Sie befürchtete, die Männer zu sehen. Viel zu lange hatte das Gespräch mit Laura gedauert.

Thyras Befürchtung stellte sich als begründet heraus.

Am hinteren Ende des Ganges tauchte gerade der Mann mit den stechenden Augen auf. Er erblickte Thyra sofort, rief sie aber nicht an, sondern beschleunigte nur wortlos seinen Schritt – was sein Erscheinen noch bedrohlicher machte.

»Schnell.« Auch Laura hatte den Verfolger bemerkt. Sie zog Thyra am Arm.

Sekunden später hatten sie eine Glastür erreicht, der Thyra bislang keine Aufmerksamkeit geschenkt hatte.

Laura drückte die schwere Tür auf.

»Das hier ist der Fluchtweg«, sie deutete auf die Treppe vor ihnen. »Dieser Fluchtweg unterliegt der Brandschutzordnung und darf nicht verschlossen oder blockiert sein.«

»Danke.« Auch wenn ihr Verfolger jeden Moment auftauchen konnte, umarmte Thyra ihre Patin kurz.

»Hier, nimm!« Ihre Patin hielt ihr ein Handy hin. »Meine Nummer ist abgespeichert. Aber ich rufe dich an. Und beeil dich, dass Kress dich nicht erwischt.«

Thyra verzichtete darauf zu fragen, wer Kress war. Dafür war keine Zeit. Außerdem ahnte sie, wen Laura meinte.

Sie bedankte sich mit einem schnellen Blick, griff nach dem Handy und wirbelte herum. So schnell sie konnte hastete sie die Treppe hinunter.

Über ihr im Treppenhaus schlug eine Tür gegen die Wand.

Besorgt warf Thyra einen raschen Blick nach oben. Ein Gesicht tauchte auf.

Kress!, dachte sie.

Mit einem Ruck drehte sie sich herum und stürzte die Treppe hinunter, wobei sie geschickt immer zwei Stufen auf einmal nahm. Ihre Füße berührten kaum die kühlen Betonstufen, während sie sich mit einer Hand am Treppengeländer festhielt. Ihre Flucht durch das kalte Treppenhaus war wie ein Abstieg in eine andere Welt: kalter Beton und schmucklose Wände statt polierter Ahornhölzer, erlesener Kunstwerke und atemberaubender Panoramablicke.

Die Treppe war steil und schien endlos zu sein. Thyra wusste nicht, wie viele Stockwerke sie bereits zurückgelegt hatte. Ihr Atem ging schwer, und sie hatte Seitenstiche; das Echo ihrer

Schritte verfolgte sie wie ein unerbittlicher Taktgeber. Thyra wusste, dass sie sich keine Verschnaufpause gönnen durfte. Sie hörte über sich schweres Fußgetrappel, bei dem es sich, der Lautstärke nach, um mehr als ein Paar Füße handeln musste.

Ihre Verfolger waren ihr dicht auf den Fersen. Sie konnten nur wenige Stockwerke über ihr sein. Jede Sekunde und jede Stufe Vorsprung waren wichtig.

Thyra wusste, dass sie nur diese eine Chance hatte, um zu entkommen. Sie hatte das Gefühl, mit ihren Nachforschungen in ein Wespennest gestochen zu haben – keine Ahnung, wieso. Aber es war in diesem Nest eine Unruhe ausgebrochen, die sie nicht nachvollziehen konnte, weil ihr die Hintergrundinformationen fehlten – insbesondere die Reaktion des Juniorchefs auf ihre Recherchen, die weit darüber hinausging, was ein Unternehmen tat, wenn es jemanden beim unberechtigten Schnüffeln erwischte. Vollkommen überzogene Reaktion, dachte sie. Es sei denn, die Hintergründe sind für Lukas Bockhorst so wichtig, dass er so handeln muss.

Körperverletzung, Freiheitsberaubung, Nötigung – und jetzt diese Hetzjagd auf sie deuteten auf etwas viel Größeres hin.

Ihre Nachforschungen hatten offenbar eine empfindliche Stelle getroffen, und die verzweifelten Versuche, sie zum Schweigen zu bringen, ließen nur einen Schluss zu: Sie war einer Geschichte auf der Spur, die weit über einfache Betriebsgeheimnisse hinausging – offenbar noch größer als die Erkenntnis, dass Politiker nicht ihrem Amt dienten, sondern ihre Position ausnutzten, um sich fette zusätzliche Honorare in die eigene Tasche stecken zu können.

Endlich hatte Thyra die unterste Etage erreicht.

Mit der Hand stützte sie sich einen Atemzug lang gegen die weiß getünchte Betonwand, bevor sie weiter auf die graue Eisentür zulief, über der das grüne Leuchtschild mit dem weißen Pfeil und der Figur hing, die eine Tür durchquert.

Helles Tageslicht empfing sie, als sie endlich die Tür des Notausgangs mit der Schulter aufstieß. Die Muskeln in ihren Beinen brannten wie Feuer und am liebsten hätte sie sich in der Morgensonne auf den Boden gesetzt.

Aber sie war noch lange nicht in Sicherheit. Ihre Verfolger konnten jeden Moment bei ihr sein. Sie musste verschwinden.

Hastig sah sie sich um.

Der Seitenausgang hatte sie auf den breiten Bürgersteig zwischen dem Kollhoff-Tower und dem Pianohochhaus geführt, welches Teil des Daimler-Hauses war. Zwischen den beiden keilförmigen Gebäudekomplexen verlief die Alte Potsdamer Straße zur großen Kreuzung Potsdamer Platz.

Links und rechts von ihr standen Tische und Stühle einer angrenzenden Pizzeria. Zu dieser frühen Morgenstunde waren schon recht viele Leute unterwegs, meist Angestellte auf dem Weg zur Arbeit. Aber auch die ersten unternehmungslustigen Berlintouristen waren bereits auf Stadterkundung. Viele dieser Touristen hielten in der einen Hand ihr Handy, welches sie zu den Sehenswürdigkeiten führte, und in der anderen einen Pappbecher Latte macchiato »to go«.

Trotzdem war die Anzahl der Menschen überschaubar. Thyra konnte nicht in einer dichten Menschenmenge untertauchen, dafür waren noch zu wenige Leute auf der Straße unterwegs. Auch die Geschäfte und Läden in der unmittelbaren Umgebung waren noch nicht alle geöffnet, sodass auch die Möglichkeit ausschied, in einem der umliegenden Eingänge zu verschwinden. Ihre Verfolger hätten sie schnell gefunden: Ein Rundblick durch den jeweiligen Laden hätte gereicht, da es kleine Läden waren, die nicht viele Möglichkeiten boten, sich unbemerkt zu verstecken.

Ihr blieb nur die Flucht in den Untergrund.

Die U-Bahn-Station war nicht weit entfernt. Sie würde es zwar vermutlich nicht schaffen, ungesehen im Terminal zu verschwinden. Dafür waren ihre Verfolger bereits zu dicht hinter ihr. Aber dort gab es verschiedene Ebenen und es waren mehr Menschen unterwegs als hier draußen auf der Straße, sodass sie in der Menge untertauchen konnte.

Thyra zögerte keine Sekunde und sprintete los.

Sie lief im Schutz des Gebäudes, in dem sie bis heute Morgen noch gearbeitet hatte, in Richtung Potsdamer Platz. Plötzlich tauchte vor ihr, an der Nordwestspitze des Kollhoff-Towers, einer der Securitymänner auf. Sie erkannte den muskulösen Mann mit dem grimmigen Gesicht auf Anhieb.

Sofort schlug Thyra einen Haken und überquerte die Fahrbahn. Die Autos standen zwar nicht im Stau, bewegten sich aber dicht an dicht hintereinander im Schritttempo. Sie quetschte sich zwischen zwei dunklen Limousinen hindurch, was einen der Fahrer zu einem Hupkonzert veranlasste.

Im Vorbeigehen warf Thyra dem Mann ein sarkastisches Grinsen und ein spöttisches Winken zu, was bei dem Fahrer ein wütendes Dauerhupen veranlasste. Im gleichen Moment verfluchte sie, dass sie mit ihrer impulsiven Geste das Hupkonzert ausgelöst hatte. Denn der Lärm zog die Aufmerksamkeit der Passanten auf sich und machte gleichzeitig ihren Verfolger auf sie aufmerksam.

»Na toll«, seufzte sie frustriert, als sie sah, wie der Muskelprotz sich reckte und in ihre Richtung spähte, wo der Autofahrer noch immer wutentbrannt seine Hupe aufheulen ließ.

Dadurch entdeckte er sie.

Sofort setzte sich der Mann wieder in Bewegung. Rücksichtslos bahnte er sich seinen Weg und rannte quer über die Straße auf sie zu.

Aber nicht nur der Securitymann, der auf sie zulief, war ein Problem für sie, sondern auch ihre zwei weiteren Verfolger,

Thyra achtete bei ihren Undercover-Reportagen strikt darauf, nur das Nötigste dabeizuhaben. An privater Kleidung hatte sie nur das, was auf einem Kleiderbügel im Schrank hing. Für einen bevorstehenden Einsatz kaufte sie die benötigte Kleidung am liebsten in einem Second-Hand-Laden. Dort war die Kleidung zwar gepflegt, aber nicht neu. Gebrauchte Kleidung half ihr dabei, noch besser in die Rolle schlüpfen zu können, die sie spielen musste. In Berlin hatte sie ihre Bürokleidung wie den Hosenanzug, den sie gerade trug, in einem der vielen Second-Hand-Läden in Kreuzberg erstanden.

Nach jedem Einsatz entsorgte sie die Kleidungsstücke wie eine Schauspielerin, die ihre Rolle ablegte. Dieser Prozess half ihr dabei, sich von der vergangenen Situation zu lösen und auf das nächste Szenario vorzubereiten. Eine neue Story war ein neuer Anfang und eine Transformation in eine neue Identität – wenn es die Recherche verlangte.

Die S-Bahn erreichte den Anhalter Bahnhof. Thyra stand auf und nickte dem Punk freundlich zu, der mit seiner Bierflasche zurückwinkte.

Sie hatte Glück, der Bus der Linie M29 stand an der Haltestelle, sodass sie keine Zeit mit Warten verlor. Nach einer knapp zwanzigminütigen Fahrt erreichte Thyra die Glogauer Straße. Von dort aus waren es nur etwa einhundertfünfzig Meter zu Fuß bis zum Apartmenthaus Am Görlitzer Park. Sie hatte sich bewusst für ein Apartment in dem fünfstöckigen Gebäude entschieden, da der Kiez hier anonym war und die Lage zentral. Die Nähe zum Park und die Anonymität des Viertels boten ihr eine sichere Rückzugsmöglichkeit.

Ihr Zimmer war modern, zweckmäßig und nicht sonderlich gemütlich eingerichtet, aber für Thyras Zwecke vollkommen ausreichend.

Thyra kniete sich neben den Nachttisch, zog die Schublade heraus und drehte sie um. Mit den Fingernägeln löste sie das

Klebeband, mit dem sie ihr privates Handy unter den Boden geklebt hatte.

Mit einem Daumendruck erweckte sie das Display zum Leben, das ihr drei neue Anrufe anzeigte. Ein schneller Blick in die Anrufliste bestätigte ihre Vermutung; Folkert Mackensen hatte drei Mal versucht, sie zu erreichen.

»Sorry«, murmelte sie.

Sie hatte jetzt keine Zeit zum Telefonieren! Sie würde ihn später zurückrufen. Im Moment zählte jede Minute. Sie wollte ihren Verfolgern kein weiteres Mal über den Weg laufen.

Allerdings hatte sie die vereinbarten zwanzig Minuten weit überschritten, was bedeutete, dass Folkert bereits tätig geworden war. Er musste sich Sorgen machen. Deshalb war zumindest eine kurze Nachricht wichtig für ihn, damit er Bescheid wusste und nicht unnötig die Kavallerie alarmierte oder was auch immer er sonst unternehmen wollte. Sie informierte ihn mit einer kurzen Sprachnachricht, dass sie ihren Undercover-Einsatz abbrechen musste, weil sie aufgeflogen war.

Folkert war bei ihren Undercover-Reportagen ihr Schutzengel, der sie im Hintergrund absicherte. Bei ihren Recherchen war Thyra bereits einige Male in gefährliche Situationen geraten, als sie illegalen Machenschaften oder zweifelhaften Geschäften auf der Spur gewesen und der Wahrheit zu nahe gekommen war. Der ehemalige Hauptkommissar der Emder Mordkommission hatte sich beruflich neu erfunden, nachdem er einem Disziplinarverfahren zuvorgekommen und seinen Dienst quittiert hatte. Er war jetzt Privatermittler und Personenschützer.

Diesmal begleitete er Thyra nicht bei ihrer Recherche, denn bei den Nachforschungen zu ihrer letzten Story war Folkert Mackensen das Opfer eines hinterhältigen Angriffs geworden. Thyra hatte ihn damals auf einer der Stufen der *Bedeckten Stiege*, einer überdachten Holzbrücke im österreichischen Hallstatt, gefunden.

Die Verletzung, die ihm ein Killer zugefügt hatte, war schwer gewesen. Damals war nicht sicher gewesen, ob er überleben würde. Thyra hatte viele Stunden im Spital auf der Intensivstation zugebracht, wo er um sein Leben gekämpft hatte.

Folkert Mackensen war freilich nicht nur ihr beruflicher Partner, auch in ihrem Liebesleben hatte er mal eine Rolle gespielt. Ob er diese Rolle wieder spielen konnte und sie noch einmal zueinanderfinden würden, war eine offene Frage, die sich Thyra immer noch nicht selbst beantworten konnte. Zu groß war damals die Enttäuschung gewesen, als er ihr Vertrauen missbraucht hatte, um ihren Vater zu fassen, der als Verdächtiger in einem Mordfall gegolten hatte, obwohl er unschuldig gewesen war. Auch, nachdem der wahre Täter gefasst worden war, war Thyra dann auf Abstand geblieben. Erst durch die Zusammenarbeit bei ihren späteren Recherchen hatten sie sich wieder Schritt für Schritt angenähert. Beide waren überrascht, wie groß die Anziehung zwischen ihnen noch immer war.

Thyra machte sich an die Arbeit. Mit beiden Händen räumte sie ihren Kleiderschrank aus und warf bis auf den Kleiderbügel mit ihrer privaten Kleidung alles auf den Boden. Schnell entkleidete sie sich vollständig und stopfte alles zusammen in einen blauen Plastiksack, den sie schon bereitgelegt hatte. Ihre wenigen Utensilien aus dem Badezimmer warf sie ebenfalls in den Sack, den sie anschließend verknotete und neben der Eingangstür auf den Boden fallen ließ.

Thyra griff nach ihrer Jeans und schlüpfte hinein, warf sich ein Shirt über den Kopf, zog hastig einen grauen Hoodie und ihre schwarze Lederjacke an und schlüpfte in ihre Sneaker. Wenige Sekunden später war sie angezogen und bereit und griff sich ihren Rucksack mit ihren privaten Sachen und dem Wichtigsten, ihrem Notebook.

Sie warf einen letzten Rundumblick durch den Raum, um sich zu vergewissern, dass sie nichts übersehen hatte. Das

Zimmer hatte sie im Voraus bezahlt, sodass sie nicht auschecken musste. Thyra schwang sich den Rucksack über die Schulter und packte den Sack mit der Kleidung. Lauras Handy hatte sie in die Innentasche ihrer Lederjacke gesteckt, damit sie es während der Fahrt greifen konnte, falls ihre Ex-Patin anrufen sollte. Mit der freien Hand griff sie nach dem Lenker ihres Rennrads, welches im Flur neben der Eingangstür angelehnt stand. Schon zu Beginn ihrer Reise in die Hauptstadt war sich Thyra bewusst gewesen, dass sie mobil sein musste.

In Berlin fahren U- und S-Bahnen im Minutentakt, wenn sie fahren. Daher war ein Rennrad für sie wesentlich praktischer als ein Auto, mit dem sie meist im Stau gestanden und zudem immer einen Parkplatz benötigt hätte. Sie hatte Bockhorst am schnellsten und bequemsten mit den öffentlichen Verkehrsmitteln erreicht. Das Rad konnte sie bei Bedarf mit in die Bahn nehmen, was ihre Flexibilität und Mobilität erhöhte. Mit dem Fahrrad, das sie in einem kleinen Fahrradladen ebenfalls in Kreuzberg gekauft hatte, war sie immer schnell unterwegs und konnte sich leicht durch die Stadt bewegen.

Thyra verließ das Apartment. Die Magnetkarte ihres Zimmers hatte sie auf dem Tisch liegen lassen, neben einem großzügigen Trinkgeld.

Der Aufzug hatte sich seit ihrem Eintreffen nicht bewegt und stand noch immer auf ihrer Etage, was für ihre Schnelligkeit bei dem Unterfangen sprach, die Brücken hinter sich abzubrechen.

Vorsichtig steckte Thyra wenig später ihren Kopf aus der Eingangstür des Apartmenthauses. Auf der gegenüberliegenden Straßenseite liefen ein paar Passanten entlang: auf den ersten Blick niemand, der ihr gefährlich werden konnte. Eine Frau im Nachbarhaus stand auf ihrem französischen Balkon und schüttelte eine Decke aus.

Die Altkleiderbehälter befanden sich keine zwanzig Meter von ihr entfernt, kurz vor einem Kinderspielplatz. Thyra sah sich unauffällig um, aber niemand nahm von ihr Notiz, als sie ihr Rad über den Gehweg schob. Mit zwei Handgriffen versenkte sie den Plastiksack in dem mit Graffiti beschmierten Container.

Das wäre erledigt, dachte sie zufrieden und griff wieder nach ihrem Rad, als sie die dunkle Limousine wahrnahm, die langsam die Glogauer Straße entlangfuhr. Der Wagen machte den Eindruck, als würde der Fahrer nach einem Parkplatz suchen.

Oder eine Hausnummer, schoss es Thyra durch den Kopf.

Die Scheiben der Limousine waren getönt, sodass Thyra nicht erkennen konnte, wer in dem Fahrzeug saß. Natürlich hätte es so ziemlich jeder sein können, den sie nicht kannte. Aber intuitiv wusste sie, dass es Kress war.

Glücklicherweise parkte nur wenige Meter vor dem Apartmenthaus ein Umzugswagen mit geöffneter Heckklappe in der zweiten Reihe, wodurch der Transporter eines Lieferdienstes zu einem Ausweichmanöver gezwungen wurde. Das wiederum behinderte den Gegenverkehr und damit die Limousine und verdeckte Thyra.

»Verdammt«, stieß sie hervor. »Wieso sind die so schnell hier?« Wobei diese Frage ebenso interessant war wie die, warum der Securitychef überhaupt da auftauchte, wo sie sich einquartiert hatte.

Thyra hatte nicht ausgeschlossen, dass der Sicherheitschef ihr Quartier finden konnte, wenn sie auch keine Ahnung hatte, wie er das anstellen würde. Aber vermutlich hatte er Kontakte zu Behörden und dank der Meldepflicht war es kein Problem herauszufinden, wo sie sich einquartiert hatte. Das hätte auch erklärt, warum er so schnell hier war, denn normalerweise war die S-Bahn schneller, als es ein Auto durch den Stadtverkehr schaffen konnte.

Es wäre sicherer gewesen, das Apartment unter einem anderen falschen Namen anzumieten, der keinen Bezug zu ihrer Undercover-Recherche bei Bockhorst hatte. Aber es war schon schwer genug gewesen, sich mit falschen Unterlagen auch nur die eine Pseudo-Identität zu basteln. Weitere falsche Papiere zu beschaffen, hätte nicht nur eine Menge zusätzliches Geld, sondern auch Zeit gekostet. Thyra hatte zwar einen guten Kontakt in Hamburg, der ihr Papiere beschaffen konnte, aber auch dieser Kontakt hatte seine Grenzen.

Thyra schwenkte ihr Rad in die entgegengesetzte Richtung und warf sich schwungvoll in den Sattel. Mit kräftigen Tritten in die Pedale nutzte sie einen abgesenkten Bürgersteig, um auf die Straße zu gelangen. Der Asphalt glänzte im Sonnenlicht, als sie mit schnellen Bewegungen an den parkenden Autos vorbeifuhr.

Hinter sich hörte sie den Motor eines schweren Wagens aufheulen.

Ohne sich umzudrehen, wusste sie, dass die Leute in der Limousine sie entdeckt haben mussten. Bis zur nächsten Straßenecke waren es nur knapp fünfzig Meter. Sie bremste nur kurz ab, um niemanden zu gefährden, bevor sie in die Wiener Straße einbog.

Bis zum Görlitzer Park waren es nur rund zweihundert Meter. Wenn sie den Eingang mit den steinernen Säulen erreichte, konnte sie dort ihre Verfolger abschütteln. Die Einfahrt war für ein Auto zu klein. Woanders kam ein Auto nicht durch, da die gesamte Parkseite mit einem Zaun begrenzt war, der aus steinernen Säulen bestand, zwischen denen Gitter eingelassen waren.

Gehetzt warf Thyra einen raschen Blick über die Schulter und erschrak. Der dunkle Wagen war dicht hinter ihr, keine vierzig Meter mehr. Sie legte ihre ganze Kraft in die Pedale und schoss die Straße entlang. Doch es reichte nicht, dem Wagen zu entkommen, der nur Sekunden später auf gleicher Höhe mit ihr war.

»Halt an!«, rief eine Stimme.

Thyra konnte nichts hören, da ihr der Fahrtwind in den Ohren rauschte. Sie vergeudete auch keine Zeit damit, den

Kopf zu drehen. Ihre volle Aufmerksamkeit richtete sich auf die Straße vor ihr, denn jederzeit konnte ein Fußgänger auftauchen oder ein Fahrzeug aus einer der Parkbuchten herausfahren.

Wieder brüllte der Mann aus dem geöffneten Seitenfenster.

Thyra ignorierte ihn.

Der rechte Kotflügel der Limousine kam ihr immer näher. Das Seitenfenster war geöffnet und der Beifahrer streckte die Hand nach ihr aus, um sie packen zu können, wenn er in Reichweite kam.

Kress schreckte nicht davor zurück, sie in der Öffentlichkeit zu jagen und zu rammen.

Dann plötzlich war der Parkeingang da. Thyra bremste hart neben einer Dreiergruppe von Altglascontainern ab, ihr Hinterrad rutschte weg und fast hätte sie sich lang hingelegt. Mit aller Kraft stemmte sie ein Bein in den Boden und fing den Sturz ab.

Krachend rammte der schwere BMW einen der Container.

Durch die Wucht des Aufpralls zerbarst ein Scheinwerfer des Wagens und der rechte Kotflügel schob sich wie eine Ziehharmonika zusammen. Gleichzeitig kickte der grüne Kugelcontainer seinen Nachbarn, der für Braunglas zuständig war, quer über den geschotterten Fußweg.

Thyra nahm sich nicht die Zeit, schadenfroh zu sein, sondern umrundete den Weißglascontainer und trat wieder kräftig in die Pedale. Sie durchfuhr das Tor triumphierend wie die Siegerin der Tour de France die Ziellinie.

Nur mit Mühe wich sie einer Gruppe von Polizisten aus, die in lockerer Formation auf dem Weg standen und mit zwei jungen Männern sprachen, die Jogginghosen und Basecaps trugen. Einer der Polizisten hatte ein Sprechfunkgerät in der Hand und kam auf Thyra zu. Sie wich ihm mit einem Schlenker und einem freundlichen Lächeln aus. Offensichtlich hatte der Crash der Limousine die Polizisten aufmerksam gemacht.

Erleichtert atmete Thyra tief durch.

Sie hatte ihre Verfolger abgeschüttelt, die ihr im Moment ganz sicherlich nicht mehr folgen konnten. Mit dem Blechschaden und angesichts des Polizisten, der auf sie zueilte, konnten sie nicht einfach losfahren. Sie würden nicht weit kommen. Zudem gab es hier keine Zufahrt in den Park herein.

Erst jetzt merkte Thyra, wie ihr Puls raste.

Sie verlangsamte und radelte mit normalem Tempo den Weg in südöstlicher Richtung weiter. Zwei Minuten und sechs Dealer später, die ihr ihre aktuellen Sonderangebote zuriefen, verließ sie den Rundweg, der den Görlitzer Park umsäumte, und erreichte wenig später die Lübbener Straße, der sie bis zur Ecke Skalitzer Straße folgte.

Dort hielt Thyra an und stemmte sich mit ihrem Fuß ab.

Sie überlegte kurz: Wenn sie der Skalitzer Straße folgte, bestand das Risiko, dass Kress sie einholen konnte, sollte er zufällig dieselbe Richtung einschlagen. Nahm sie die entgegengesetzte Richtung und ließ offen, ob ihr Weg sie zum Bergmannkiez, nach Tempelhof oder vielleicht sogar nach Neukölln führte, hatte er keinen Ansatz, ihr zu folgen.

Aber zunächst galt es, einfach nur Distanz zwischen sich und diesen Ort zu bringen. Sie musste zur Ruhe kommen und ihren nächsten Schritt planen.

Entschlossen stieß sie sich ab und trat wieder kraftvoll in die Pedale.

Während die Straßen an ihr vorüberzogen, atmete sie tief durch und bemühte sich, ihre wirren Gedanken zu sortieren. Die Hetzjagd hatte ihr mehr abverlangt und Kraft gekostet, als sie zugeben wollte.

Plötzlich begann in der Innentasche ihrer Lederjacke das Handy zu vibrieren.

- 17 -

Hamburg • Harvestehude
Donnerstagmorgen, sechs Uhr …

Mit der Hand wischte Folkert Mackensen über den beschlagenen Spiegel.

Kritisch musterte der ehemalige Hauptkommissar sein Spiegelbild.

Seinem Körper sah man regelmäßiges Training an. Seine Muskeln traten noch deutlicher hervor, seit er abgenommen hatte. Probeweise spannte Mackensen einen Arm an: Er hatte aber leider auch Muskelmasse verloren.

Drei Monate, dachte er, als sein Blick auf die Narbe fiel.

Mit der Fingerspitze fuhr er sacht über das matt glänzende Gewebe. Erinnerungen an die kalte Nacht in Österreich fluteten zurück: das Adrenalin, der Schmerz, das Gefühl des nahenden Endes. Er verspürte eine Mischung aus Dankbarkeit und Bitterkeit. Dankbar, dass er überlebt hatte; bitter, weil nichts mehr war wie vorher.

Die Narbe war das ständige Zeichen dafür, dass auch er nicht unsterblich war und es ihn jederzeit erwischen konnte. Lange Zeit hatte er sich überlegen gefühlt und nicht wenige seiner

Kollegen und Mitmenschen hatten ihn für arrogant und überheblich gehalten. Womit sie auch nicht ganz falsch gelegen hatten, wie er sich selber eingestehen musste. Natürlich war er sich grundsätzlich der Gefahren bewusst gewesen, die seine Arbeit schon immer mit sich gebracht hatte. Bis vor drei Monaten war er jedoch davon überzeugt gewesen, Gefahrensituationen rechtzeitig erkennen zu können, um auf einen Angriff oder eine Eskalation bestmöglich vorbereitet zu sein.

Die Narbe zeigte ihm jeden Tag, dass er falschgelegen hatte. Als er Thyra bei ihrer Suche nach einem der Hintermänner der Story geholfen hatte, an der sie gerade gearbeitet hatte, war er einem kaltblütigen Killer ins Messer gelaufen.

Nicht er hatte ihr, sondern sie hatte ihm geholfen, als er nach der Messerattacke leblos auf der Bank der *Bedeckten Stiege* in Hallstatt zusammengebrochen war. Er hatte viel Blut verloren und war nur durch Thyras Umsichtigkeit und Schnelligkeit gerettet worden.

Der Vorfall und seine Folgen hatten ihn innehalten lassen. Während der Zeit im Krankenhaus und der langen Wochen in der Reha hatte er viel Zeit zum Nachdenken gehabt. Seine eigene Endlichkeit wurde ihm brutal bewusst gemacht.

Es war nicht das erste Mal für ihn, dass ihm etwas so drastisch klar geworden war, dass er sich bewusst entschied, Konsequenzen daraus zu ziehen, mit denen er einen gänzlich anderen Weg in seinem Leben einschlagen würde. Es hatte ihn seinerzeit tief in seinem Innern getroffen, als er herausfinden musste, dass er die schnelle Beförderung, die ihn damals zum jüngsten Hauptkommissar der Kripo gemacht hatte, nicht wirklich seiner unbestreitbar guten Arbeit zu verdanken gehabt hatte, sondern einem Oberstaatsanwalt, der ihn zum eigenen Vorteil protegiert hatte. Als ihm dann diese Förderung offenbart und eine illegale Gegenleistung von ihm verlangt worden war, hatte Folkert Mackensen seinen Dienstgrad damals freiwillig zurückgegeben.

Sowohl dieses Ereignis als auch sein späteres fehlerhaftes Verhalten Thyra gegenüber hatten ihn dazu gebracht, seine Sichtweisen und sogar seine Persönlichkeit zu ändern. Er hatte damals ohne ihr Wissen ihr Handy benutzt, um ihren Vater zu finden, nach dem wegen eines falschen Mordverdachtes gefahndet worden war, was er unmittelbar danach auch schon zutiefst bereut hatte.

Thyra hatte ihm den damaligen Vertrauensbruch nie verziehen und ihre Beziehung beendet. Eine Reaktion, die er zwar verstanden hatte, aber für sich nicht akzeptieren konnte. Er sah gut aus und die Frauen hatten sich immer sehr für ihn interessiert. Er machte zwar nicht ständig herum, ließ aber auch nichts anbrennen, wenn ihn eine Frau interessierte.

Mit Thyra jedoch war es anders gewesen – völlig anders. Zum ersten Mal hatte er das Gefühl gehabt, dass er als Mensch geliebt worden war, um seiner selbst willen. Und zum ersten Mal hatte er das Gefühl verspürt, angekommen zu sein.

Umso unverständlicher war ihm dann im Nachhinein gewesen, warum er ihr Vertrauen missbraucht hatte, nur um ein berufliches Ziel zu erreichen. Offenbar war sein Ich-darf-alles-Gefühl so stark gewesen, dass es nicht einmal ein Unrechtsbewusstsein zugelassen hatte. Erst nachdem Thyra ihm die Tür vor der Nase zugeknallt hatte, wurde ihm nach und nach klar, was für ein selten dämlicher Idiot er doch war.

Eigentlich konnte er ihr dankbar sein, denn seine Entwicklung zu der Persönlichkeit, die er heute war, hatte er maßgeblich ihr zu verdanken. Eine Entwicklung, die darin gegipfelt hatte, dass er den Hauptverdächtigen einer Kindesentführung härter angefasst hatte, als es die Dienstvorschriften erlaubten – als er ihn aus der offenen Tür eines Hubschraubers geworfen hatte.

Dass der entführte Junge mitten im Winter bei harten Minusgraden in einer Holzkiste irgendwo im Wald vergraben gewesen war und seine Überlebenschancen mit jeder Minute drastisch gesunken waren, hatte aus juristischer Sicht trotzdem in keiner Weise Mackensens drastisches Vorgehen gerechtfertigt.

Fakt war gewesen, dass er sich nicht an die Gesetze gehalten hatte.

Die Presse hatte den Vorfall groß aufgemacht und das öffentliche Interesse war so immens, dass sich die Innenministerin unmittelbar nach Bekanntwerden eingeschaltet hatte. Politiker und offizielle Stellen hatten sich mit ihren Forderungen nach schonungsloser und lückenloser Aufklärung überboten. Es wäre nur eine Frage der Zeit gewesen, bis man ihn in einem Disziplinarverfahren den Wölfen zum Fraß vorgeworfen hätte.

Mit seiner Kündigung war er alldem zuvorgekommen. Er hatte seine persönlichen Konsequenzen gezogen und seinen Dienst quittiert.

Sicher hatte es trotzdem eine interne Ermittlung gegeben, die nach einiger Zeit eingestellt worden war. Da es keine mediale Zielscheibe mehr gegeben hatte, war das Interesse der Presse nach einiger Zeit erloschen.

In den darauffolgenden Wochen und Monaten hatte er es mit sich selber ausgemacht, sein Handeln zu reflektieren und die Situation zu realisieren, dass er von einem Tag auf den anderen kein Polizist mehr war.

Auch in dieser schwierigen Phase war Thyra für ihn da gewesen.

Sie hatte ihm Kraft und Zuversicht gegeben, wie auch die Idee, sich neu zu erfinden. Zunächst hatte er große Schwierigkeiten damit gehabt, sich neu auszurichten.

Als Thyra dann bei ihrer ersten Investigativreportage in Bedrängnis geraten war, hatte er ihr als ihr Buddy im Hintergrund beigestanden. Wann immer sie seither in Schwierigkeiten geriet, war er sofort zur Stelle. Er merkte, dass ihm diese Arbeit guttat, auch wenn er sich nicht mit dem Gedanken anfreunden konnte, seine berufliche Zukunft als Bodyguard zu verbringen.

Auch sein ehemaliger Chef, mit dem er bei der Kripo bis zu dessen Ruhestand zusammengearbeitet hatte, hatte nach Ende seines Polizeidienstes einen völlig anderen Weg eingeschlagen. Während seiner aktiven Zeit bei der Kripo hatte dieser Kontakte gesammelt und gepflegt und ein hochkarätiges Netzwerk aufgebaut, in dem er sich in seiner neuen Tätigkeit seit seiner Pensionierung bewegen konnte wie ein Schachmeister auf dem Brett. Jede seiner Aktivitäten war strategisch durchdacht, und er wusste genau, welche Kontakte er wann aktivieren musste, um den größtmöglichen Nutzen zu erzielen.

Unter dem Decknamen »*Mutter*« handelte er mit Informationen und vermittelte europaweit Spezialisten für sensible und spezielle Aufträge. Er koordinierte seine Kontakte mit einer solchen Präzision und Harmonie, dass selbst die schwierigsten Ermittlungen wie ein gut geprobtes Konzert abliefen. Jeder wusste stets genau, welche Rolle er spielte und wann er eingreifen musste.

Mutter riet Mackensen dazu, seine Stärken und seine Erfahrung gewinnbringend einzusetzen. Er machte ihm auch deutlich, welchen unschätzbaren Wert diese Erfahrung und auch seine eigenen Kontakte hatten: Er musste sich nur entscheiden.

Und Folkert Mackensen hatte seine Entscheidung getroffen und sich für einen neuen Weg entschieden – als Privatermittler und Spezialist für schwierige Fälle.

Thyra war von seiner Entscheidung begeistert gewesen. Ihre Recherchen wurden meist dann brenzlig, wenn sie der Wahrheit zu nah kam und den falschen Leuten zu gefährlich wurde. Sie brauchte dringend einen Schutzengel, der im Hintergrund über sie wachte und ihr den Rücken und einen Fluchtweg freihielt, wenn dies die Situation nötig machte. Thyra wusste, dass sie sich blind auf Folkert Mackensen verlassen konnte. Sie hatte ihm ein Angebot gemacht und aus dieser ersten Zusammenarbeit hatte sich eine erfolgreiche Teamarbeit entwickelt, die ihnen beiden gefiel.

Diesmal allerdings war sie alleine unterwegs. Als sie ihn vor drei Wochen über ihre neue Recherche informiert hatte, war er nicht überrascht gewesen, zu hören, dass sie bereits im Zug nach Berlin saß, während sie ihn anrief. Thyra war sehr spontan und wenn sie eine Story witterte, warf sie schnell alle Pläne über den Haufen und folgte ihrem Instinkt.

Sie hatte ihm versichert, dass die Recherche zwar brisant, aber nicht lebensgefährlich war, und sie bestand darauf, dass er sich um seinen Umzug nach Hamburg kümmerte, der ohnehin, nach Krankenhausaufenthalt und Reha, beschwerlich und kräftezehrend genug für ihn war. Sie hätte ihm gerne bei diesem Umzug geholfen und ihn nicht damit allein gelassen, aber grundsätzlich war der Umzug bereits durchorganisiert, da sich eine Umzugsfirma darum kümmern sollte. Daher musste Thyra keine Gewissensbisse haben.

Auch wenn er es selbst nicht aussprach, wusste sie, dass der Umzug aus Emden nach Hamburg für ihn ein einschneidender Moment war. Daher hätte sie ihm gerne zur Seite gestanden. Aber er war Profi wie sie und wusste, dass in diesem Fall der Job vorging.

»Mach dir um mich keine Sorgen«, hatte er abgewiegelt, als sie hin- und hergerissen gewesen war bei der Wahl zwischen ihrer Arbeit und dem Wunsch, ihm beizustehen. »Ich kenne die Firma«, sagte er. »Die kommen mit vier Mann und sind schneller fertig, als ich Umzugskarton sagen kann.« Er hatte gelacht. »Außerdem habe ich nicht so viel Kram wie du.«

Der Umzug war tatsächlich an einem Tag erledigt gewesen. Die Umzugshelfer hatten ihm Sofa, Bett und die paar Schränke aufgebaut. Kleidung, Bücher und Geschirr standen noch neben allem möglichen Hausrat in Umzugskartons aufgetürmt.

Eigentlich hatte er jetzt genug damit zu tun, den ganzen Kram aufzubauen, auszupacken und einzuräumen.

Eigentlich – wenn er nicht die ganze Zeit über mit seinen Gedanken bei Thyra gewesen wäre.

Zum wiederholten Mal sah er auf seine Armbanduhr, die auf der Ablage im Badezimmer lag. Die zwanzig Minuten, die Thyra sich für die Durchsuchung des Chefbüros gesetzt hatte, waren vor einer Viertelstunde abgelaufen. Er hatte die Zwischenzeit genutzt und geduscht und dann im Abstand weniger Minuten mehrfach versucht, sie telefonisch zu erreichen. Er wusste, dass er auf ihrem Handy, welches sie ausschließlich während dieser Recherche benutzte, mit seinen Anrufen eine nachverfolgbare Spur hinterließ. Aber das war ihm jetzt egal. Sein Gefühl sagte ihm, dass etwas nicht stimmte.

Seine Erfahrung sagte ihm auch, dass es während Thyras verdeckten Recherchen öfter dazu kam, dass sie sich über längere Zeiträume nicht meldete. Dann arbeitete sie und er brauchte sich keine Sorgen zu machen. Aber wenn sie ein konkretes Zeitfenster verabredet hatten und Thyra meldete sich nicht wie vereinbart, dann musste sie etwas daran hindern.

Entschlossen warf er sein Handtuch über die Duschstange.

Er hatte lange genug gewartet.

Mit langen Schritten durchquerte er die Wohnung und öffnete im Schlafzimmer zwei Umzugskartons, die mit Kleidung gefüllt waren. Er stellte die Reisetasche aufs Bett. Mit geübten Handgriffen packte er ein paar Kleidungsstücke hinein. Aus dem Bad holte er seinen Kulturbeutel, der aufgrund des Umzugs immer noch mit den nötigen Utensilien gepackt war. Vielleicht hatte er den Beutel ohne ihn auszupacken auf der Fensterbank abgestellt, weil sein Bauchgefühl ihm schon frühzeitig signalisiert hatte, dass etwas nicht stimmte. Behutsam legte er sein erlesenes Rasiermesser aus

Damaszenerstahl wieder in den Beutel zurück. Im Schlafzimmer zog er sich schnell an: bequeme Chinos, Hemd, Lederjacke und ein Paar Desert Boots – fertig.

Einen Moment lang blieb er vor dem Trolley stehen, in dem er seine wichtigsten persönlichen Unterlagen aufbewahrte.

Er musste nicht lange überlegen, er vertraute seinem Instinkt – seinem Bauchgefühl. Und das sagte ihm, dass er gut daran tat, die notwendige Vorsorge zu treffen.

Mackensen ging in die Hocke und drehte den kleinen Koffer zu sich herum. Mit den Daumen stellte er den Zahlencode an den Schlössern ein. Unter leisem Klacken schnappten die Verriegelungen auf.

Die Waffe lag sicher verwahrt in einem schwarzen Lederholster. Der Griff der Pistole fühlte sich gut in seiner Hand an. Seit er als Privatermittler zugelassen war und auch einen offiziellen Waffenschein hatte, besaß er diese Waffe. Er hatte sich für die 9 mm Heckler & Koch P30 entschieden, weil dieses Modell jahrelang seine Dienstwaffe gewesen war. Die P30 zeichnete sich durch Zuverlässigkeit und Sicherheit aus, mit ihrer ergonomischen Form lag sie gut und sicher in der Hand. Die halbautomatische Pistole, bei der nach jedem Schuss automatisch eine neue Patrone aus dem Magazin in das Patronenlager geladen wurde, bot eine sehr gute Balance zwischen Feuerkraft und Kontrolle.

Mit routinierten Handgriffen vergewisserte er sich, dass das Magazin der Waffe geladen und die Pistole gesichert war. Er wog die Pistole einen Moment lang in der Hand, bevor er sie entschlossen zurück in das Holster schob und in seine Reisetasche legte.

Folkert Mackensen vergewisserte sich mit einem letzten Blick, dass er nichts vergessen hatte. Mit einem Griff zog er die Wohnungstür seines neuen Hamburger Apartments hinter sich zu. Per Fahrstuhl fuhr er in die Tiefgarage, wo sein Wagen stand.

Mackensen gab Thyras Adresse ins Navi ein, dann nickte er zufrieden. Die Strecke nach Berlin war in einer Fahrtzeit von rund drei Stunden zu bewältigen. Vorausgesetzt, es gab keine unerwarteten Staus.

Er startete den Motor seines Wagens und fuhr die Auffahrt hoch.

Wenig später befand er sich auf dem Weg nach Berlin.

Mackensens Fahrt verlief ohne nennenswerte Störungen oder Verzögerungen. Unterwegs überprüfte er in regelmäßigen Abständen, ob Thyra sich gemeldet und er möglicherweise den Anruf verpasst hatte, weil er sich in einem Funkloch befunden hatte.

Wäre er nur eine Viertelstunde früher losgefahren oder der Berliner Verkehr im Reuterkiez etwas weniger dicht gewesen, hätte er Thyra beim Verlassen ihrer Wohnung angetroffen. Nicht nur ihre Begegnung mit ihren Verfolgern wäre dann mit Sicherheit anders verlaufen.

So aber fiel ihm bei seiner Ankunft nur die dunkle Limousine auf, die weiter vorne über den Bürgersteig fuhr, weil sie es offenbar sehr eilig hatte.

Sein Instinkt sagte ihm, dass Thyra der Grund für den rasanten Fahrstil war. In diesem Moment signalisierte ihm sein Handy, dass er eine Sprachnachricht von Thyra erhalten hatte.

»Ich muss mich beeilen, bevor hier jemand auftaucht. Ich melde mich, sobald ich eine neue Bleibe habe. Ciao«, hörte er sie sagen.

»In fünfzig Metern haben Sie Ihr Ziel erreicht«, vermeldete gleichzeitig die Stimme des Navis. »Das Ziel befindet sich auf der linken Straßenseite.«

Mit ungerührter Miene trat er das Gaspedal durch.

Der Motor seines Mercedes grollte dumpf, als dieser vorwärtsschoss.

Mackensen ignorierte die wilden Flüche der beiden Männer, die mit einem Gabelstapler an der Ladefläche des in zweiter Reihe parkenden Lkw hantierten, als er ebenfalls den Bürgersteig nutzte, um an dem Lieferwagen vorbeizukommen, der dem Umzugswagen umständlich auszuweichen versuchte.

Er nahm einem Smart die Vorfahrt, als er mit quietschenden Reifen in die Wiener Straße einbog und der Limousine Richtung Görlitzer Park folgte.

Die Verfolgungsfahrt endete abrupt, als der dunkle Wagen scharf Richtung Parkeingang abbog und einen Container rammte. Es schepperte so laut, als sei ein Blitz in ein Getränkelager eingeschlagen. Durch die Wucht des Aufpralls schob der schwere BMW mehrere Altglascontainer zusammen.

Eine Schocksekunde lang herrschte vollkommene Stille.

Von der Motorhaube der Limousine stieg eine leichte Staubwolke auf.

Klirrend zerschellte eine Weinflasche auf dem Bürgersteig, die durch den Aufprall aus dem Glascontainer in die Luft geschleudert worden war. Wie von einer Schrotflinte abgefeuert schossen die Glassplitter durch die Luft. Das Geräusch, mit dem eine weitere Flasche auf der Motorhaube der Limousine landete und eine faustgroße Delle in das Blech schlug, wirkte eher gedämpft wie der Schlag eines Boxers gegen einen Sandsack.

Mit einem eleganten Schlenker zog Mackensen seinen Mercedes in eine freie Parklücke am Straßenrand. Den Motor ließ er laufen, um jederzeit wieder losfahren zu können.

»Gut gemacht.« Anerkennend nickte er. Ihm war klar, dass der Wagen hinter Thyra her gewesen war und sie ihre Verfolger gekonnt ausgetrickst hatte. Er wusste, dass sie sich ein Rad für die Zeit in Berlin gekauft hatte, weil es in der Hauptstadt das beste Verkehrsmittel war.

Und sie hatte recht gehabt. Mit einem Auto wäre ihr Manöver nicht so erfolgreich gewesen.

Mackensen wählte eine abgespeicherte Rufnummer auf seinem Handy, während er beobachtete, wie sich langsam Fahrer- und Beifahrertür der Limousine öffneten. Ein drahtig wirkender Mann in einem dunklen Anzug kletterte aus dem Wagen. Mit der Hand hielt er sich am Wagendach fest. Mit der anderen tastete er sich seine Schläfe ab. Wahrscheinlich hatte er sich bei dem Aufprall den Kopf am Holm geprellt. Ob seine fahle Gesichtshaut vom Schock des Aufpralls stammte oder ob der schmallippige Mann immer aussah wie ein Vampir mit Tagesfreizeit, vermochte Mackensen nicht zu sagen. Er vermutete, dass er immer so leichenblass war. Obwohl der Mann sich mit der Hand die Schläfe rieb, machte er einen konzentrierten und aufmerksamen Eindruck. Er wirkte nicht wie das klassische Unfallopfer, das unter Schock stand. Eher wie ein Leistungssportler, der stinksauer über seinen eigenen Fehlstart war.

Auch der andere Mann, der auf der Beifahrerseite ausgestiegen war, machte eine kurze Bestandsaufnahme seines muskulösen Körpers. Prüfend ließ er seinen Kopf kreisen. Er wirkte weniger überrascht als genervt. Offenbar hatte Thyra die beiden schon eine ganze Weile an der Nase herumgeführt.

»Ich brauche eine Halterüberprüfung«, sagte Mackensen, ohne seinen Gesprächspartner zu begrüßen.

»Kennzeichen«, erwiderte Mutter ebenso knapp.

Noch auf der Autobahn hatte Mackensen Mutter angerufen und über Thyras Recherche und seine Fahrt nach Berlin informiert, ohne Details über ihre Story zu verraten. Was aber auch nicht nötig gewesen war. Mutter brauchte nicht viele Informationen, um ein Profil über einen Fall zu erstellen, welches zwar keine exakten Details beinhaltete, aber von der Struktur her überraschend zutreffend war.

Wenn Mackensen dann auf Mutters Informationsdienste oder sonstige Unterstützung zurückgreifen musste, sparten sie sich Erklärungen und wertvolle Zeit.

Mackensen reckte den Hals etwas, um besser über das Armaturenbrett seines Wagens hinwegschauen zu können. Dann las er das Kennzeichen vor.

»Läuft«, sagte Mutter. »Hast du Probleme?«

»Ich nicht.« Mackensen lächelte zufrieden, als er die drei Uniformierten in voller Schutzausrüstung sah, die sich der Limousine näherten.

Die Beamten trugen olivgrüne Schutzhelme, ballistische Westen sowie Knie- und Ellbogenschoner. Alle drei hatten je eine behandschuhte Hand am Griff ihrer Maschinenpistolen, die sie an einem Schulterriemen vor der Brust trugen.

Die Polizisten bewegten sich synchron und mit einer Präzision, die auf jahrelanges Training hinwies. Ihre Blicke waren wachsam und scannten unaufhörlich die Umgebung nach möglichen Bedrohungen. Mackensen wusste, dass diese Männer bestens vorbereitet waren und keine Risiken eingingen.

Sein Blick ging zum Navi, auf dessen Display der Kartenausschnitt zeigte, dass sich rechts von ihm der Görlitzer Park befand.

Alles klar, dachte er. Er wusste, dass die Kollegen für eine Drogenrazzia im Görli gerüstet waren. *Mal schauen.* Mackensen drehte am Regler des Navis und nickte zustimmend. *Sehr gut!*

Besser hätte Thyra es nicht treffen können, um ihre Verfolger abzuschütteln. Mit ihrem Rad, Mackensen ging davon aus, dass Thyra sich ein Rennrad angeschafft hatte, würde sie den Görlitzer Park sicherlich bereits durchquert haben. Mittlerweile konnte sie auf dem Weg zu einem x-beliebigen Punkt in der Stadt sein. Es war ihren Verfolgern unmöglich, sie aufzuspüren.

»Das ist ein Dienstwagen.« Unvermittelt ertönte Mutters sonore Stimme aus dem Lautsprecher. »Zugelassen auf …«

»Lass mich raten«, unterbrach Mackensen ihn. »Bockhorst Elite Financial Solutions.«

»Richtig«, erwiderte Mutter. »Das sind Finanzexperten zur Steueroptimierung«, fuhr er fort. »Inhaber ist ein gewisser Arthur Bockhorst, dreiundsechzig Jahre alt und ein Finanzexperte mit internationaler Reputation. Das Unternehmen ist darauf spezialisiert, die steuerlichen Belastungen ihrer Klienten, die der exklusiven Gruppe der Superreichen auf diesem Globus angehören, auf ein Prozent ihres Vermögens oder weniger zu drücken.« Mutter bewies einmal mehr die Schnelligkeit, mit der er Hintergrundinformationen aufrufen konnte. »Das Unternehmen hat seinen Sitz am Potsdamer Platz 1, im KollhoffTower.«

»Ja, das sind wahre Experten«, gab Mackensen grinsend zurück, als er die zwei Männer beobachtete, die neben der dunklen Limousine standen und die Prozedur einer Überprüfung ihrer Personalien über sich ergehen lassen mussten.

»Es gibt einen zweiten Geschäftsführer«, fuhr Mutter fort. »Lukas Bockhorst, sein Sohn.«

»Hast du noch mehr?« Mackensen klappte die Abdeckung der Mittelkonsole hoch, in der er eine kompakte Spiegelreflexkamera mit zwei Wechselobjektiven griffbereit aufbewahrte.

Routiniert ließ er den Bajonettverschluss des Telezoomobjektivs einrasten. Der Bildstabilisator des Zooms mit der Brennweite 100400 mm sorgte für gestochen scharfe Bilder der zwei Männer, obwohl er die Kamera nur in der Hand hielt und nicht auf dem Lenkrad abstützte.

»In der Kürze der Zeit – nein«, antwortete Mutter. »Besorge ich dir aber gerne, wenn du etwas brauchst.«

»Wäre hilfreich, denke ich.« Mackensen ließ die Kamera sinken und aktivierte die WiFi-Einstellung der Kamera, um sie mit seinem Handy zu verbinden. »Ich schicke dir ein paar Fotos rüber«, sagte er. »Es macht sich immer gut zu wissen, mit wem man es zu tun hat.«

»Ich melde mich, wenn ich etwas habe.« Grußlos beendete Mutter die Verbindung.

Mackensen schaltete die Kamera aus und verstaute sie wieder in der Mittelkonsole.

»Macht nicht so lange«, sagte er halblaut, als er an der dunklen Limousine vorbeifuhr.

Er vermied es, zu den beiden Männern hinüberzuschauen, denn er wollte nicht, dass sie sich an seinen Mercedes erinnerten. Sein Kennzeichen hätte ihre Aufmerksamkeit wecken können, was er vermeiden wollte.

Denn er würde ihnen schon bald wieder begegnen.

- 18 -

Berlin • Pankow • Sellinstraße
Donnerstagvormittag, kurz vor elf …

»Du hast einen schönen Scheiß angerichtet.«

»Äh …«

»Du kommst jetzt hierher.« Die Stimme der Frau ließ keinen Zweifel daran, dass sie es ernst meinte.

»Laura?«, fragte Thyra. »Bist du das?«

»Wenn du keinen anderen Anruf erwartest, bin ich das wohl«, erwiderte die Stimme der Anruferin.

»Was gibt's?«

»Ich habe dir gesagt, dass ich dich anrufe«, erinnerte Thyras ehemalige Patin sie.

»Ich habe dich nicht vergessen«, erwiderte Thyra, während sie ihr Rad anhielt.

Sie war mit gemäßigtem Tempo Richtung Tempelhofer Feld geradelt, als sie Lauras Anruf annahm, die direkt zur Sache kam.

»Du hast für richtig viel Ärger gesorgt.«

»Das tut mir leid«, versicherte Thyra ihrer ehemaligen Patin. »Aber ich musste das tun, was ich getan habe.«

»Was musstest du tun?« Lauras Stimme klang jetzt spöttisch. »Dafür sorgen, dass Sandra ihren Job verliert?«

»Sandra?« Thyra wusste im ersten Moment nicht, wovon Laura sprach, dann aber wurde ihr klar, dass ihre Patin die Chefsekretärin meinen musste. »Bockhorst hat Sandra rausgeschmissen – ist das wahr?«

»Wir müssen reden«, erwiderte Laura statt einer Antwort. »Du musst sofort herkommen.«

Einen Moment lang flackerte die Befürchtung in Thyra auf, dass es sich bei dem Anruf um eine Falle handeln könne.

Dann schob sie den Gedanken beiseite. Laura hatte ihr die Flucht ermöglicht, als der Securitychef hinter ihr her gewesen war. Sie würde sie ja jetzt wohl kaum in eine Falle locken.

»Sellinstraße.« Laura nannte Thyra eine Adresse in Pankow. »Wann kannst du hier sein?«

»Ich brauche bestimmt eine Stunde«, antwortete Thyra.

»Beeil dich«, sagte Laura. »Klingele bei Isabella Sandt.«

Thyra starrte einen Moment lang die aufgestapelten Melonen des türkischen Gemüsehändlers an, neben dessen Stand sie haltgemacht hatte, um ungestört telefonieren zu können. In Berlin auf dem Fahrrad zu telefonieren war zu gefährlich.

Was will Laura von mir?, fragte sie sich. Dass sie eine Menge Staub aufgewirbelt und für Unruhe bei der Bockhorst Elite Financial Solutions gesorgt hatte, war ihr klar. Das konnte nicht der Grund für Lauras Aufforderung sein, quer durch die Stadt nach Pankow zu fahren.

Da steckte etwas anderes dahinter.

Thyra seufzte. *Okay*, dachte sie. *Ich fahre nach Pankow. Das bin ich Laura schuldig. Sie hat mir die Nottreppe gezeigt. Ohne sie wäre ich nicht hier.* Sie musste auch noch Folkert anrufen, aber im Moment sollte die Nachricht reichen, die sie ihm geschickt hatte. Er wusste nun Bescheid, dass sie unterwegs war und ihr keine akute Gefahr drohte. Folkert war Profi. Auch er fokussierte sich im Einsatz auf das Wesentliche. Informationen austauschen konnten sie auch später. Thyra schätzte, dass er ohnehin bereits auf dem Weg nach Berlin war. Auch mit einem Anruf hätte sie ihn nicht aufhalten können – aber das wollte sie auch gar nicht, musste sie sich ehrlicherweise eingestehen.

Thyra rief die Route in der Navi-App auf und stellte fest, dass sie mit dem Fahrrad schneller als mit der U-Bahn sein würde. Bis nach Pankow waren es zehn Kilometer, die sie in vierzig Minuten bewältigen konnte.

Bewegung würde ihr nach dem stressigen Morgen guttun. Außerdem konnte sie während der Fahrt ihr weiteres Vorgehen durchdenken. Sie brauchte eine neue Bleibe und musste eine Strategie entwickeln, wie sie an weitere Informationen kommen konnte; jetzt, wo ihre falsche Identität bei Bockhorst verbrannt war.

Außerdem war sie sicher, dass Laura einiges über die illegalen Geschäfte des Unternehmens wissen musste. Sie hatte Lukas Bockhorst auf die Cayman Islands begleitet. Sie musste Insiderwissen haben. Und Thyra brannte mittlerweile darauf, mit ihr zu reden. Sie hatte die Hoffnung, dass sie von Laura Informationen bekam, die sie zumindest ein Stück weiterbringen würden.

Es war inzwischen fast Mittag geworden. Thyra verspürte zunehmend Hunger. Aufgrund der Ereignisse hatte sie bisher überhaupt nicht ans Essen gedacht. Aber jetzt, wo sie durch die belebten Straßen fuhr und an Cafés vorbeikam, vor denen Leute in der Sonne ihr zweites Frühstück genossen oder einfach nur Kaffee tranken, meldete sich ihr Magen.

Kurz entschlossen hielt sie in der Nähe des Alexanderplatzes beim Döner Inn, einem Kebab-Imbiss, an und gönnte sich eine türkische Pizza. Sie setzte sich auf einen der roten Kunststoffstühle vor dem Eingang und genoss den herzhaften Geschmack des Fladenbrots mit würzigem Belag. Die Sonne schien warm auf ihr Gesicht, während sie die belebte Straße beobachtete. Menschen eilten vorbei, Touristen fotografierten das nahe gelegene Wahrzeichen, und die Gerüche von Gewürzen und frisch gebackenem Brot hingen in der Luft. Einen Moment lang fühlte sie sich wie eine Berlintouristin, die sich einen Snack gönnte, bevor sie zur Sightseeingtour aufbrach.

Der Moment war aber nur von kurzer Dauer, als sie wieder an ihre Verabredung mit Laura Dubois denken musste. Sie hatte bei Bockhorst für enorme Unruhe gesorgt, die so groß war, dass die hauseigene Sicherheitsabteilung sie nun quer durch Berlin jagte.

Dafür musste es einen triftigen Grund geben, denn Thyra hätte schließlich auch jederzeit die Polizei alarmieren können. Spätestens als sie auf die Polizeistreife am Eingang des Görlitzer Parks gestoßen war. Kress und seine Leute gingen ein nicht unbeträchtliches Risiko ein, wenn sie weiter und in dieser Weise Jagd auf sie machten.

Mal schauen, was Laura dazu zu sagen hat, dachte Thyra und erhob sich.

Sie zerknüllte die Papierserviette und beendete ihre Mahlzeit. Obwohl sie ziemlich hungrig war, hatte sie von ihrer Pizza nur die Hälfte geschafft. Es lag nicht am Essen, sondern an ihrer inneren Unruhe, dass sie den Teller mit der halben Pizza auf den Tresen stellte.

»Ist was nicht in Ordnung?« Der Verkäufer sah sie besorgt an.

»Alles wunderbar«, beruhigte Thyra ihn. »Ich habe nur etwas Stress.«

Der Verkäufer, der im Alter ihres Vaters sein musste, schüttelte betrübt den Kopf. »Junge Leute. Immer nur Arbeit. Du musst leben. Stress ist nicht gut.« Er nahm aus dem Getränkekühlschrank eine kleine Flasche und reichte sie ihr über den Tresen. »Hier, nimm bitte«, forderte er sie auf.

Thyra wollte schon ablehnen, sah aber an den freundlichen Augen des Kebabverkäufers, dass er es gut mit ihr meinte.

»Das ist Öküzgözü, ein Wein aus der Nähe von Elazığ, meine Heimat.«

»Danke«, sagte Thyra mit freundlichem Lächeln. Sie streckte die Hand aus und griff nach der kleinen Flasche.

»Ostanatolien«, fügte der Mann hinzu.

Thyra wechselte noch ein paar Worte mit dem Verkäufer, der gleichzeitig der Inhaber des Imbisses war, wie sich im Verlauf des Gesprächs herausstellte, und machte sich dann mit der Flasche türkischen Rotweins im Rucksack auf den Weg zu ihrer Verabredung.

Zwanzig Minuten später erreichte sie die angegebene Adresse.

Thyra stieg vom Rad und sah an der grauen Betonfassade des viergeschossigen Altbaus hoch. Dabei handelte es sich um eines der Gebäude, wie sie im Zuge der städtebaulichen Entwicklung Berlins Ende des neunzehnten Jahrhunderts im damals typischen Gründerzeitstil errichtet worden waren. Die Häuser waren quadratisch angeordnet und verfügten damit meist über einen begrünten Innenhof mit altem Baumbestand, der angenehme Ruhe und eine grüne Oase inmitten der Stadt bot.

Thyra wusste, dass Wohnungen in diesen Altbauten sehr begehrt waren, insbesondere zurzeit, wo eine bezahlbare Altbauwohnung in Berlin so selten war wie ein Einhorn in der U-Bahn.

Der Türöffner schnarrte wenige Sekunden, nachdem sie auf die Klingel mit dem Namen Isabella Sandt gedrückt hatte.

Wer das wohl sein mag, überlegte Thyra. *Vielleicht Lauras Freundin?*

Das Treppenhaus war aus Holz, die Dielen und das Geländer in tadellosem Zustand. Die Holzdielen knarrten leise unter ihren Schritten, als Thyra die Stufen hinaufstieg, die mit einem weinroten Treppenläufer ausgelegt waren. Ihr Blick ging über die hohen hölzernen Wohnungstüren, deren kunstvolle Verzierungen und Messingbeschläge von der Handwerkskunst der Gründerzeit zeugten.

Ein kleiner Junge, etwa sechs Jahre alt, stand auf dem Treppenabsatz der dritten Etage und sah Thyra schweigend entgegen.

»Hi«, begrüßte Thyra den Kleinen, dessen blasses Gesicht einige rote Stellen aufwies, die aussahen, als wäre er mit einem heißen Bügeleisen in Kontakt gekommen.

Sie blieb ein paar Stufen tiefer stehen, um auf Augenhöhe mit dem Kind zu sein. »Ist alles in Ordnung mit dir?«

Der Junge blickte sie nur weiter an und reagierte nicht. Es war nicht ungewöhnlich, dass Kinder in seinem Alter kein Wort sagten, sondern ihr Gegenüber nur stumm anstarrten.

»Mein Name ist Thyra«, sagte sie lächelnd. »Und wie heißt du?«

Sie musterte den Kleinen aufmerksam. Irgendetwas musste mit ihm passiert sein. Die roten Stellen im Gesicht, die nach Brandverletzungen aussahen, und die Blasen auf seiner Stirn, die wie Speckschwarten glänzten, deuteten darauf hin, dass der Junge einen Unfall gehabt haben musste.

Als sie dann seine Hände erblickte, die mit Mullbinden umwickelt waren, schnürte es ihr das Herz zu. Sie spürte Mitgefühl und fragte sich, was dieser kleine Junge wohl durchgemacht hatte. Trotz seiner Verletzungen strahlte er eine ungewöhnliche Ruhe und Tapferkeit aus, was beeindruckend war.

»Hey«, setzte Thyra behutsam fort. »Ist deine Mama da?«

Der Junge blickte sie weiterhin unverwandt an, aber nun sah sie, wie es in seinen Augen mit einem Mal feucht schimmerte. Tränen lösten sich aus seinen Augenwinkeln und liefen ihm über sein blasses Gesicht.

»David«, rief eine Frauenstimme, die Thyra am Klang erkannte.

Laura Dubois erschien in der Tür. Sie trug noch immer ihr Büro-Outfit: grauer Rock, Stiefel, weiße Bluse.

»Ach, hier bist du«, sagte sie zu dem Kleinen.

Dann sah sie Thyra.

Ein argwöhnischer Ausdruck erschien auf ihrem Gesicht. »Ach, und du bist auch da«, stellte sie fest.

Laura griff behutsam nach den Schultern des Jungen, den sie David genannt hatte, und führte ihn durch die geöffnete Wohnungstür zurück ins Innere. Mit einem Kopfnicken forderte sie Thyra auf, ihr zu folgen.

Die Wohnung entsprach dem, was Thyra von einer Pankower Altbauwohnung erwartet hatte: hohe Decken, warmer honigfarbener Dielenboden und große helle Räume. Sie war modern und freundlich eingerichtet. Helles Holz, klare Linien und warme fröhliche Farben strahlten eine angenehme und lebendige Atmosphäre aus. Auf dem Boden standen bunte Spielzeugkisten und an einer Wand hingen fröhliche Kinderzeichnungen. Thyra fühlte sich auf Anhieb wohl.

»Setz dich.« Laura wies auf die große blaue Couch, die mit zwei gleichfarbigen Sesseln den Mittelpunkt des Wohnzimmers bildete. »Und du wolltest mir doch ein Bild mit einem großen Elefanten malen.« Sie beugte sich zu dem Jungen hinunter, führte ihn zu einem runden Kindertisch neben einem der Sessel, auf dem ein Malbuch und Buntstifte lagen.

Gegenüber der Couch hing ein großer Plasmafernseher an der Wand. Ein Teppich mit abstraktem Muster lag vor dem Sofa und verlieh dem Raum eine behagliche Gemütlichkeit.

Thyra nahm den Rucksack von der Schulter und stellte ihn auf den Boden. Dann setzte sie sich auf die Kante der Sitzfläche. Sie ließ ihren Blick durch den Raum schweifen und fragte sich, in welcher Beziehung Laura Dubois zu dem Jungen stand. Es war wohl eher so, dass die Frau, deren Name an der Klingel stand, Davids Mutter war.

»Wem gehört die Wohnung?« Thyra hob schnuppernd die Nase. »Es riecht verbrannt hier.«

»Isabella«, antwortete Laura und bestätigte Thyras Vermutung, ignorierte aber die Frage nach dem Brandgeruch. »Einer Freundin.«

Bevor Thyra eine Nachfrage stellen konnte, wurde ihr Gespräch jäh von einem wütenden Aufschrei unterbrochen.

»Was macht die denn hier?!«

Dass mit »die« sie gemeint sein musste, war Thyra klar, noch bevor sie den Kopf in Richtung der Frau gedreht hatte, die mit zornrotem Gesicht in der Tür stand.

»Pst!«, machte Laura gelassen, die ein solcher Wutausbruch nicht aus der Fassung zu bringen schien. »Nicht so laut. Du erschreckst David.«

Mit einem hörbaren Geräusch klappte Sandra Cramer den Mund zu. Es war ihr anzusehen, dass sie vor Wut kochte und es nicht viel brauchte, dass sie überschäumte.

Die Chefsekretärin war die Letzte gewesen, mit der Thyra hier gerechnet hätte.

Auch Sandra Cramer trug immer noch die gleiche Kleidung wie im Büro.

Thyra wurde im gleichen Moment klar, was los war, als die Chefsekretärin das Wohnzimmer durchquerte und sich vor dem Sofa mit verschränkten Armen aufbaute.

Der Blick der Chefsekretärin war stechend und wenn Blicke hätten töten können, wäre Thyra auf der Stelle an einer blutigen Kollektion martialischer Todesursachen gestorben.

»Bringst du David bitte in sein Zimmer?« Nur mühsam konnte Sandra Cramer ihre Wut unterdrücken. Es war ihrer Stimme anzuhören, dass sie wie ein Dampfkessel auf der heißen Herdplatte kurz vorm Pfeifen war.

»Kommst du bitte mal mit, David?« Laura wirkte entspannter, als es die Situation erwarten ließ.

Entweder war sie vollkommen stressresistent oder sie kannte Sandra Cramer gut genug, um zu wissen, dass noch alles im grünen Bereich war, obwohl diese richtig angefressen wirkte.

»Sei bitte nicht so laut. Die Kinder.« Laura strich Sandra sanft über den Arm. »Reg dich nicht so auf, Maus.«

Die Wut der Chefsekretärin schien unter der Berührung wie ein misslungenes Soufflé in sich zusammenzusacken. Ihre Gesichtszüge entspannten sich. Sie schloss die Augen und atmete tief durch. Dann nickte sie sanft.

»Alles gut«, sagte sie. »Ich bin die Ruhe selbst.«

»Deshalb liebe ich dich. Souverän in jeder Krise!« Laura gab Sandra einen Kuss auf den Mund. »Was ist mit Emma?«

»Sie ist satt und schläft.«

»Und David wird in seinem Zimmer ein tolles Bild malen.« Lauras Fröhlichkeit wirkte nicht aufgesetzt, sondern so herzlich und natürlich, dass der Junge ihr entspannt folgte. »Ich bin gleich wieder da«, hauchte sie Sandra ins Ohr. »Lass sie leben. Wir brauchen sie noch.«

Die Raumtemperatur stürzte schlagartig auf arktische Verhältnisse ab, als Laura mit David im Schlepptau das Wohnzimmer verlassen hatte.

Auch wenn Thyra sehr flexibel war und sich schnell auf neue Situationen einstellen konnte, brauchte sie einen Moment, um auf die neue Lage zu reagieren.

»Sie haben meinen Schlüssel gestohlen, um im Büro vom Chef herumzuschnüffeln.« Die Aussage der Chefsekretärin war so emotional wie zutreffend. »Warum haben Sie das getan?«

Am liebsten hätte Thyra geantwortet, »*Weil ich es konnte!*«, riss sich aber zusammen und sagte stattdessen: »Weil Herr Bockhorst illegale Geschäfte mit Politikern macht und es mein

Job ist, dieses unethische und kriminelle Verhalten aufzudecken und publik zu machen.«

Sandra Cramer starrte Thyra wortlos an, bis ein Ruck durch sie ging und sie sich mit der flachen Hand vor die Stirn schlug.

»Eine Journalistin«, schnaufte sie ungläubig und begann langsam den Kopf zu schütteln. »Ich hab's doch geahnt.« Ihre Stimme wurde um eine Oktave höher. »Vom ersten Moment an, als ich Sie gesehen habe.« Sandra Cramer ging auf Thyra zu. Ihr Blick schien Thyra zu durchbohren. »Sie sind also einer dieser Schmierfinken, die sich toll dabei vorkommen, wenn sie irgendwelche ... ach so schrecklichen Skandälchen aufzudecken meinen.«

Thyra war einiges an Reaktionen gewohnt, wenn sie sich gegenüber Betroffenen outete und diese begriffen, wer sie tatsächlich war. Sandra Cramers Reaktion war typisch für Leute, die genau wussten, dass sie eigentlich in etwas Illegales verwickelt waren – und sich künstlich aufregten, wenn man sie dabei erwischt hatte.

Sie ging davon aus, dass Sandra Cramer als Chefsekretärin Einblicke in Vorgänge und Wissen um Hintergründe hatte, wie sonst kaum jemand anders in diesem Unternehmen – völlig egal, wie legal oder illegal die Aktivitäten waren.

Legal, illegal, scheißegal. Trotz der angespannten Situation kam Thyra das bekannte Wortspiel in den Kopf und sie musste sich zusammennehmen, um nicht laut über den Spruch loszulachen, der ihr da in den Sinn gekommen war. Die Chefsekretärin wäre ihr wohl an den Hals gesprungen.

»Sie haben uns alle ausspioniert!«

»Entspannen Sie sich.« Thyra hob beschwichtigend die Hände. »Nichts von dem, was Sie getan oder nicht getan haben, ist für Sie relevant, wenn Ihr Chef zum Thema wird.«

»Ach, hören Sie doch auf«, fauchte die Chefsekretärin sie an. »Sie schleichen sich ins Unternehmen ein, stehlen meine Schlüssel und halten mir dann auch noch einen Vortrag.«

»Beruhig dich, Maus.« Laura Dubois betrat das Wohnzimmer und ging auf Thyra und Sandra zu, die sich jetzt dicht gegenüberstanden. »Und Michaela wird uns sicher auch sagen, wie sie in Wirklichkeit heißt.« Ihre Stimme hatte einen süffisanten Unterton, als sie Thyra fast schon amüsiert ansah. »Also raus mit der Sprache. Wer bist du?«

»Mein Name ist Thyra König.«

»Mm«, machte Laura. »Auch nicht schlecht.«

»Ich bin unabhängige Journalistin«, fuhr Thyra fort, worauf ihr Sandra Cramer wütend ins Wort fiel: »Und Sie schleichen sich in Firmen ein und belügen Leute und Kollegen, die nur ihre Arbeit machen. Die angeblichen Skandale verkaufen Sie dann an den Meistbietenden.« Sandra sah Thyra aufgebracht an.

Die Anspannung in der Luft war fast greifbar. Trotzdem blieb Thyra ruhig und behielt ihre professionelle Haltung bei.

»Ich habe eine kritische Sichtweise auf mächtige und übermächtige Institutionen. Egal ob im sozialen, politischen oder wirtschaftlichen Bereich«, zählte Thyra auf. »Mich interessieren Missstände und Ungerechtigkeiten.« Sie sah jetzt Sandra Cramer direkt an. »Sie nennen es Skandalberichterstattung oder Sensationshascherei. Ich nenne es investigativen Journalismus, mit dem ich auf soziale Ungerechtigkeit, illegale Machenschaften oder Amtsmissbrauch aufmerksam mache.«

Die Chefsekretärin wirkte jetzt ernst und nachdenklich. Es war ihr anzusehen, dass es in ihr zu arbeiten begann.

»Meine Arbeit zielt darauf ab, Missstände aufzudecken und Veränderungen herbeizuführen«, fuhr Thyra fort. »Ich halte es für wichtig, dass die Öffentlichkeit über diese Themen informiert wird, damit sie sich ein eigenes Bild machen und aktiv werden kann, um positive Veränderungen herbeizuführen. Als Journalistin sehe ich es als meine Pflicht und Verantwortung an, die Wahrheit ans Licht zu bringen und für Transparenz und Gerechtigkeit einzutreten.«

Laura musterte Thyra schweigend. Dann legte sie beschützend ihren Arm um die Hüfte der Chefsekretärin.

»Das hört sich ja erst einmal engagiert und edel an«, sagte sie. »Aber trotzdem täuschst du Menschen, die dir vertrauen.«

»Man muss täuschen, um zu zeigen, wie es wirklich ist«, entgegnete Thyra mit dem bekannten Zitat des Investigativjournalisten Günter Wallraff. »Verdeckte Recherchen sind anerkannte Methoden im Journalismus«, erklärte Thyra nachdrücklich. »Mein Ziel ist es, Informationen zu beschaffen, um damit Missstände oder illegale Aktivitäten aufzudecken und diese öffentlich zu machen.«

»Sagtest du bereits«, warf Laura trocken ein.

»Das kann ich nicht oft genug sagen«, konterte Thyra. »Es liegt in der Natur der Sache, dass gerade an die Informationen, die ich benötige, sehr schwer heranzukommen ist. Illegale Geschäfte sind in der Regel strafbar und interessieren auch die Staatsanwaltschaft.« Thyra lachte kurz und humorlos auf. »Und deshalb finden sie im Verborgenen statt und niemand redet darüber.«

»Auch auf die Gefahr hin, dass die Menschen, die dir vertrauen, ihren Job verlieren.«

»Das habe ich nicht gewollt.« Thyras Blick wanderte betroffen zu Sandra Cramer, die jetzt schweigend auf ihre Fingernägel starrte. Natürlich war sie sich der Gefahren bewusst, die ihre Arbeit für sie selber, aber auch für diejenigen mit sich brachte, die ihr halfen. Die Chefsekretärin hatte ihr zwar nicht direkt geholfen, aber es waren ihre Schlüssel gewesen, die Thyra benutzt hatte, um sich Zugang zum Chefbüro zu verschaffen. »Es tut mir aufrichtig leid, wenn Sie meinetwegen

Schwierigkeiten bekommen, haben«, sagte sie. »Ich habe Ihre Schlüssel genommen …«

»Sparen Sie sich Ihre warmen Worte«, stieß die Chefsekretärin hervor. Sie hob ruckartig den Kopf. »Sie halten hier Vorträge über Missstände und Ungerechtigkeiten, als ob sie die moralische Hoheit gepachtet haben.« Die Frau sah Thyra aufgebracht an. »Schleichen sich unter falschem Namen …«

»Reg dich wieder ab, Maus.« Laura unterbrach ihre Partnerin behutsam, aber nachdrücklich. »Das war heute ein Scheißtag und wir haben gerade erst Mittag.« Sie lachte trocken. »Du musst deine Energie sparen. Wer weiß, was heute noch alles passiert.«

Sandra Cramer kniff die Augen zusammen und verzog gequält das Gesicht. »Ich glaube, ich will das auch gar nicht wissen.« Sie presste ihre Handflächen gegen die Schläfen.

»Ich weiß, dass Sie wütend und frustriert sind«, meldete sich Thyra wieder zu Wort. »Und auch wenn ich mich wiederhole und Sie das gar nicht hören wollen: Es tut mir leid wegen Ihres Ärgers im Büro.«

Thyra fühlte sich nicht gut mit dem Wissen, dass es auf ihr Konto ging, dass jemand Unbeteiligtes Ärger bekam, den Job verlor oder noch Schlimmeres.

»Warum hast du dumme Kuh dich auch erwischen lassen?« Laura nahm kein Blatt vor den Mund. »Wenn man schon herumschnüffelt wie du, sollte man doch zumindest so clever sein und sich nicht erwischen lassen.«

Damit traf Laura einen wunden Punkt bei Thyra. Diese Frage hatte sie sich die ganze Zeit über gestellt, als sie in der dunklen Kammer eingesperrt gewesen war.

- 19 -

Berlin • Pankow • Sellinstraße
Donnerstagvormittag, gegen zwölf Uhr …

»Sie haben auf mich gewartet«, sagte Thyra und hob resigniert die Schultern. »Es war eine Falle«, fügte sie mit einem bitteren Unterton hinzu. Sie machte sich selber noch immer Vorwürfe, dass sie die Überwachung im firmeneigenen Intranet unterschätzt hatte. Und sie spürte noch immer die Demütigung des Moments, als sie erwischt worden war. Es war das Schlimmste, was sie sich vorstellen konnte: Nicht nur, dass man auf ihre Nachforschungen aufmerksam geworden war, sondern ihr auch noch in aller Seelenruhe Aktenordner mit spöttischen Sprüchen präpariert hatte, um sie vorzuführen.

»Möglicherweise habe ich digitale Spuren hinterlassen, als ich mich im System umgeschaut habe«, räumte sie ein.

»Ganz sicher haben Sie das!« Sandra Kramer war jetzt ganz Bürochefin, als sie Thyra das Wort abschnitt. »Sobald Sie an eine Tür klopfen, für die Sie keine Berechtigung haben, lösen Sie eine Meldung an unsere Informatikabteilung aus, die wiederum unverzüglich die SOC informiert.«

»Deshalb hat der gute Kressi schon auf dich gewartet.«

Thyra nickte resigniert. »Ja, ich habe mir das schon gedacht.«

»Und warum bist du dieses Risiko trotzdem eingegangen?«, wollte Laura wissen.

»Weil es im realen Leben halt nicht so zugeht wie bei Mission Impossible«, erwiderte Thyra. »Ich habe kein Team mit Computerspezialisten, die mir den Weg frei oder mich unsichtbar machen.«

»Du siehst auch nicht aus wie Tom Cruise.« Laura grinste. »Sondern viel süßer.«

»Wenn ich die Wahrheit suche, muss ich halt Risiken eingehen.« Thyra überhörte Lauras Bemerkung, die ihrer Patin einen Knuff von Sandra einbrachte.

»Aber ich habe einen Partner, der mir bei riskanten Recherchen, wo mit Ärger zu rechnen ist, den Rücken freihält«, ergänzte Thyra. »Der ist aber diesmal verhindert. Deshalb bin ich alleine. Ehrlicherweise habe ich aber auch nicht mit einem Juniorchef gerechnet, der mich schlägt und mir seine Securitytypen auf den Hals hetzt, die mich dann quer durch Berlin jagen.« Sie grinste frech. »Wenn ich solche Reaktionen auslöse, muss ich alles richtig gemacht haben und auf der richtigen Spur sein. Zu meiner eigenen Schande muss ich gestehen, dass ich nicht davon ausgegangen bin, es mit einem so guten Warnsystem zu tun zu haben«, räumte sie ein. »Ich habe mich zunächst darauf konzentriert, bei meinen Recherchen sehr vorsichtig zu sein.«

»Und als Ihnen niemand auf die Finger klopfte, sind Sie dreister geworden«, höhnte Sandra Cramer. »Aber unsere IT-Sicherheitsabteilung hatte Sie offenbar schon länger auf dem Schirm.«

Thyra musste sich eingestehen, dass die Chefsekretärin recht hatte.

»Stimmt«, gab sie zu. »Nun muss ich nach neuen Wegen suchen.«

»Wie bitte?« Sandra Cramer sah Thyra entgeistert an. »Was zum Teufel wollen Sie? Reicht es Ihnen nicht, dass ich …« Mit einer Bewegung löste sie sich aus Lauras Umarmung und durchquerte das Wohnzimmer. »Ich schau nach den Kindern. Wenn ich wiederkomme, ist diese Schnüfflerin verschwunden!«

Betrübt sah Thyra der Frau nach, wie sie den Raum verließ.

»Ich werde dann wirklich besser gehen«, sagte sie. »Es tut mir sehr leid, dass ich euch in meine Geschichte reingezogen habe.«

Laura warf ihr einen abschätzenden Blick zu. »Willst du wirklich weitermachen?«

»Ein Informant hat mich darauf hingewiesen, dass es Politiker gibt, die – trotz ihrer bedeutenden Ämter in der Regierung und im Europaparlament – Bockhorst und ausgewählten, sprich äußerst zahlungskräftigen Klienten, Insiderinformationen über steuerliche Vorhaben oder Gesetzesentwürfe zukommen lassen«, benannte Thyra mit fester Stimme die schwerwiegenden Anschuldigungen gegenüber dem Unternehmen.

Laura verzog bei Thyras Worten keine Miene.

»Ich habe zwar noch keine konkreten Beweise für solche Praktiken«, räumte Thyra ein. »Aber nach den aggressiven Vorfällen, die ich heute bei Bockhorst Elite Financial Solutions erleben musste und die nicht nur von einem der Geschäftsführer des Unternehmens gebilligt, sondern sogar aktiv durchgeführt wurden, spricht alles dafür, dass …« Thyra machte eine kurze Pause, während sie nach den richtigen Worten suchte, bevor sie dann weitersprach: »… das Unternehmen ganz offensichtlich gravierende Dinge tut und alles unternimmt, damit nichts davon an die Öffentlichkeit gelangt.«

Noch immer sagte Laura kein Wort.

Ihr Gesichtsausdruck blieb unverändert; sie beobachtete Thyra genau, während diese fortfuhr: »Ich bin von Lukas Bockhorst ins Gesicht geschlagen worden. Die Bockhorst Security hat mich in einen dunklen, fensterlosen Raum gesperrt und drei dieser Typen, dieser Kress voran, haben mich quer durch Berlin gehetzt.«

»Puh«, entfuhr es Laura schließlich, als Thyra geendet hatte. »Da hattest du wirklich einen harten Vormittag.« Laura strich sich eine Haarsträhne aus dem Gesicht, bevor sie weitersprach. »Aber für Sandra war der Morgen auch nicht ohne. Ihre Reaktion in dieser Situation ist absolut verständlich. Es war heute Morgen ein harter Schlag für sie, als die sie nach Hause geschickt haben. Ganz abgesehen davon, was hier los ist.«

»Hat Bockhorst sie wirklich entlassen?«, fragte Thyra und machte eine ausholende Geste. »Und was meinst du damit, was hier los ist – meinst du den Brandgeruch?«

»Eine Freundin von uns ist verschwunden. Sandra sollte gestern Abend auf die Kinder aufpassen, aber sie musste bis spät in die Nacht arbeiten und konnte sich erst um die Kinder kümmern, als es schon zu spät war.«

»Was ist passiert?«

»Die Kleinen sind in der Nacht wach geworden, als Isabella schon bei ihrem Job und Sandra noch auf Arbeit war. Das muss gegen Mitternacht gewesen sein, vermute ich. Emma, das ist die Kleine, hatte Bauchweh und David wollte ihr einen Tee machen.« Laura seufzte schwer. »Und dann ist irgendwas auf dem Herd explodiert.«

»Ach herrje«, rief Thyra erschrocken aus. »Deshalb die Brandwunden.«

Laura nickte. »Ja, er hat einiges abbekommen. Aber die Geschichte ist halbwegs glimpflich verlaufen. Die Kinder leben und die Bude ist auch nicht abgefackelt.«

»Ach, deshalb musste Sandra heute Morgen freimachen.« Jetzt wurde Thyra klar, wieso die Chefsekretärin so früh im Büro erschienen war und so dringend jemanden gebraucht hatte, dem sie die wichtigsten Aufgaben übertragen konnte.

»Richtig«, erwiderte Laura. »Sandra war fast die ganze Nacht wach. Sie hat David ins Krankenhaus gebracht und ist dann ins Büro, wo sie das Wichtigste regeln wollte, damit sie den Jungen anschließend wieder aus dem Krankenhaus abholen konnte. Ich habe dann Emma zur Kita gebracht und bin gleich von dort in die Firma.«

»Den Rest kenne ich«, sagte Thyra. »Und Lukas Bockhorst hat Sandra dann gefeuert?«

Laura schüttelte den Kopf. »Der Junior hat sie zwar nach deinem Auftritt heute Morgen nach Hause geschickt«, sagte sie. »Aber er wird nicht die rechte Hand seines Vaters feuern, ohne dass der davon weiß. Außerdem führt nur Sandra als Chefsekretärin priorisierte Finanzbewegungen durch, die nicht über die normale Buchhaltung laufen.« Laura flüsterte jetzt. »Zahlungen, die nur die Chefkonten betreffen.«

»Bei einer solchen Vertrauensstellung kann man sie schlecht von jetzt auf gleich feuern«, sagte Thyra, während sie aufmerksam registrierte, dass Laura Dubois ihr gegenüber sehr mitteilsam war. Ihr Verhalten signalisierte eine Bereitschaft zur Kooperation.

»Das ist wohl richtig«, bestätigte Laura zustimmend nickend. »Aber der Senior ist ein absoluter Sicherheitsfanatiker. Er hat die Sicherungssysteme installieren lassen und auch die SOC aufgebaut und sie mit den Befugnissen ausgestattet, die es Kress erlauben, den Betrieb des gesamten Unternehmens so lange stillzulegen, bis die Sicherheitslücke gefunden ist.«

»Bei allem Verständnis für betriebliche Sicherheitssysteme hört sich das für mich schon etwas paranoid an«, erwiderte Thyra.

»Dachte ich am Anfang auch, als ich bei der Firma anfing«, lachte Laura. »Aber die Klienten bei Bockhorst Elite Financial Solutions sind teilweise echte Neurotiker, je reicher, je Psycho.«

»Und das sagst du einer Journalistin?« Verwundert sah Thyra Laura an.

Laura warf einen kurzen Blick zur Tür hinüber und vergewisserte sich, dass sie mit Thyra alleine war.

»Sandra geht auf in ihrem Job«, sagte sie. »Sie hat wirklich hart gearbeitet, um in diese Position zu kommen. Aber ich mache mir Sorgen.«

»Wieso?«, fragte Thyra.

»Sandra hat im letzten Jahr einen Burn-out gehabt.« Laura senkte wieder ihre Stimme. »Zu dem Zeitpunkt hatten wir zwei wichtige Klienten aus Dubai, die ihre Gewinne aus ihren deutschen Niederlassungen …« Laura legte den Kopf schief, als ob sie nach den richtigen Worten suchen musste, bevor sie mit vielsagendem Blick fortfuhr, »… steueroptimieren wollten.« Sie zog die Augenbrauen hoch und machte eine gewichtige Miene, um die Bedeutung ihrer Worte zu unterstreichen. »Sehr exklusiv, sehr speziell und sehr reich.«

»Und Sandra musste sich um diese Klienten kümmern«, sagte Thyra.

»Klar. Diese Premiumkunden waren absolute Chefsache.« Laura nickte. »Diese Vorgänge durfte nur die Chefsekretärin betreuen. Das war und ist noch immer ein enormer Druck für meine Maus. Natürlich hat sie keine Auszeit genommen oder sich krankgemeldet. Sie ist in diesem Zustand weiter ins Büro gegangen und hat ihre Arbeit gemacht.« Laura sah jetzt sehr besorgt aus, als sie von Sandras Gesundheitszustand berichtete. »Sie kann nicht länger als eine Woche Urlaub am Stück machen.«

»Das ist ungewöhnlich.«

»Vorgabe von Bockhorst senior für alle seine Mitarbeiter in Führungspositionen.«

»Und was hat Sandra dann gemacht?«, wollte Thyra wissen. »Ich meine, ein Burn-out ist schließlich keine Erkältung, die man nach ein paar Tagen ausgeschwitzt hat.«

»Sie hat heimlich eine Therapie absolviert, stets spätabends, nachdem sie endlich ihren Arbeitstag beendet hatte«, verriet Laura mit gedämpfter Stimme, wobei die Sorge um ihre Partnerin sich in ihrem Blick widerspiegelte.

»Verstehe.« Thyra nickte verständnisvoll.

»Sandra hofft, dass der alte Bockhorst sie nicht rausschmeißt, wenn er übermorgen wiederkommt.«

»Wo ist er?«

»In Luxemburg«, antwortete Laura. »Er betreut dort einen konservativen Privatklienten, dem die Cayman Islands und Bermuda zu exotisch sind. In zwei Tagen ist er wieder in Berlin.«

»Ich drücke ihr die Daumen, dass Bockhorst senior es ihr nicht anlastet, dass ich ihre Schlüssel benutzt habe.«

»Wird er aber.« Laura sah Thyra missbilligend an. »Wir haben alle in unseren Arbeitsverträgen die Pflicht zur Verschwiegenheit, Datensicherheit und Diskretion über Klienten und diesen ganzen Pipapo stehen«, zählte sie auf. »Aber die Führungskräfte verpflichten sich in einer Extraklausel, alles zu tun, um die Interessen der Bockhorst Elite Financial Solutions zu schützen.«

»Das heißt?«

Laura sah Thyra einen Moment lang prüfend an, bevor sie sich einen Ruck gab und antwortete. »Es wird von Sandra und auch mir erwartet, dass wir die Arbeit unserer Mitarbeiter überwachen.«

»Aber das ist doch gängige Praxis bei Vorgesetzten«, entgegnete Thyra.

»Nicht in dieser Form«, widersprach Laura. »Die heimliche Überwachung von Mitarbeitern und das Hacken ihrer Computer ist ebenso wenig üblich – so hoffe ich zumindest, sonst würde ich vollkommen mein Vertrauen ins Management verlieren – wie die Nötigung von Kollegen und Mitarbeitern, über Namen und Vorgänge Stillschweigen zu bewahren, die …« Laura seufzte schwer, sie war sich der Tragweite ihrer Worte bewusst. Das war kein einfaches Geplapper während der Kaffeepause, um Thyra ein bisschen Firmentratsch zu erzählen. Sie tat sich schwer, weiterzusprechen.

»Du meinst also, dass es üblich ist, rechtswidrige Handlungen des Unternehmens unter Verschluss zu halten?«, fragte Thyra mit besonnen wirkender Stimme, der nicht anzuhören war, dass sie sich wie elektrisiert fühlte.

Sie hatte zwar gehofft, über Laura an Insiderinformationen zu kommen, aber deren Offenheit übertraf alles, was Thyra sich hatte vorstellen können. Sie wünschte sich jetzt nur, dass Sandra nicht gleich wieder auftauchte und sie aus der Wohnung warf, bevor Laura ihr die Dinge erzählt hatte, über die sie bereit war, zu sprechen.

»Ich bin schon seit einiger Zeit der Meinung, dass es gut für uns beide wäre, wenn wir uns andere Jobs suchen würden.«

»Wieso?«, fragte Thyra.

»Was du heute erlebt hast, passt ziemlich genau zu dem, was ich in den letzten Monaten in zunehmendem Maße beobachte«, gestand Laura ein. »Ich habe das Gefühl, als ob irgendjemand eine Schraube anzieht: stärker und immer stärker.«

»Hast du eine Ahnung, wieso?«, fragte Thyra.

»Und ob«, antwortete Laura wie aus der Pistole geschossen. »Mehr als nur eine Ahnung.« Sie stockte wieder kurz, dann biss sie sich unschlüssig auf die Lippen. Ihrer Miene war anzusehen, dass sie hin- und hergerissen war, ob sie überhaupt weiterreden sollte oder nicht.

Thyra sah die Frau an, die noch vor ein paar Stunden ihre Einarbeitungspatin gewesen war und deren unverkrampfte Art sie sofort gemocht hatte.

Wieso vertraut sie mir all diese Dinge an?, dachte Thyra. *Was bezweckt sie damit?* Es musste einen guten Grund dafür geben, dass Laura so offen mit ihr sprach.

»Du hast mehr als eine Ahnung.« Thyra sah Laura verstehend an. »Du weißt, wer den Schraubendreher in der Hand hält, richtig?«

Laura setzte zu einer Antwort an, tat sich jedoch sichtlich schwer, auf Thyras Feststellung zu reagieren. Ihr war anzusehen, dass sie sich zunehmend in einem inneren Konflikt befand.

»Du warst mehrere Male mit Lukas Bockhorst auf Geschäftsreise.« Thyra erinnerte sich noch sehr gut an Lauras Worte, als sie über die Premiumklienten des Unternehmens gesprochen hatte. »Im Marina Bay Sands Hotel auf den Cayman Islands, richtig?«

Laura nickte schweigend.

»Das ist eine besondere Vertrauensstellung«, stellte Thyra fest. »Es ist naheliegend, dass du tiefe Einblicke in die internen Geschäftspraktiken erhalten hast – einschließlich der weniger erfreulichen Aspekte und Niederungen dieser Vorgänge.«

»Der Gedanke liegt nah«, antwortete Laura ausweichend.

»Zu viel Wissen kann gefährlich sein.« Thyras Blick war jetzt so eindringlich, wie der ihres Vaters, wenn dieser als Anwalt einen Verdächtigen ins Kreuzverhör nahm. »Denkst du deshalb darüber nach, den Job zu wechseln?«

Noch bevor Laura antworten konnte, unterbrach Sandras scharfe Stimme ihre Unterhaltung.

»Die ist ja immer noch hier!«, rief sie von der Tür her.

»Reg dich nicht auf, Maus.« Laura drehte sich zu Sandra um und hob beschwichtigend die Hände. »Wir reden nur.«

»Ja, das habe ich gehört«, erwiderte Sandra Cramer mit einem ausgesprochen schlecht gelaunten Gesichtsausdruck.

Sie durchquerte das Wohnzimmer mit festen Schritten und blieb dann, die Arme wieder vor der Brust verschränkt, direkt vor Thyra stehen. Ihre Miene spiegelte deutlich ihren Ärger wider, sie noch immer hier zu sehen. Sie fixierte Thyra mit einem Blick, der klar machte, dass sie eine Erklärung erwartete – und zwar sofort.

Thyra wusste, dass sie die Situation umgehend entschärfen musste, um einen offenen Konflikt zu vermeiden. Die Luft zwischen ihnen knisterte vor Spannung.

Doch bevor sie auch nur ein Wort sagen konnte, brach Sandra Cramer das Schweigen mit einer Stimme, die so scharf war wie ein frisch geschliffenes Messer.

»Was wollen Sie von Laura?«

»Sie will nichts von mir.« Bevor Thyra etwas erwidern konnte, schob sich Laura dicht an Sandra heran und legte ihr wieder den Arm um die Hüfte. »Wir haben nur geredet.«

»Geredet?« Mit dem Ellbogen löste sich die Chefsekretärin aus der Umarmung. »Du hast dir schon im Büro immer den Hals nach ihr verrenkt.«

»Ach, hör auf«, wehrte Laura ab. »Sie sieht lecker aus. Ja. Da guckt Frau schon mal. Aber du kennst mich doch, Maus.«

Sie versuchte erneut, Sandra mit einer ausgestreckten Hand zu erreichen, doch diese wich ihr geschickt mit einer fließenden Bewegung aus. »Ich hab immer eine große Klappe, aber ich habe doch nur Augen für dich«, fügte Laura hinzu, in einem Versuch, die Situation zu entspannen.

»Laura hat mir gerade erzählt, dass Sie darüber nachdenken, ihren Job zu wechseln.«

Thyras Worte wirkten wie ein eiskalter Guss auf die beiden Frauen.

»Wie bitte?« Die Augen der Chefsekretärin wurden groß. »Wer hat …« Sie schnappte nach Luft. Ihr Kopf schnellte herum. »Hast du …« Entgeistert sah sie ihre Partnerin an. »Wer bitte schön will seinen Job wechseln?«

Einen quälenden Moment lang sagte niemand etwas.

Dann atmete Laura schwer aus. Sie verzog das Gesicht und seufzte ein weiteres Mal geräuschvoll.

»Ich könnte dir gerade den Hals umdrehen«, sagte sie mit einer lakonischen Schärfe, die keinen Zweifel an ihrer Verärgerung ließ. Die Bemerkung war eindeutig an Thyra gerichtet, die nun mit angehaltenem Atem vor ihr stand. »Aber vielleicht ist es wirklich besser, wenn wir mal Klartext reden. Vielleicht ist es kein Zufall, dass du bei Bockhorst aufgetaucht bist, sondern eine Fügung.«

Ein Ruck ging durch Laura; ihre Zweifel schienen jetzt verschwunden zu sein. Sie hatte sich für Offenheit entschieden und war bereit, die Karten auf den Tisch zu legen. Ihre Haltung entspannte sich ein wenig, als sie fortfuhr: »Manchmal laufen die Dinge anders, als man es will und doch ergeben sie dann plötzlich Sinn.« Sie wandte sich Sandra zu, die sie mit versteinerter Miene anstarrte. »Niemand hat so hart gearbeitet wie du«, sagte sie. Sie machte einen Schritt auf ihre Partnerin zu, vermied es aber, erneut nach ihr zu greifen. Stattdessen verschränkte sie ebenfalls die Arme vor ihrer Brust, als sie fortfuhr. »Du hast dich letztes Jahr krank gearbeitet, bis du in der Sauna zusammengebrochen bist.« Laura sog ihre Unterlippe zwischen die Zähne, als sie ihre Partnerin zärtlich ansah. »Ich hatte solche Angst um dich.«

»Dafür gab es keinen Grund«, erwiderte Sandra Cramer starrsinnig. »Ich habe im letzten Jahr eben viel gearbeitet.« Sie schnaubte spöttisch und ihre Augen funkelten herausfordernd. »Das solltest gerade du am besten wissen«, sagte sie mit Nachdruck. »Schließlich arbeitest du in derselben Firma. Außerdem bist du keinen Deut besser. Du bist doch jetzt auch nur auf einen Sprung hier und musst gleich wieder ins Büro.«

»Jemand muss dich doch vertreten«, gab Laura zurück. »Gerade nach dem, was heute im Büro los war. Aber ich mach nicht so lange und bin zum Abendessen wieder hier.«

»Meine Worte aus deinem Mund«, spottete Sandra. »Greif dir mal an die eigene Nase.« Ihr sarkastischer Tonfall ließ keinen Zweifel daran, dass sie sich nicht angesprochen fühlte. »Und das in der Sauna war nur, weil ich diesen Aufguss nicht vertragen habe.« Wieder schnaufte sie, um das Gesagte zu unterstreichen. »Du weißt doch, dass ich Bergmelisse nicht vertrage.«

»Im Verdrängen bist du eine wahre Meisterin«, entgegnete Laura traurig lächelnd. »Das hast du auch deinem Therapeuten ständig erzählt.« In ihren Augen spiegelten sich tiefe Besorgnis und Liebe. »Ich möchte nicht noch einmal erleben müssen, wie ich beinah das Wichtigste in meinem Leben verliere.«

»Sei ruhig!«, brauste Sandra jetzt richtig auf, offenbar unbeeindruckt von Lauras Worten. »Das hier ist einer von diesen Schmierfinken, die jedes Wort, was du denen sagst, durch den Dreck ziehen! Willst du das vielleicht?«

»Ja.« Ein nachsichtiges Lächeln zeichnete sich auf Lauras Gesicht ab, die ihre Partnerin und deren Art, Probleme zu verdrängen, offenbar nur allzu gut kannte. »Ich glaube – nein! – ich weiß, dass Thyra nicht so eine ist. Und ja, genau das will ich!« Bei diesen Worten ging ein Ruck durch ihren Körper.

»WAS willst du?«

»Ich will, dass das ein Ende hat!« Lauras Tonfall wechselte.

War sie zuvor noch nachsichtig und fürsorglich gewesen, hörte sie sich jetzt bestimmt, fast schon dominant an. »Dein Job bringt dich irgendwann um«, prophezeite sie ihrer Partnerin. »Und darauf werde ich nicht warten.«

Entschlossen sah sie zuerst Sandra und dann Thyra an, die die Szene gespannt beobachtete. »Wir nötigen unsere Mitarbeiterinnen und Mitarbeiter zum Schweigen, falls sie etwas von Bockhorsts Tricks mitbekommen. Wir, wobei ich sagen muss, du mehr als ich, hacken die Mailkonten unserer Kollegen und geben sofort entsprechende Hinweise an dieses Bleichgesicht, diesen ekelhaften Kress.«

»Halt den Mund«, flüsterte Sandra Cramers Stimme mit einer eindringlichen Intensität, die sich bedrohlicher anhörte, als wenn sie geschrien hätte.

»Nein. Tu ich nicht«, widersprach Laura. »Ich war mit Lukas Bockhorst auf den Bahamas und den Cayman Islands. Ich war dabei, als er mit Klienten, die nicht wussten, wie reich sie überhaupt waren, Strategien entwickelte, die sie noch reicher machen würden.« Laura machte eine geringschätzige Handbewegung. »Steuergesetze interessierten ihn keinen lauwarmen Furz.«

»Laura!«, rief Sandra entrüstet.

»Dem alten Bockhorst geht es ausschließlich um Profit. Egal auf welchem legalen oder illegalen Weg er seine Millionen macht.« Laura Dubois klang jetzt heiser und trocken, als ob sie über einen Witz lachte. »Und wir beide machen das seit Jahren mit.« Sie schüttelte langsam mit dem Kopf. »Ich will das nicht mehr. Wofür dieser ganze Scheiß?«

Das Gesicht der Chefsekretärin wirkte wie aus Granit gemeißelt. An ihren Augen, die unruhig flackerten, waren Anspannung und Getriebenheit zu erkennen.

»Du denkst, für Bockhorst bist du unentbehrlich.« Laura deutete mit der Hand auf Thyra. »Und wie wenig hat es gebraucht, dass sie dich nach Hause geschickt haben?«

»Sag das nicht.« Die Chefsekretärin schüttelte heftig mit dem Kopf. »Ich muss nur mit dem Chef reden …«

»Nein.« Lauras Stimme fuhr durch den Raum wie ein Peitschenhieb. »Wach auf, verdammt noch mal!«

Ihre Fingerspitzen bohrten sich in die Schultermuskulatur der Chefsekretärin, als sie diese packte. »Du bist meine Frau«, sagte sie beschwörend. »Und ich lasse nicht zu, dass du dich selber umbringst. Und sie …« Laura löste die Hand von Sandras Schulter und zeigte auf Thyra, die noch immer schweigend zuhörte. »Sie wird eine Reportage über Bockhorst schreiben und die gesamte Firma hochgehen lassen.«

»Aber das …«, flüsterte Sandra, »… wäre das Ende.«

»Für Bockhorst das Ende und für uns ein Neubeginn.« Mit einer sanften Bewegung zog Laura ihre Frau zu sich heran. »Du erholst dich endlich und alles wird gut. Wir werden beide einen neuen Job finden.«

Sandras Körper fing an zu zittern.

»Alles wird gut«, flüsterte Laura und ihre Stimme klang besänftigend.

»Und Isa …«

Laura Dubois wandte den Kopf. Ihre Augen glänzten dunkel, als sie Thyra ansah.

»Du musst Isabella finden«, sagte sie leise. »Bring sie zurück und … du erhältst von uns die Informationen, die du benötigst, um Bockhorst auffliegen zu lassen.«

»Ich weiß nicht, ob ich das kann«, erwiderte Thyra. »Warum informiert ihr nicht die Polizei?«

Sandra schüttelte den Kopf. »Nein!« Ihre Entschiedenheit schloss jede Widerrede aus. Dafür sorgte schon der scharfe Ton.

Thyra aber ließ sich nicht einschüchtern. Ganz im Gegenteil. Diese Art von Auftreten weckte nur die Rebellin in ihr.

»Wenn Personen verschwinden, ist das die Sache der Polizei und nicht die einer Journalistin!«, erwiderte sie deshalb unbeeindruckt und ließ es sich nicht nehmen, eine Portion Provokanz in ihre Stimme zu legen. »Schon mal an das Naheliegende gedacht?«

»Das ist ausgeschlossen«, fuhr Sandra sie postwendend an.

»Wieso?« Thyra registrierte den aggressiven Blick der Chefsekretärin, ließ sich aber nicht zu einer Reaktion, geschweige denn einer Bemerkung hinreißen.

»Das geht nicht«, ergriff Laura das Wort, während sie Sandra beruhigend über den Rücken strich. »Isa hat Schwierigkeiten mit dem Jugendamt, weil bekannt geworden ist, dass sie für Fetisch-Fotosessions arbeitet. Das Sorgerecht für ihre beiden Kinder ist in Gefahr, wenn das Amt spitzkriegt, dass sie die Kinder unbeaufsichtigt gelassen hat.«

»Verständlich«, erwiderte Thyra.

Sie zögerte einen Moment lang und überlegte, ob sie es schaffen konnte, die verschwundene Mutter zu finden. In diesem Moment bedauerte sie es sehr, dass Folkert Mackensen nicht bei ihr war. Mit seiner Erfahrung und den offiziellen und inoffiziellen Kontakten, die er zu Behörden pflegte, musste es ein Leichtes sein, Isabella zu finden. Ihre eigenen Chancen standen zwar auch nicht schlecht, aber sie würde keine Wetten darauf annehmen, ob es ihr so schnell gelingen konnte.

»Wenn ich mich dazu entscheide, dabei zu helfen, Isa aufzuspüren«, sagte Thyra mit nachdenklicher Stimme, »wo sollte ich da anfangen zu suchen? Ich habe keine Ahnung.«

»Ich habe die Adresse von Simon, ihrem Fotografen. Er bucht Isa für Fotojobs. Nicht immer für diesen Fetischkram, aber in letzter Zeit immer öfter. Simon braucht immer Geld und er verdient gut Kohle. Aber er zieht sich das meiste davon durch die Nase«, erzählte Laura. »Simon hat sein Fotoatelier in Mitte. Ein schicker kleiner Laden.«

»Damit kann ich arbeiten.« Thyra nickte Laura anerkennend zu.

»Das heißt, du hilfst uns?« Laura sah Thyra gespannt an.

»Wenn ich dann tatsächlich von euch die Informationen für meine Story bekomme.« Thyra nickte langsam. »Ja. Dann bin ich dabei.«

»Das können wir nicht machen.« Das Gesicht der Chefsekretärin hatte die Farbe gewechselt und war jetzt fahlweiß geworden »Wir verlieren unseren Job.« Ihre Stimme war kaum mehr als ein Hauch, doch jedes ihrer Worte hing wie schweres Senkblei an ihren Lippen.

Wie aufs Stichwort ertönte eine zaghafte Stimme hinter ihnen.

Thyra löste ihren Blick von Laura und Sandra, als sie sich dem Jungen zuwandte, der zögernd auf der Türschwelle stand.

»Bringst du Mama nach Hause?« Mit großen Augen sah der Kleine Thyra an, als erwarte er von ihr die Antwort, die sein kleines Universum wieder ins Lot bringen würde.

David streckte den Arm aus und hielt Thyra einen eingepackten Riegel hin, auf dem ein lustiger Dinosaurier zu sehen war.

Beim Anblick des kleinen Jungen, der sie furchtsam ansah und seinen ganzen Mut zusammengenommen hatte, um sie anzusprechen, spürte Thyra einen Kloß im Hals.

»Für mich?« Sie ging in die Hocke und schaute ihn mit einem warmherzigen Lächeln an. »Danke schön.«

»Hey«, rief sie, als sie sein Geschenk entgegennahm. »Das ist ja ein Dino.«

»Das ist ein Tyrannosaurus Rex«, erklärte der Junge fachmännisch.

»Ja.« Thyra nickte zustimmend. »Den kenne ich auch.«

»Wenn du auf der Suche nach unserer Mama Hunger kriegst, hast du was zu essen«, sagte David mit ernster Miene.

»Das ist total lieb von dir.« Thyra wurde bei den Worten des kleinen Jungen ganz warm ums Herz. »Ich werde auf den

Riegel aufpassen und ihn nur essen, wenn ich richtig Hunger bekomme.« Sie lächelte David an.

Der Junge nahm seinen freien Arm hinter seinem Rücken hervor und hielt Thyra eine blaue Kunststoffspinne entgegen, die er die ganze Zeit dort versteckt gehalten hatte.

»Das ist Medusa«, stellte er die Roboterspinne vor. »Sie kann mit Laserstrahlen schießen.«

»Hey, wie toll ist das denn?« Thyra beugte sich vor. »Hi, Medusa«, begrüßte sie das Krabbeltier und flüsterte dem Spielzeug zu: »Ich finde das echt cool, das mit den Laserstrahlen.«

David hielt noch immer den Arm ausgestreckt, der langsam vor Anstrengung zu zittern begann. »Hier«, sagte er. »Nimm Medusa mit, wenn du nach Mama suchst.«

»Nein, David«, mischte sich Sandra Cramer jetzt ein. »Gib dein Spielzeug nicht weg«, befahl sie. »Das war richtig teuer.«

»Hier. Nimm«, sagte der Junge zu Thyra, ohne auf die Zurechtweisung zu achten.

»David!«

»Lass mich«, erwiderte der Junge, ohne den Blickkontakt von Thyra zu lösen. »Ich bin fast schon sieben.«

Bevor Sandra Cramer etwas entgegnen konnte, zog Laura sie an sich. »Es ist ihm wichtig. Lass ihn doch«, sagte sie leise.

»Ich verspreche dir, dass ich auf Medusa aufpassen werde«, sagte Thyra feierlich, die sich jetzt vor den Jungen auf den Boden gekniet hatte. Mit beiden Händen griff sie nach der blauen Roboterspinne und nahm sie feierlich entgegen.

»Du findest Mama doch?« Ängstlich sah der Junge Thyra an. Er hatte große blaue Augen, in denen wieder Tränen schimmerten.

Thyra erwiderte seinen Blick. Sie hatte keine Ahnung, wie sie Isabella finden konnte. Und sie mochte sich gar nicht vorstellen, was vorgefallen sein musste, wenn eine Mutter daran gehindert war, nach Hause zurückzukehren, wo ihre beiden

Kinder auf sie warteten. Sie hoffte von ganzem Herzen, dass Isabella wohlbehalten wieder auftauchte. Und sie würde alles tun, um den Kindern zu helfen.

»Ja.« Thyra lächelte den Jungen zuversichtlich zu. »Ich finde eure Mama. Versprochen.«

»Danke.« Spontan schlang David Thyra seine Arme um den Hals. »Wir brauchen doch unsere Mama.« Die Stimme des Jungen zitterte vor Angst.

- 20 -

Berlin • Kollhoff-Tower • Bockhorst Elite Financial Solutions Donnerstagmittag, gegen eins …

Er brauchte nicht lange zu warten.

Die dunkle Limousine mit dem lädierten Kotflügel und der faustgroßen Delle in der Motorhaube bog langsam in die Zufahrt zur Tiefgarage ein.

»Na, wer sagt's denn«, sagte Mackensen zufrieden und stellte den CoffeetogoBecher in die Halterung der Mittelkonsole.

Er startete den Motor seines Wagens, der mit dumpfem Brummen ansprang.

Das Rolltor, welches die Tiefgarage verschloss, hob sich langsam vor dem dunklen BMW. Der Fahrer war offensichtlich ungeduldig, denn noch bevor die Signalampel auf Grün umsprang und die Einfahrt freigab, setzte sich der Wagen in Bewegung und verschwand im Dunkeln der Garage.

Mackensen nutzte das Zeitfenster der Torautomatik und beschleunigte seinen Mercedes. Das wütende Hupen des Pickup, dem er die Vorfahrt nahm, als er die Straße und die durchgezogene weiße Linie überquerte, ignorierte er.

Er hatte ausreichend Zeit, dem Wagen in die Tiefgarage zu folgen.

Auf der vor ihm liegenden Parkebene angekommen, bremste er kurz ab, um sich zu orientieren. Vor ihm leuchteten die Bremslichter der Limousine auf.

Auch wenn Mackensen bereits Thyras Nachricht erhalten hatte, wollte er die Zeit lieber nutzen, den Typen auf den Zahn zu fühlen, als untätig darauf zu warten, dass sie sich meldete. Er hätte sonst nur zu viel Kaffee getrunken und checkte stattdessen lieber, mit wem sie es zu tun hatten.

Der Dienstwagen der Bockhorst Elite Financial Solutions verschwand um eine Kurve.

Mackensen folgte ihm langsam.

Er hatte keine Ahnung, wie tief es in der Garage unter den Potsdamer Platz ging, was aber auch keine große Rolle spielte. Wichtig war die Limousine mit den Männern. Er setzte darauf, dass die beiden von hier unten mit einem Aufzug hoch zur Firmenetage fahren würden.

Am Pförtner würde er nicht vorbeikommen. Zumindest nicht ohne Termin.

Den Versuch hatte er sich gleich gespart. Mackensen hasste aussichtslose Unterfangen und vermied sie. Anstatt mit dem Kopf durch die Wand bevorzugte er die Suche nach einer Hintertür.

Deshalb die Überrumpelungstaktik in der Tiefgarage.

Wieder leuchteten die Bremslichter auf, um Sekunden später endgültig zu erlöschen. Mackensen erblickte im selben Moment die beleuchteten Aufzugtüren auf der gegenüberliegenden Seite.

Geistesgegenwärtig lenkte er seinen Wagen in eine freie Parkbucht, deren Besitzer an diesem Tag hoffentlich nicht mehr auftauchen würde. Zeitgleich mit den Männern, die er verfolgte, schloss er seine Fahrertür und ging mit entspannten

Schritten auf den Aufzug zu, dessen Türen sich vor den beiden öffneten.

»Nicht so schnell«, zischte er, unhörbar für die Männer und beschleunigte seinen Schritt, ohne überstürzt zu wirken.

Die Aufzugtüren waren nur noch wenige Zentimeter voneinander entfernt, als Mackensen seine Hand in den Spalt schob.

Die Lichtschranke reagierte sofort.

Lautlos glitten die Türen wieder auseinander.

»Excuse me.« Mit einer selbstverständlichen Arroganz betrat Folkert Mackensen den Fahrstuhl.

Die beiden Männer würdigte er keines Blickes.

Mit ausdrucksloser Miene warf er einen Blick auf die Anzeigetafel, die eines der oberen Stockwerke anzeigte. Er schloss die Augen und lehnte seinen Kopf gegen die Aufzugswand.

»Wo wollen Sie hin?« Die Stimme des Mannes mit dem blutleeren Teint klang ebenso farblos, wie sein Gesicht aussah.

»Nach oben«, erwiderte Mackensen, ohne die Augen zu öffnen.

»Zu wem wollen Sie?«, konkretisierte Kress seine Frage.

Ob er seine Aufgabe als Securitychef ernst nahm oder ihn Mackensens Arroganz triggerte, wusste nur er.

Lautlos setzte sich der Fahrstuhl in Bewegung, da der Knopf der Zieletage bereits gedrückt worden war, bevor Mackensens Hand die Türen wieder hatte aufgleiten lassen.

»Zu Ihrem Chef.«

»Wie bitte?« Verblüfft sah Kress Mackensen an, der teilnahmslos mit geschlossenen Augen an der Wand lehnte.

Auch der muskulöse Mann in dem engen Anzug wandte erstaunt den Kopf, um den Fahrgast anzustarren.

»Haben Ihre Ohren etwas abbekommen, als Sie den Glascontainer gecrasht haben?«

Mackensens Antwort verschlug den beiden Männern vollends die Sprache. Noch während sie die unerwartete Erwiderung verdauten, hielt der Aufzug bereits sanft an. Die Türen glitten ebenso lautlos auseinander, wie sie sich zuvor geschlossen hatten.

Ohne den Männern Beachtung zu schenken, öffnete Mackensen die Augen und stieß sich von der Wand des Aufzugs ab. Zielstrebig, als ob er den Weg kannte, folgte er dem Gang. Die beiden Typen würden ihm schon den Weg zeigen. Da war er sich ganz sicher.

»Hey«, rief da auch schon eine Männerstimme dicht hinter ihm. »Bleiben Sie stehen!«

Mackensen dachte überhaupt nicht daran, der Aufforderung Folge zu leisten, sondern lief unbeeindruckt weiter.

»Bleiben Sie stehen!« Eine Hand packte ihn bei der Schulter.

Da Mackensen genau damit gerechnet hatte, wirbelte er ohne Verzögerung herum und wischte mit einer beiläufigen Bewegung die Hand des Mannes von seiner Schulter.

Mühelos nahm er den muskulösen Mann in den Kimme-Kniff, einen Schmerzgriff, bei dem auf bestimmte Nervenpunkte Druck ausgeübt wird, um mittels Schmerz die Kooperation der betreffenden Person zu erzwingen: ein von der Polizei oftmals angewandter Griff, um eine Person zu kontrollieren, ohne übermäßige Gewalt anwenden zu müssen.

»Nicht anfassen«, sagte Mackensen mit ruhiger Stimme. »Ich gebe Ihnen den guten Rat, niemals jemanden anzufassen, ohne zu fragen.«

»Loslassen, Arschloch!«, stieß der Mann mit schmerzverzerrtem Gesicht hervor. »Lass los!«

Verzweifelt versuchte der Mann, sich zu befreien, hatte aber keine Chance gegen Mackensens Griff, mit dem dieser ihn mühelos unter Kontrolle hielt.

»Lassen Sie den Mann los. Sofort!« Scharf zerschnitt die Stimme des Securitychefs die gediegene Stille, die in den eleganten Fluren herrschte. »Wir sind von der Security.«

Gelassen sah Mackensen den Mann an, der ihm direkt gegenüberstand. Dessen bisher blutleeres Gesicht hatte jetzt etwas Farbe angenommen. Offenbar ließ die Situation seinen Blutdruck ansteigen.

»Ich habe gesagt, Sie sollen meinen Mitarbeiter loslassen«, schnauzte Kress. »Ich bin Chef der Sicherheitsabteilung.«

Mit einem kurzen Ruck ließ Mackensen den Muskelmann los, konnte es sich aber nicht verkneifen, dem Strauchelnden ein Bein zu stellen. Dieser verlor das Gleichgewicht, griff Hilfe suchend nach seinem Chef und riss ihn mit sich zu Boden.

»Und ich bin die Polizei.« Lässig hielt Mackensen dem am Boden liegenden Kress seine alte Kripomarke hin, steckte sie aber mit einer raschen Bewegung wieder zurück in seine Tasche, als der danach greifen wollte. »Und Sie bringen mich jetzt zu Ihrem Chef. Sofort!«

»Oh, kann ich helfen?« Erschrocken blieb eine junge Frau auf der Schwelle des Büros stehen, das sie gerade verlassen wollte.

Der Sicherheitschef schüttelte wütend den Kopf.

»Nein«, zischte er.

Es war ihm sichtlich unangenehm, dass ihn eine Mitarbeiterin so auf dem Boden liegend sah: die Beine mit denen seines Mitarbeiters verknotet.

»Aber mir können Sie gerne helfen.« Mackensen ging auf die Frau zu und warf einen kurzen Blick auf ihr Namensschild. »Frau Dubois.« Er lächelte charmant. »Oder darf ich Laura sagen?«

Laura Dubois hatte eigentlich gar keine Zeit, da sie die Terminarbeit nachholen musste, die liegen geblieben war. Ihr Gespräch mit Sandra und Thyra hatte sie schon kostbare Minuten gekostet. Aber jede Sekunde davon war es ihr wert gewesen.

Zum Glück verfügte sie über ein Arbeitszeitkonto, welches ihr gestattete, auch mal eine flexible Auszeit zu nehmen, so wie sie es an diesem Vormittag getan hatte. Aber nun musste sie sich beeilen, um alle Termine zu schaffen.

Sie wollte schon mit einem freundlichen Gruß weitergehen. Aber das charmante Lächeln dieses verdammt gut aussehenden Vertreters seiner Spezies, der sie trotz ihrer Affinität dem eigenen Geschlecht gegenüber nicht gänzlich abgeneigt war, ließ sie innehalten.

Laura Dubois spürte ein angenehmes Kribbeln, als sie sein Lächeln erwiderte. »Laura ist schon recht«, sagte sie und erwiderte seinen Blick, wobei sie feststellte, dass ihr Gegenüber auch noch schöne Augen hatte. »Wie kann ich Ihnen denn helfen?«

»Indem Sie mir zeigen, wo sich das Chefbüro befindet.«

»Gleich da vorne«, antwortete sie und deutete mit einer Handbewegung über Mackensens Schulter hinweg. »Aber Herr Bockhorst befindet sich derzeit auf Geschäftsreise in Luxemburg.« Sie musterte den attraktiven Mann kurz, der gut, aber nicht unbedingt den Geschäftsgepflogenheiten gemäß gekleidet war. »Oder meinen Sie den Juniorchef? Er vertritt den Senior in Abwesenheit.«

»Letzteren«, antwortete Mackensen. »Und bevor Sie mich fragen, ob ich denn einen Termin habe, verrate ich Ihnen gern …« Mackensen zwinkerte ihr vertraulich zu. »Ich brauche keinen Termin.«

»Oh«, machte Laura Dubois und forderte ihn mit einem verführerischen Lächeln auf: »Wenn das so ist … wen darf ich melden?«

»Einen Freund … einen guten Freund.«

Mackensens Charme und sein tiefer Blick, mit dem er die Intensität ihres Augenkontaktes spürbar erhöhte, überzeugten Laura.

»Folgen sie mir.« Dass ihre Stimme rauer als üblich klang, wusste nur sie.

Lauras Gang ähnelte sehr dem eines HeidiKlumTopmodels, als sie vor Folkert Mackensen den Flur entlangging.

»Hier, bitte.« Laura Dubois blieb neben einer geöffneten Glastür stehen und deutete in den vor ihnen liegenden Raum. »Die Tür da hinten, dort geht es zum Büro des Juniorchefs.«

»Keine Chefsekretärin?«, fragte Mackensen erstaunt. Bei einem Unternehmen dieser Größe und mit solch wichtigen Klienten hätte er im Vorzimmer eines Juniorchefs eine Sekretärin erwartet.

»Unser Juniorchef widmet sich Tätigkeitsfeldern, bei denen er oft im Ausland zu Kundenbetreuungen unterwegs ist«, erklärte Laura Dubois, während sie den gut aussehenden Besucher unter ihren langen Wimpern hervor weiter ausgiebig musterte.

Macht ganz sicher Sport, dachte sie anerkennend. *Gute Klamotten. Das ist niemand, der einen Anzug braucht, um gut angezogen auszusehen.*

»Verstehe«, sagte Mackensen und erwiderte ihren intensiven Blick.

»Wenn Herr Bockhorst senior außer Haus ist, übernimmt dessen Sekretärin das Vorzimmer vom Junior mit«, fuhr Laura fort. »Aber meine Kollegin musste heute Morgen gleich wieder los.« Laura lächelte kokett. »Und nun habe ich die Freude, unsere Besucher zu begrüßen.«

»Die Freude ist ganz auf meiner Seite«, erwiderte Mackensen und beugte sich leicht vor, damit die Sekretärin ihn verstand, als er seine Stimme senkte. »War heute Morgen etwas Besonderes los?«

»Und ob.« Laura wisperte leise. »Wir hatten eine Sicherheits… äh …« Das Lächeln verschwand von ihrem Gesicht. *Will der mich aushorchen?*, dachte sie misstrauisch. »… übung«, beendete sie den Satz. Und wenn ja, wieso?

Weiter kam sie in ihren Überlegungen nicht, da der Besucher ihre Antwort nicht abwartete, sondern sie überrumpelte, indem er sich zielstrebig in Bewegung setzte.

»Oh, das ist …« Laura beeilte sich, mit dem Überraschungsgast Schritt zu halten, der nun den Raum durchquerte und die schwere Rosewood-Tür ansteuerte, hinter der sich das Büro des Juniorchefs befand. »… keine gute Idee«, sagte sie hastig. »Herr Bockhorst hat gerade Besuch.«

Mackensen blieb vor der Tür stehen, die Hand auf dem bronzenen Türgriff. Er drehte den Kopf und sah die Sekretärin direkt an. »Hatte die Sicherheitsübung heute Morgen zufällig mit Thyra König zu tun?«

Die Frage traf Laura Dubois völlig überraschend. Sie öffnete den Mund, um etwas zu entgegnen, klappte ihn aber vor Verblüffung gleich wieder zu.

Mackensen zwinkerte sie verschmitzt an, bevor er mit einem Ruck die Tür zum Büro aufstieß.

Mit geübtem Blick checkte er den Raum und die darin befindlichen Personen auf Gefahrenpotenziale. Die Situation zwischen den beiden Männern wirkte hoch angespannt. Der Kleinere saß in einem Sessel, vor dem der andere Mann mit dem Rücken zu Mackensen stand und offensichtlich eindringlich auf den Sitzenden einredete.

»Wir müssen!«, hörte Mackensen ihn beim Eintreten sagen. »Kapier das doch endlich mal. Sie muss weg!«

Bei dieser Aussage schrillten bei Mackensen alle Alarmglocken. Gerne hätte er mehr von der Unterhaltung gehört, aber dafür war jetzt keine Zeit.

»Hör mir zu, du …«

»Da.« Der Mann im Sessel hob die Hand und zeigte auf Mackensen, der im Schlenderschritt den Raum durchquerte.

»Laura, jetzt nicht!« Verärgert über die Störung fuhr der Mann, der Mackensen seinen Rücken zugewandt hatte, herum.

Irritiert starrte er Mackensen an, der mit ausdrucksloser Miene auf ihn zukam.

»Was ist denn … Laura!«, brüllte der Mann wütend.

»Halten Sie die Klappe!« Mackensen blieb eine Armlänge entfernt von dem Mann stehen, der ihn vage an jemanden erinnerte, den er schon einmal in einem Film gesehen hatte. »Im Vorzimmer war niemand«, behauptete Mackensen, da er der Sekretärin keine zusätzlichen Schwierigkeiten bereiten wollte.

Die würde sie ohnehin bekommen, wenn er hier fertig war.

»Sie sind Lukas Bockhorst«, stellte Mackensen fest, der sich für die direkte Konfrontation entschieden hatte. Jedes Geplänkel wäre nach seiner Begegnung mit den beiden Securityleuten vertane Zeit gewesen. Mackensen wunderte sich ohnehin, dass die beiden nicht bereits wieder aufgetaucht waren.

Als wäre sein Gedanke ein telepathisches Stichwort gewesen, erschienen hinter ihm der Securitychef und die beiden Männer, mit denen sich schon Thyra am Morgen konfrontiert gesehen hatte.

Sie blieben in der Tür stehen und warteten darauf, was Bockhorst ihnen befehlen würde.

Der sah noch immer Mackensen konsterniert an. Es war für ihn nicht nachvollziehbar, dass da jemand einfach so in sein Büro marschiert kam, als sei es das Selbstverständlichste der Welt und ihm sagte, er solle die Klappe halten. Eine solche Situation war neu für ihn. Normalerweise hatte er das Sagen – abgesehen von den verhassten Momenten, wenn sein Vater ihn anwies, was er zu tun hatte. Bockhorst junior pflegte sein dominantes Ego mit der gleichen Sorgfalt wie sein gutes Aussehen.

Mackensens Konfrontationskurs aber hatte ihm das Heft aus der Hand genommen und er hatte Mühe, die Kontrolle über die Situation zu erlangen. Kein Ego war so groß, als dass es nicht ein anderes gab, dass noch größer sein konnte. Und genau das war hier der Fall.

Eine solche Unverschämtheit wollte erst einmal verdaut werden.

»Wer sind Sie?«, stieß er mühsam hervor.

»Das wollte ich auch gerade fragen«, entgegnete Mackensen, allerdings an den im Sessel sitzenden Mann gewandt. »Er hier ist Bockhorsts Sohn, das ist klar.« Mackensen wies mit dem Daumen auf den Juniorchef, der noch immer um seine Fassung rang. »Und wer sind Sie?«

Mackensens Frage kam mit der Autorität des Hauptkommissars, der in unzähligen Verhören auch den widerspenstigsten Verdächtigen dazu gebracht hatte, zu antworten.

»Koopmann«, antwortete der Mann auch sogleich.

»Vorname«, setzte Mackensen nach. Er spürte, dass dieser Mann kein sehr stabiler Charakter war, und nutzte seinen Vorteil.

»Andre«, antwortete der Mann im Sessel brav. »Andre Koopmann.«

»Was soll das hier?« Lukas Bockhorst war wieder an Deck. Er hatte sich gefangen. »Sagen Sie gefälligst, wer Sie sind und wieso Sie hier unaufgefordert reinplatzen.« Seine Stimme klang jetzt wieder mehr wie die des Machers.

»Andre Koopmann.« Mackensen hielt seinen Blick unverwandt auf den Mann im Sessel gerichtet.

Für Mackensen war klar, dass die beiden ein kontroverses Thema miteinander hatten. Koopmann war unschlüssig und Bockhorst versuchte, ihn zu überzeugen. Sein Erscheinen hatte die beiden gestört und aus dem Konzept gebracht.

Mackensen hatte vor, die Störung zu verstärken. Er wusste, dass Thyras Undercover-Einsatz beendet war. Er war kein Polizist mehr und hatte keine Handhabe, jemanden zu vernehmen. Aber er hatte Erfahrung und war ausgefuchst. Er würde einen Keil zwischen die beiden treiben und den Druck erhöhen.

Erfahrungsgemäß erzeugte eine Aktion eine Reaktion. Mackensen war gespannt, was er bei den beiden Männern auslösen konnte.

»Was haben Sie mit der Sache zu tun?« Seine Frage kam wie ein Peitschenknall.

Die Verblüffung stand beiden Männern ins Gesicht geschrieben.

Lukas Bockhorst reagierte als Erster. »Was soll dieser Mumpitz?«, fuhr er Mackensen aufgebracht an. Er machte einen Wink in Richtung Tür, wo die drei Securitymänner offenbar ziemlich ratlos die Szene beobachteten und auf ihren Einsatz warteten, der jetzt gekommen war.

Die drei setzten sich gleichzeitig in Bewegung, wobei sich auf dem Gesicht des Muskelmannes starke Anspannung zeigte. Verstohlen rieb er sich den Arm. Mackensens Schmerzgriff wirkte offensichtlich noch immer nach.

»Heute Morgen bekam ihre Mitarbeiterin Michaela Marx Schwierigkeiten«, stellte Mackensen klar. »Diese Mitarbeiterin ist von hier verschwunden und Sie haben sie in ihrem Apartment gesucht.« Der Ex-Kommissar hob den Arm und zeigte mit dem ausgestreckten Zeigefinger auf die Securityleute. »Aber damit nicht genug. Sie haben sie mit Ihrem Wagen verfolgt. Ein hübscher Dienstwagen übrigens, so ein 6er BMW«, fuhr er fort. »Aber so einen Flitzer muss man auch fahren können. Sonst crasht man in ein paar Glascontainer.« Mackensen lachte spöttisch. »Und sie ist Ihnen wieder entwischt. Zum zweiten Mal.«

Der Securitychef war stehen geblieben, als Mackensen den Arm gehoben hatte. Er war sich unklar darüber, was er machen sollte. Auch seine beiden Männer hielten sich abwartend zurück. Der Juniorchef gab keinerlei eindeutiges Zeichen einzugreifen. Aber auch wenn Bockhorst ihnen befohlen hätte, sich den Kerl zu schnappen, wären sie mittlerweile unschlüssig gewesen, ob es nicht besser für sie war, diesem Befehl nicht nachzukommen. Schließlich war der Typ von der Polizei. Zumindest hatte er eine Polizeimarke gezogen.

»Und deshalb frage ich Sie, Koopmann, was haben Sie mit der Sache zu tun?«

Koopmann starrte Mackensen mit großen Augen an.

Auf seinem Gesicht zeichnete sich völlige Irritation ab. Er wusste offenbar überhaupt nicht, wovon Mackensen da sprach.

Genau das war Mackensens Absicht.

Koopmann diese Frage zu stellen war unlogisch und forderte Widerspruch heraus. Wäre die Frage an Bockhorst gegangen, in dessen Räumen Michaela Marx, alias Thyra, gearbeitet hatte, hätte der nur mit den Schultern gezuckt und behauptet, dass er nicht jede Mitarbeiterin kannte. Die gleiche Frage an die Securitymänner gestellt, hätte schlichtes Leugnen bewirkt. Nicht anders als bei einem Ladendieb, der mit Schnapsflaschen unterm Mantel erwischt worden war.

Aber den Unbeteiligtsten zu fragen, löste durch die Unlogik Irritation und Widerspruch aus.

»Nichts«, stieß Andre Koopmann hervor. »Ich habe … ich weiß gar nicht, wovon Sie reden.«

»Ihr sauberer Kumpel hat Ihnen vor ein paar Minuten noch eingebläut: ›Sie muss weg.‹«

Hastig sprang Koopmann aus dem Sessel hoch.

»Aber die doch nicht …«, rief er verstört.

»Halt die Klappe, du Idiot.« Bockhorst schlug mit der Hand nach seinem Kumpel und traf ihn an der Schulter. »Der will nur provozieren.«

Dilettanten, dachte Mackensen spöttisch.

»Nicht die Spur«, behauptete er und setzte ein unschuldiges Gesicht auf. »Ich will lediglich wissen, wo ich Michaela Marx finde.«

»Frau Marx hat sich unberechtigterweise Zugang zu Firmenunterlagen verschafft.« Bockhorst hatte sich jetzt im Griff. Auch seine Körperhaltung hatte sich verändert, er war wieder ganz Herr im Haus. »Wir mussten uns von der Mitarbeiterin trennen.« Er zuckte die Schultern. »So etwas passiert.«

Mackensen wusste, dass er jetzt nicht mehr weiterkommen würde. Blieb aber noch die Möglichkeit, den Keil tiefer zu treiben und für zusätzliche Spannungen durch Unsicherheiten zu sorgen.

»Und was unsere Security anbelangt«, fuhr Bockhorst fort. »Frau Marx hat ihre Schlüssel nicht abgegeben. Das verstößt gegen unsere Richtlinien. Da sind wir sehr genau und suchen den betreffenden Mitarbeiter auch zu Hause auf, wenn wir ihn nicht anders erreichen können.«

»Klingt plausibel, was Sie da sagen«, gab Mackensen zu, wandte aber im gleichen Atemzug ein: »Aber ein paar vergessene Schlüssel rechtfertigen in keiner Weise eine Hetzjagd durch Berlin.« Bei diesen Worten wandte er sich Bockhorst direkt zu. »Das sollten Sie als Arbeitgeber aber wissen.«

»Falls Frau Marx Grund zur Beschwerde verspürt, kann sie sich jederzeit an unsere Personalabteilung wenden. Wir haben dort auch eine Rechtsberatung.«

»Ach, ich denke, das wird nicht nötig sein.« Mackensen winkte ab. »So wie ich sie kenne, wird sie den direkten Weg nehmen und sich an die Öffentlichkeit wenden.«

Das Gesicht des Juniorchefs verfinsterte sich.

»Entschuldigen Sie die Störung.« Mackensen dreht sich auf dem Absatz herum. »Und danke. Ich finde alleine raus.«

Nach zwei Schritten blieb er stehen und wandte sich noch einmal um. Er sah Koopmann eindringlich an.

»Lassen Sie sich nicht zum Bauernopfer machen«, riet er dem Mann, der ihn daraufhin angstvoll anstarrte.

- 21 -

Berlin-Mitte – Monbijouplatz • Berlin-Friedrichshain • Simons Art
Donnerstag, früher Nachmittag …

Thyra lenkte ihr Rennrad zwischen den am Straßenrand parkenden Autos hindurch und stützte sich mit dem Fuß auf einem Blumenkasten aus Beton ab. Sie ließ ihren Blick über die Häuserfront am Monbijouplatz wandern. Die Fassaden wechselten zwischen modernen, gesichtslosen Fronten und wunderschön renovierten Hausfassaden viergeschossiger Altbauten ab.

Ebenerdig nahmen Schaufenster, Ladenlokale und Restaurants die Hausfronten ein. In den Schaufenstern spiegelten sich die vorbeischlendernden Passanten. Das italienische Restaurant hatte Tische und Stühle auf dem Bürgersteig stehen, an denen Berlintouristen neben Büroangestellten und jungen Eltern mit ihren Kindern saßen und ihre Mahlzeiten genossen. Im benachbarten Straßencafé saß eine Gruppe von Freunden zusammen und lachte über alte Geschichten. Ein paar Tische weiter las eine junge Frau in einem Buch, vertieft in die fesselnde

Handlung. Kinder liefen fröhlich umher, während ihre Eltern sich unterhielten und das Treiben beobachteten.

Am liebsten hätte Thyra sich an einen der letzten freien Tische gesetzt, sich einen Cappuccino gegönnt und mit Folkert telefoniert, um ihm von dem aufregenden und anstrengenden Tag zu erzählen. Sie vermisste ihn. Und sie hatte sich fest vorgenommen, ihm – wenn sie wieder daheim in Hamburg war – zu sagen, wie glücklich es sie machte, dass sie jetzt quasi Nachbarn waren. Sie würden in Zukunft mehr Zeit miteinander verbringen können und das nicht nur, wenn sie zusammenarbeiteten. Sondern auch abends bei einem Glas Wein auf dem Balkon. Oder sie würde für sie beide kochen. Thyra spürte, dass die Zeit gekommen war, sich wieder mehr anzunähern – über das Berufliche hinausgehend.

Hoffentlich liege ich nicht komplett daneben, wenn ich mir einbilde, dass Folkert ebenso empfindet wie ich, dachte sie.

Mühsam riss sie sich von ihrem Tagtraum los und konzentrierte sich auf den Grund, weshalb sie von Pankow nach Mitte zu der Adresse gefahren war, die Laura ihr gegeben hatte.

Sie suchte Simon, den Fotografen, mit dem Isabella in der vergangenen Nacht für ein Fotoshooting unterwegs gewesen sein musste.

Irgendwo hier sollte sein Laden sein.

Thyra schob ihr Rad die Straße am Monbijouplatz entlang. Dann blieb ihr Blick an zwei großen Schaufenstern hängen, die sich links und rechts einer gläsernen Eingangstür befanden. Sowohl die Schaufenster als auch die Eingangstür waren mit geschmackvollen, weiß lackierten Holzprofilen gerahmt, die dem Laden einen Retrolook verliehen. Über dem Eingang hing ein großes Schild mit der Aufschrift:

Simons Art

Thyra lief das Rennrad schiebend auf das Atelier zu. Gleich neben den Stufen, die zur Eingangstür des Ladens führten, der einen halben Meter über dem Straßenniveau lag, war ein stabil wirkender Fahrradständer im Boden verankert. Sie schloss ihr Rad an, bevor sie die drei Stufen zum Eingang hochging.

Thyra drückte die Tür auf und betrat das Fotoatelier. Ein Lichtsensor löste ein Glockenspiel aus, dessen Melodie zart durch das Atelier schwebte.

»Ich komme sofort«, rief eine Frauenstimme.

Thyra blieb neben einem transparenten Hochtisch aus Acryl stehen, auf dem ein stylisher Monitor stand, dessen Bildschirmschoner eine Fotoshow abspulte.

Thyra wandte dem Bildschirm den Rücken zu. Sie schaute sich lieber die großen Fotos an, die teilweise auf Leinwand gezogen oder auf Alu-Elemente gedruckt die Wände der beiden Räume einnahmen, die hinter den Schaufenstern lagen.

Drei dicht nebeneinander hängende Fotos in Postergröße zeigten Schwarz-Weiß-Porträts von Männern, die direkt in die Kamera schauten. Die Wirkung war beeindruckend, da die Aufnahmetechnik die feinen Details ihrer Gesichter hervorhob und eine tiefe emotionale Resonanz erzeugte. Die Beleuchtung war meisterhaft gesetzt, sodass Licht und Schatten die Gesichtszüge betonten und eine dramatische Atmosphäre schufen.

»Simon nennt diese Installation ›*Dramaticel*‹«, sagte eine Frauenstimme hinter Thyra. »Simon verstärkt die Wirkung der Schwarz-Weiß-Ästhetik zusätzlich, indem er den Fokus auf die Ausdruckskraft der Gesichter lenkt und jegliche Ablenkung durch Farben vermeidet.«

»Sehr beeindruckend«, gab Thyra zu, die diese Art zu fotografieren faszinierend fand, und wandte sich zu der Frau um.

»Hi.« Eine junge Frau mit schulterlangen brünetten Haaren lächelte sie an und streckte ihr die Hand entgegen. Sie war lässig gekleidet: schwarze, enge Jeans mit einem handtellergroßen Loch am Knie und einem maisfarbenen Halbarmpullover mit Brokatmuster. Sie trug weder Schmuck noch Schminke und wirkte frisch: Ihr Lächeln war ungekünstelt und fröhlich. »Ich bin Nina.«

Thyra nahm die schmale Hand, die Nina ihr entgegenstreckte und erwiderte den Händedruck. »Hi«, sagte auch sie. »Tolle Fotos hier. Wirklich. Ich bin beeindruckt.«

»Da solltest du erst einmal unsere Kollektion von Porträts sehen«, erwiderte Nina fröhlich lachend. »Du wirst begeistert sein.«

»Das glaube ich gerne.«

»Was kann ich für dich tun?« Für Nina war es selbstverständlich, wie es oft in Berlin der Fall war, ihr Gegenüber zu duzen. Egal, ob es ein Freund oder eine Kundin war.

»Ich hätte gerne Simon gesprochen«, antwortete Thyra.

»Bei uns arbeiten verschiedene Fotografen«, gab Nina lächelnd zurück. »Sie haben alle ihren eigenen Stil«, sagte sie. »Wenn dir dieser Schwarz-WeißStyle so gut gefällt, kann ich dir Nick empfehlen.« Nina deutete mit dem Finger nach hinten, wo sich ein Quergang befand, hinter dem mehrere Arbeitstische in lockerer Anordnung aufgebaut waren.

»Das ist total nett von dir, Nina.« Thyra lächelte noch immer freundlich, aber ihr Ton wurde bestimmter, als sie das Angebot ausschlug und auf ihrem Wunsch beharrte. »Aber ich möchte gerne Simon sprechen.«

Nina seufzte und wiegte mit bedauernder Miene ihren Kopf. »Also, wir haben …«

»Simon. Bitte.« Thyras Lächeln war verschwunden.

Nina schürzte ihre Lippen, dann verschwand auch ihr Lächeln für einen Moment, als sie sich darauf konzentrierte, was sie dieser hartnäckigen Kundin antworten sollte. Zudem es noch gar nicht klar war, ob Thyra überhaupt eine Kundin war.

»Simon ist leider im Moment nicht da.«

Na, super, dachte Thyra. *Jetzt geht das wieder los.*

»Okay«, sagte sie deshalb trocken. »Ich möchte Simon sprechen. Du sagst, er sei nicht da und ich frage dann, wann er wieder kommt, und du sagst daraufhin …« Thyra verzog das Gesicht und rollte mit den Augen. »Wir können uns diesen Dialog sparen, wenn du mir einfach sagst, wo er ist und schwupps, bin ich verschwunden und nerve nicht mehr.«

»Äh …«, machte Nina gedehnt. Sie wusste nicht, wie sie auf diese Ansage reagieren sollte.

Thyra seufzte. »Ich will keine Fotos machen lassen«, erklärte sie. »Ich bin auch keine Kundin.«

»Ist mir jetzt auch klar«, erwiderte Nina. »Aber ich weiß nicht, wann Simon wiederkommt.«

Thyra überlegte. Auch wenn Nina ihr nichts sagen konnte oder wollte, war dies dennoch eine wichtige Information. Und zwar eine Information, die sie beunruhigte.

»Simon ist dein Chef, richtig?«

Nina nickte vorsichtig.

»Keine Sorge, Nina«, beruhigte Thyra sie. »Du weißt nicht, wo dein Chef ist, richtig?«

Nina erwiderte stumm Thyras Blick, machte aber keine Anstalten zu antworten. Sie war auf der Hut. Diese Frau, die von sich aus sagte, dass sie keine Fotos wolle, kam ihr jetzt ziemlich suspekt vor.

»Ich weiß aber, dass dein Chef gestern Abend ein Fotoshooting hatte.« Jetzt fixierte Thyra die junge Frau mit einem Blick, dem zu entnehmen war, dass sie mehr wusste, als es im ersten Moment den Anschein gehabt hatte. »Und zwar ein sehr … spezielles.«

Nina verzichtete auf eine Erwiderung und beschränkte sich darauf, Thyra mit großen Augen anzustarren.

»Für dieses Shooting hat dein Chef eine MakeupArtistin engagiert. Das ist doch üblich so, richtig?«

Nina nickte wie in Zeitlupe.

»Diese MakeupArtistin heißt Isabella. Du kennst sie sicherlich.«

Nina zögerte mit einer Antwort, denn sie konnte Thyras Fragen überhaupt nicht einordnen. Dann aber entschied sie sich, abermals zu nicken und sogar zu sagen: »Isa kenne ich, ja.«

»Dann weißt du doch sicher auch, dass Isa zwei Kinder hat?« Fragend sah Thyra die junge Frau an.

»Mm«, machte Nina, unsicher, worauf Thyra hinauswollte.

»Schau mal.« Thyra ließ ihren Rucksack von der Schulter gleiten und zog mit einer Handbewegung die blaue Roboterspinne heraus, die David ihr für die Suche nach seiner Mutter mitgegeben hatte. Jetzt kam sie erstmalig zum Einsatz.

»Das ist Medusa«, stellte Thyra die Spinne vor. »Sie kann Laserstrahlen verschießen.«

Nina sah Thyra jetzt an, als ob diese den Verstand verloren hätte.

»Hört sich verrückt an für dich.« Thyra hielt die Spinne hoch. »Aber nicht für einen Sechsjährigen, der Angst um seine Mama hat. David hat mir die Spinne mitgegeben, damit sie mir hilft, seine Mutter zu finden.« Sie sah Nina jetzt scharf an. »Isa ist seit ihrem Fotojob mit Simon nicht nach Hause zurückgekehrt.« Thyras Stimme hatte jetzt einen eindringlichen Ton angenommen. »Und wenn du, Nina, mir sagst, dass Simon nicht da ist und du nicht weißt, wann er wieder auftaucht, heißt das für mich, dass auch Simon seit gestern verschwunden ist.«

Ninas Gesichtsausdruck änderte sich.

»Bist du … sind Sie … von der Polizei?«

Thyra schüttelte den Kopf. »Nein. Ich bin eine Freundin von Isas Mitbewohnerinnen, die auf die Kinder aufpassen, weil ihre Mutter verschwunden ist.«

Thyra verzichtete bewusst darauf, sich als Reporterin vorzustellen, denn es war ihr zu anstrengend, einer Außenstehenden die gesamte Geschichte zu erklären. Zumal sie alles, was mit ihrer Recherche zu tun hatte, so lange unter Verschluss hielt, bis sie ihre Reportage veröffentlicht hatte.

»Und warum gehst du … oder ihr nicht zur Polizei, wenn Isa verschwunden ist?«

»Und warum gehst du nicht zur Polizei, wenn du nicht weißt, wo dein Chef ist und warum er nicht wieder auftaucht?«, gab Thyra die Frage wie einen Konter zurück.

»Pfft«, machte Nina, blieb aber eine Antwort schuldig.

»Möglicherweise, weil du dir unsicher bist, ob es Simon recht ist, wenn du die Polizei rufst, bloß weil er überfällig ist. Vielleicht aber auch, weil du nicht weißt, was du überhaupt tun sollst.« Thyra wog Medusa in der Hand, bevor sie die Kunststoffspinne wieder in ihrem Rucksack verschwinden ließ. »Das ist bei Isas Freundinnen etwas anders. Sie wissen, dass sie nicht zur Polizei gehen können, ohne dass Isa Schwierigkeiten wegen ihrer Kinder bekommt.«

»Wieso sollte sie Schwierigkeiten bekommen?« Nina wirkte beklommen, so als wüsste sie die Antwort, wollte aber noch eine Bestätigung.

»Weil Isa alleinerziehend und das Geld knapp ist. Sie ist auf Simons Jobs angewiesen. Auch wenn die so kurzfristig kommen, dass sie es nicht immer schafft, auf die Schnelle einen Babysitter zu bekommen. Dann springen ihre Freundinnen ein«, sagte Thyra. »So auch gestern«, sie zog eine Grimasse. »Leider hatte der Chef der Freundin andere Pläne, weshalb sie erst viel zu spät von der Arbeit wegkam – zum Glück aber noch gerade rechtzeitig, um zu verhindern, dass der Sechsjährige versehentlich die ganze Wohnung abfackelte.«

»Oh Gott!« Nina schlug vor Entsetzen die Hand vor den Mund. »Ist was passiert?«

»Die Kinder leben, wenn du das meinst«, antwortete Thyra. »Auch wenn der Junge noch immer Schmerzen hat.«

»Das ist ja schrecklich.«

»Aber David schafft das«, sagte Thyra zuversichtlich. »Er ist ein tapferer Junge.« Thyra beugte sich vor und sah Nina jetzt eindringlich an. »Deshalb bin ich auf deine Hilfe angewiesen. Denn wenn ich weiß, wo Simon ist, weiß ich auch, wo ich nach Isa suchen kann.«

Nina sah wie Hilfe suchend zu den Arbeitsplätzen im hinteren Bereich hinüber, aber es war niemand zu sehen, der ihr bei der sicherlich schwierigen Entscheidung helfen konnte, einer ihr völlig fremden Frau vertrauliche Informationen zu geben.

Sie zögerte sichtlich unentschlossen, bis sie sich einen Ruck gab und nickte. »Ich hoffe, du enttäuschst mich nicht«, sagte sie. »Ich weiß nicht, wo Simon sein Shooting geplant hat. Er wechselt häufig die Location … auch für seine Shootings …« Nina suchte nach den richtigen Worten und fuhr dann mit diplomatischer Neutralität fort: »… außerhalb des regulären Geschäftsbetriebs.«

Thyra spürte Enttäuschung in sich aufsteigen. »Du meinst also, dass du wirklich nicht weißt, wo er gestern gearbeitet hat?«

»Leider nein.« Nina schüttelte den Kopf.

Thyra seufzte. Sie ließ die Enttäuschung nicht an sich herankommen, um sich nicht mit negativer Energie zu belasten. Sie würde schon einen Weg finden, Simons Spur aufzunehmen.

»Ich weiß aber, wer es wissen könnte.«

Überrascht sah sie Nina an. Geduldig wartete sie ab, dass Nina ihr den entscheidenden Tipp gab.

»Bufo«, sagte sie.

»Bufo?« Thyra wusste nicht, ob das ein Name für einen Menschen war oder eine Kneipe, die so hieß.

»Ein spezieller Typ«, erklärte Nina. »Er ist ein Urbexer. Das sind Typen, die sich für Lost Places interessieren. Sie suchen alte, verlassene Häuser, Fabriken und Kasernen auf und alles, was alt, verlassen und spooky ist. Er ist selber ein bisschen gruselig.« Nina verzog das Gesicht. »Deshalb auch sein Spitzname: Bufo bufo ist der wissenschaftliche Name für Erdkröten.«

»Erdkröten?«

Nina nickte. »Ich kenne keine Erdkröten. Das hat Simon mir erzählt. Und als ich Bufo das erste Mal live gesehen habe, habe ich verstanden, wieso er so genannt wird. Erdkröten haben, so hat mir Simon erklärt, kurze Beine und eine gedrungene Körperform.«

»Nicht sehr schmeichelhaft, dieser Spitzname«, stellte Thyra fest.

»Stimmt«, pflichtete Nina ihr bei. »Es ist zwar blöd, ihn so zu nennen. Aber niemand kennt seinen wirklichen Namen. Außerdem sagt Simon, dass sich niemand besser unter der Stadt auskennt als Bufo.«

»Verstehe«, sagte Thyra.

Sie kannte den Begriff Urbexer oder auch Urban Explorer, mit dem sich die Freunde verlassener Orte gerne bezeichneten. Urbexer besuchten und erkundeten Lost Places. Manche machten diese Leidenschaft zum Beruf und stellten ihre Erkundungstouren auf Internetplattformen ein, um ihr Hobby damit zu finanzieren. Im Zeitalter von Instagram und TikTok konnten etliche von ihnen gut von ihren Videos und Reels leben, die sie regelmäßig online stellten. Einige hatten sogar eine regelrechte Fangemeinde.

»Wo finde ich diesen … Bufo?«, wollte Thyra wissen.

»In der Rigaer«, sagte Nina. »Er wohnt in einem Bauwagen.« Sie zuckte die Schultern. »Ich sagte ja schon, er ist … speziell.«

»Hm«, machte Thyra. »Wird er mit mir reden?«

»Mit Sicherheit nicht«, stellte Nina klar. »Bufo ist nicht sehr redselig. Er mag auch keine Menschen. Noch nicht einmal in homöopathischen Dosen.«

»Na super.« Thyra zog eine Grimasse. »Und was mache ich jetzt? Es ist ja schön, wenn ich weiß, wo er wohnt, aber wenn er nicht mit mir reden will, komme ich auch nicht weiter.«

»Ich bring dich zu ihm.« Nina sah jetzt sehr entschlossen aus. »Ich kenne Bufo, er mag mich. Wenn ich mitkomme, wird er mit dir reden. Ich muss nur gerade Bescheid sagen, dass ich mal kurz weg bin.«

Thyra sah Nina nach, wie sie im hinteren Bereich des Ateliers verschwand.

Sie war zufrieden. Sie wusste zwar noch immer nicht, wo sich Isabella befand, aber sie hatte eine erste Spur zu Simon aufgenommen. Und sie war sich sicher, dass Davids Mutter sich dort befand, wo auch Simon war.

Thyra hoffte nur, dass Isabella und Simon noch lebten.

- 22 -

Berlin • Kollhoff-Tower • Bockhorst Elite Financial Solutions Donnerstagnachmittag …

»Sie haben sich keine Freunde gemacht.«

Folkert Mackensen streifte den Körper der dunkelhaarigen Sekretärin, die im Türrahmen stand und keinen Zentimeter zur Seite wich, als er das Vorzimmer und eine ratlose Männerrunde hinter sich verließ.

»Darauf lege ich auch keinen Wert«, erwiderte Mackensen grinsend.

Ihre Hand berührte die seine. Ein zusammengefalteter Zettel schob sich zwischen seine Finger. Automatisch schloss er seine Hand zur Faust, um das kleine gefaltete Papier nicht zu verlieren.

Ohne Laura Dubois weiter zu beachten, ging Mackensen zum Aufzug. Er wollte die Zeit nutzen, bis Bockhorst sich entschieden hatte, wie er reagieren sollte. Was immer der Juniorchef auch als Nächstes tat, es würde spannend bleiben. Mackensen wollte unbedingt wissen, was mit dieser Bemerkung gemeint war: »Sie muss weg«.

Wenn der Juniorchef mit dieser Aussage Thyra gemeint hatte, und davon ging er nach dem morgendlichen Zwischenfall aus, würden die Männer etwas planen – und ganz sicherlich nichts Gutes. Schon als Polizist war Mackensen ein Befürworter von Vorbeugung und Voraussicht gewesen, denn vorausschauend eine Straftat zu verhindern, war wesentlich sinnvoller, als später an einem Tatort zu ermitteln.

Während sich der Aufzug sanft in Bewegung setzte, faltete er den kleinen Zettel auseinander, bei dem es sich um die abgerissene Hälfte eines Postits handelte, wie man sie häufig als Notizzettel in Büros nutzte. Nur eine Telefonnummer stand darauf.

Interessant, dachte er und steckte den Zettel in seine Hosentasche. Er würde die Sekretärin später anrufen, vielleicht bekam er von ihr ein paar Informationen über die morgendlichen Geschehnisse. Vielleicht war sie aber auch nur auf ein Date aus. Letzteres wäre für ihn völlig uninteressant gewesen. Auch wenn er nicht wusste, wie sich die Dinge zwischen Thyra und ihm weiterentwickeln würden, blieb sie die einzige Frau, die ihn reizte, seit sie sich begegnet waren. Obwohl ihre Beziehung damals durch seine eigene Blödheit in die Brüche gegangen war, spürte er, dass, seitdem sie als Team zusammenarbeiteten, auch Thyra wieder die Nähe zu ihm suchte. Trotzdem schien es eine unsichtbare Grenze zwischen ihnen zu geben, der sie sich beide behutsam annäherten, aber die sie noch nicht zu überschreiten wagten.

Alles zu seiner Zeit, dachte er, als sich die Türen zur Tiefgarage öffneten.

Wahrscheinlich dauerte es nicht mehr lange, bis die Männer hier auftauchen würden. Entweder, um sich davon zu überzeugen, dass sein Wagen verschwunden war, oder aber um aufzubrechen und das zu tun, wovon Bockhorst junior den Mann im Sessel hatte überzeugen wollen.

Mackensen tippte auf Letzteres.

Während er auf seinen Wagen zuging, öffnete er schon von Weitem mit dem Funkschlüssel den Kofferraum. Er zog den Zipper seiner Reisetasche auf und schob die oben aufliegende Kleidung zur Seite. Mackensen griff nach dem Gürtelholster und zog seine Pistole hervor. Routiniert ließ er das Magazin aus dem Handgriff gleiten und überprüfte mit einem Blick, dass es mit fünfzehn Patronen aufmunitioniert war. Er vergewisserte sich, dass die Waffe gesichert war. Dann griff er nach dem Schlitten und lud die Waffe entschlossen durch. Als Hauptkommissar hatte er seine Waffe immer dann in Situationen durchgeladen, wenn ihm sein Bauchgefühl sagte, dass etwas auf ihn zukam und er sich besser darauf vorbereitete. Sein Bauch hatte meist richtiggelegen. Und auch jetzt sagte er ihm, dass mit allem zu rechnen war.

Mackensen befestigte das Holster seitlich an seinem Gürtel und zog Hemd und Jacke über die Waffe. Er atmete einmal tief durch. Zwar war er sicher, dass sich Thyra nicht in unmittelbarer Gefahr befand. Dennoch signalisierte ihm sein Gefühl, dass sich die Situation zuspitzte. Er hatte aber noch immer keine wirkliche Ahnung, was eigentlich los war. Sicher, Thyras Tarnung war aufgeflogen und sie war abgehauen. Die Typen waren logischerweise sauer und verfolgten sie.

So weit, so gut, dachte er. *Aber an der Sache ist mehr dran.* Das spürte er. Er wusste nur nicht, was, und diese Ungewissheit mochte er überhaupt nicht. Schnell überprüfte er auf seinem Handy, ob Thyra sich gemeldet hatte.

Aber nein – noch immer kein neues Lebenszeichen von ihr.

Entschlossen griff er nach einem flachen Koffer und klappte den Deckel auf. Das Innere war ähnlich wie eine Tasche für Fotozubehör mit dunklem Schaumstoff ausgekleidet und in einzelne Fächer unterteilt. Er griff nach einem Etui und nahm eine Handvoll magnetischer GPS-Tracker heraus, die er in die

Hosentasche steckte. Nach kurzem Überlegen griff er nach zwei schwarzen Kunststoffboxen, von denen eine nicht größer als eine Zigarettenpackung war. Die andere Box war zwar etwas größer, aber immer noch handlich.

Mackensen schloss den Kofferraum und legte die beiden Behälter auf den Beifahrersitz. Dann ging er zielstrebig zu der dunklen Limousine hinüber, aus der die Securityleute ausgestiegen waren.

Er kniete sich am Heck des Fahrzeugs nieder und befestigte routiniert den Tracker an einer Stelle im Radkasten des BMW, an der er nicht sofort für jemanden zu finden war, der auf die Idee kam, den Wagen auf Wanzen zu checken.

Der Tracker hatte einen starken Magneten und würde auch bei schneller Fahrt über Kopfsteinpflaster oder Feldwege nicht abfallen. Zudem war der Peilsender spritzwassergeschützt und hatte eine aktive Sendedauer von etwa vierzig Tagen.

Nachdem er den Wagen mit dem Ortungsgerät ausgestattet hatte, schaute er sich die benachbarten Parkbuchten genauer an. Wie es bei großen Unternehmen oft der Fall war, hatte auch diese Firma Parkplätze für ihren Fuhrpark und ihre erlesenen Kunden gemietet oder gekauft. Die Kundenparkplätze waren doppelt so groß wie die Parkbuchten der Dienstwagen, und die waren für normale Verhältnisse schon üppig bemessen.

Die Firmenwagen des Unternehmens waren für Mackensen einfach zu erkennen. Wie oft üblich für Firmenfuhrparks fanden sich die Initialen im Nummernschild wieder. B für Bockhorst, bot sich bei einem Unternehmen mit Berliner Sitz natürlich an. Dem folgte dann die Buchstabenkombination EF für Elite Financial. Die zweistelligen Ziffern bezogen sich wahrscheinlich auf den jeweiligen Platz in der Firmenhierarchie. Da erfahrungsgemäß die ersten Parkplätze am Aufzug für Firmenchefs reserviert waren, schlussfolgerte Mackensen, dass die große dunkelblaue Limousine, ein Jaguar XJ mit 340 PS und einem

Sie beendeten das Gespräch, Mackensen stieg aus und überquerte die Fahrbahn. In einem in der Nähe liegenden Café deckte er sich mit frischen Sandwiches, Donuts und einem großen schwarzen Kaffee ein. Kurz darauf und ein paar Taxifahrer später, die ihn beim Überqueren der Straße angehupt hatten, saß er wieder im Wagen.

Er stellte die Tüte mit dem Essen auf den Beifahrersitz und aktivierte das Display seines Handys. Die Signale der Tracker hatten sich nicht bewegt. Er lehnte sein Handy gegen das Armaturenbrett. Mit einem tiefen Seufzer streckte er seine langen Beine aus und gönnte sich einen Schluck Kaffee.

Ihm war klar, dass er eine Überwachung der beiden nicht lange alleine durchhalten konnte. Für eine professionelle Observation waren zwei bis drei Teams notwendig, die sich rund um die Uhr abwechselten. Und auch nur dann, wenn es konkrete Verdachtsmomente gab.

In diesem Fall hatte Mackensen nichts dergleichen in der Hand.

Noch nicht einmal einen konkreten Verdacht, sondern nur einen Hinweis aus einem Gespräch, der alles, aber auch nichts bedeuten konnte. Er vertraute allein seinem Instinkt, der ihm sagte, dass hier etwas nicht stimmte.

Er konnte nur abwarten.

Mackensen hatte seinen Kaffee erst zur Hälfte geleert, als sich Mutter wieder meldete.

»Kannst du sprechen?«, fragte er.

»Passt«, erwiderte Mackensen. »Wie in alten Zeiten.«

Mutter lachte glucksend. »Dann hockst du mit ein paar trockenen Brötchen und einem lauwarmen Kaffee im Auto und starrst auf eine Haustür.«

»Es sind gute Sandwiches, der Kaffee ist noch heiß und die Haustür ist eine Tiefgarage«, antwortete Mackensen.

»Das ist der Unterschied zwischen einem Privatermittler und einem Bullen«, sagte Mutter trocken. »Der Kaffee ist heiß.«

Beide lachten.

»Was hast du für mich?« Mackensen kam sofort zur Sache. Er verspürte eine immer stärker werdende Unruhe, denn Thyra hatte sich nach wie vor nicht gemeldet.

»Erstaunlich viel«, begann Mutter mit seinem Bericht. »Lukas Bockhorst war schon immer ein Kronprinz. Sein Studium hat er in Rekordzeit abgeschlossen. Zu der Zeit, als seine Studienkollegen sich noch mit schlecht bezahlten und unbedeutenden Volontärjobs oder als Trainees einen Berufseinstieg erarbeiten mussten, bezog er bereits sein Luxusbüro im KollhoffTower am Potsdamer Platz – bei seinem Vater.«

»Wo ich gerade auf die Tiefgarage starre und Kaffee trinke«, warf Mackensen trocken ein.

»LB, so nenne ich ihn jetzt der Einfachheit halber …«, fuhr Mutter konzentriert fort, ohne auf die Bemerkung einzugehen, »… ist hochintelligent, mehrsprachig und faul. Zudem ist er smart und wenn ich mir die Fotos ansehe, die ich vorliegen habe, sieht er aus wie Ryan Gosling, ein kanadischer Schauspieler, bekannt zum Beispiel aus ›*Blade Runner 2*‹, ›*Ocean's Eleven*‹, ›*Barbie*‹ …«, zählte Mutter auf. »Hast du vielleicht schon mal gesehen.«

»Na klar«, erwiderte Mackensen sarkastisch. »Ich hab mir ›*Barbie*‹ zweimal angesehen.«

Mutter verkniff sich eine weitere Bemerkung und fuhr mit seinem Bericht fort. »Alles Aspekte, die ihm ziemlich viele Türen geöffnet haben«, berichtete Mutter weiter. »Sein Vater, Arthur Bockhorst, beauftragte ihn mit der Betreuung handverlesener Klienten. LB ist bei seinen Kunden sehr beliebt.«

»Wir werden auf keinen Fall Freunde.« Mackensen zuckte achtlos mit den Schultern und trank einen Schluck Kaffee. »Außerdem wird gutes Aussehen überschätzt«, spottete er.

»Bislang hat LB eine Bilderbuchkarriere hingelegt.« Mutter überhörte Mackensens Kommentare, wusste er doch, dass sein alter Kollege trotz aller Erfahrung unter großer Anspannung stand, die er mit ein paar lockeren Sprüchen abzubauen versuchte. »Es schien selbstverständlich, dass er irgendwann das Unternehmen von seinem Vater übernehmen würde«, fuhr er fort.

»Hört sich an, als wenn etwas dazwischengekommen wäre.«

»Richtig«, stellte Mutter fest. »Er scheint eine Neigung für die harte sexuelle Gangart zu haben: Sadismus, Rollenspiele mit Dominas, Gewaltszenarien mit Würgen und Atemkontrolle.«

»Verstehe«, seufzte Mackensen, dem während seiner Zeit bei der Polizei so ziemlich alle Perversitäten begegnet waren. »Abteilung Eisenwaren: Ketten und Peitschen.«

»Wahrscheinlich noch eine Kategorie krasser«, entgegnete Mutter. »Er hat eine Escortdomina krankenhausreif geschlagen und ihr beide Beine gebrochen.«

»Das ist wirklich übel.« Mackensen wurde schlagartig ernst. »Hat man ihn drangekriegt?«

»Nein«, antwortete Mutter. »Die Escortlady zog ihre Anzeige noch im Krankenhaus zurück. Meine Quellen berichten, dass gemunkelt wurde, dass der Sicherheitschef als Mediator aufgetreten sei. Aber offenbar hat er nicht vermittelt, sondern ihr im Auftrag von Bockhorst senior ein Schmerzensgeld in der Höhe ihres dreifachen Jahreseinkommens plus ein halbes Jahr lang eine monatliche Entschädigung in fünfstelliger Höhe angeboten.«

»Ich nehme mal an, die Dame hat das Angebot angenommen«, sagte Mackensen. »Das ist wesentlich mehr, als ein guter Anwalt rausgeholt hätte.«

»Offenbar ja. Dank der Beziehungen seines Vaters wurden LB wenig später freigelassen und die Untersuchungen eingestellt. Auch die Ermittlungen der Staatsanwaltschaft wurden kurz darauf eingestellt: Dank der Fürsprache von Bockhorst senior bekam der Staatsanwalt endlich die heiß ersehnte Mitgliedschaft in einem der exklusivsten Golfclubs der Welt, dem Augusta National Golf Club in Georgia, USA. Der Club ist als Austragungsort des Masters-Turniers bekannt.«

»Ich spiele kein Golf«, meinte Mackensen trocken.

»Ich schon«, erwiderte Mutter. »Und ich werde fast neidisch. Denn eine Mitgliedschaft ist nur auf Einladung möglich. Und die wird nur an einflussreiche Persönlichkeiten aus Politik, Wirtschaft oder Sport ausgesprochen.«

»Das dürfte doch dann für dich kein Problem sein«.

»Meine Geschäfte sind diskret.« Mutter lachte. »Ganz im Gegensatz zu den Promis dieser Welt oder denen, die es werden wollen. Außerdem ist es mir in Georgia zu heiß und zu feucht. Wer will denn bei fünfunddreißig Grad Golf spielen?«

»Nicht zu vergessen die Hurrikane«, stimmte Mackensen ihm zu. »Bleib lieber im kühlen Norden.«

»Werde ich«, antwortete Mutter und fuhr mit seinem Bericht fort. »Bockhorst senior hat seinen Sohnemann zwar aus der Schusslinie bekommen, aber dessen Zeit als Kronprinz war damit vorbei. Er wird noch in diesem Jahr seinen Schreibtisch räumen.«

»Hm.« Mackensen trommelte nachdenklich mit den Fingerspitzen gegen den Kaffeebecher. »Gibt es Infos, was er dann machen will?«

»Nein. Davon ist nichts bekannt.«

»Er muss irgendetwas machen, um seinen Lebensstandard halten zu können«, überlegte Mackensen laut. »Er fährt einen Jaguar XJ.«

»Hm«, machte jetzt Mutter. »Sechsstellig.«

»Genau. Der steigt nicht auf einen Kleinwagen um.«

Wie aufs Stichwort tauchte in der Ausfahrt der Tiefgarage gegenüber die dunkle Limousine auf.

»Hier tut sich was«, sagte Mackensen schnell. »Wir reden später weiter.«

Die Gelassenheit, mit der er seit ein paar Stunden im Wagen gesessen und die Einfahrt nicht aus den Augen gelassen hatte, fiel wie ein Tarnumhang von ihm ab.

Gespannt richtete sich Mackensen in seinem Sitz auf. Sein Jagdinstinkt war sofort da, er spürte das Adrenalin, das seine Sinne schärfte und ihn die Witterung aufnehmen ließ. Er wusste nicht, was die beiden Männer vorhatten – wenn es denn Bockhorst und Koopmann waren.

Konzentriert beobachtete er den Wagen, der auf eine Lücke im Verkehr wartete. Als der Jaguar sich eingefädelt hatte und an ihm vorbeifuhr, konnte er Fahrer und Beifahrer erkennen.

»Dilettanten.« Mackensen lachte leise. »Dann wollen wir doch mal sehen, wen ihr verschwinden lassen wollt.«

- 23 -

Berlin • Friedrichshain-Kreuzberg • Rigaer Straße • Wagenplatz
Donnerstagnachmittag …

»So, da wären wir.«

Nina stoppte ihr Rad am abgesenkten Bürgersteig und stieg ab. Mit einem Finger löste sie den Verschluss ihres Fahrradhelms. Die Sonne warf Lichtreflexe auf die dunklen Gläser ihrer Sonnenbrille.

Auch Thyra hielt an und stieg von ihrem Rennrad.

Skeptisch betrachtete sie den selbst gebauten Lattenzaun, bei dem jedes Brett eine andere Höhe hatte. Die Bretterwand schützte ein Abbruchgrundstück vor fremden Blicken und verbarg es geschickt zwischen zwei Häusern. Die alten, verwitterten Bretter und Latten, von denen wohl jedes seine eigene Geschichte der Hausbesetzer-Ära erzählen konnte, waren mit Graffiti und allerlei Plakaten mit politischen Parolen übersät. Auf einer Holztafel stand die Losung »Wagenplatz wegen Platz«, mit der die Hausbesetzer das brachliegende Grundstück besetzt hatten. Jemand hatte aus ein paar durch die Witterung aufgequollenen Spanplatten eine Art Schrank gebaut, in dem sich auch zwei Holzböden befanden. An der Kleiderstange und auf den Regalen hingen und lagen einige bunte Kleider sowie Hüte und Mützen. Thyra wusste nicht so genau, ob es sich bei dem Gebilde um eine Kunstinstallation oder einen Kleiderfundus für Bedürftige handelte.

Sie hatte die Rigaer Straße bislang nur aus den Nachrichten gekannt, wenn über Randale am Ersten Mai oder die Hausbesetzerszene berichtet worden war. Doch heute stand sie selbst mitten in diesem berüchtigten Viertel, das so oft Schauplatz von Auseinandersetzungen zwischen Polizei und Aktivisten war.

»Kennst du den Kiez?«, fragte Nina und schob ihr Rad auf eine Schiebetür zu, die ebenfalls aus wild bemalten Holzbrettern bestand.

Thyra schüttelte den Kopf. »FriedrichshainKreuzberg ein bisschen«, sagte sie. »Aber nur so das Übliche, was man halt so als Berlintouri kennt.«

Während sie Nina folgte, fiel ihr auf, dass trotz des rauen Images der Straße eine gewisse Gemeinschaftlichkeit zu herrschen schien. Menschen saßen auf den Treppenstufen vor ihren Häusern gegenüber und unterhielten sich, Kinder spielten auf dem Gehweg, und aus einem offenen Fenster drang Musik. Vor dem Nachbarhaus neben dem Tor, auf das sie zugingen, standen Bierbänke und Tische. Ein paar Leute spielten Backgammon, zwei andere zogen an ihren Joints.

Thyra richtete ihre Aufmerksamkeit auf das Tor, das sich einen Spalt öffnete, nachdem Nina mit der Faust dagegengetrommelt hatte.

»Hi, Mira«, begrüßte Nina die stämmige Frau, die das Tor aufschob, wobei ihr eine Flut hennaroter Haare über die Schulter fiel. »Wir wollen zu Bufo«, sagte sie und deutete auf Thyra hinter sich. »Das ist eine Freundin.«

»Kommt rein.« Mira öffnete das Tor noch ein Stück weiter, damit die beiden ihre Fahrräder hindurchschieben konnten.

Thyra grüßte im Vorbeigehen Mira, die ihr freundlich zulächelte. Dann stieg sie ebenfalls wieder auf ihr Rad und folgte Nina, die ihr über die Schulter »Hier entlang!« zurief, während sie den Weg entlangfuhr.

Thyra war über die Größe des Grundstücks erstaunt, das sich hinter dem Bretterzaun erstreckte. Sie konnte das Gelände nicht überblicken, da der alte Baumbestand prächtig gedieh. Sie hätte hier in der Stadt niemals eine solch riesige grüne Oase erwartet. Zwischen den Bäumen und an der rückwärtigen Hausfassade, an der sie langsam entlangradelten, standen ausrangierte Kasten-Lkws und Bauwagen, die zu Wohnwagen umgebaut worden waren, und auch einige große Wohnmobile. Ein paar Meter weiter befand sich eine Art Marktplatz, der zum Teil mit Zelten überdacht war und auf dem Stühle, Sessel und sogar ein Biedermeiersofa standen.

»Das hier ist der soziale Raum oder auch das Plenum«, erklärte Nina, die vom Rad abgestiegen war und auf Thyra wartete. »Wer Bock hat, hängt hier ab. Bisschen quatschen, kiffen oder so. Es gibt auch Theater oder Poetry Slam, je nachdem.«

»Gemütlich«, sagte Thyra. »Das hier ist größer, als ich von draußen vermutet hätte.« Sie reckte den Hals. »Und wo ist jetzt Bufo?«

»Da drüben.« Nina hob den Arm und zeigte auf die Baumgruppe hinter dem Gemeinschaftsplatz. »Komm mit.«

Gemeinsam schoben sie die Räder an ein paar durchgelegenen Matratzen vorbei, die jemand auf zwei übereinandergestapelte Europaletten gelegt hatte. Thyra vermochte sich nicht vorzustellen, welchem Zweck die Matratzen dienten.

Nina stellte ihr Rad in den Fahrradständer, der vor dem Bauwagen stand, und hängte ihren Helm an den Lenker.

»Du brauchst nicht abzuschließen«, sagte Nina. »Hier klaut niemand.«

Thyra stellte ebenfalls ihr Rad ab. Ihren Helm behielt sie in der Hand. Neugierig betrachtete sie den Bauwagen, der in einem neutralen und unauffälligen Grau gestrichen war. Er schien in einem tadellosen Zustand zu sein und war vollkommen frei von Graffiti oder sonstigen Statements. Der Bauwagen war mit auffallend sorgfältig verarbeiteten Bohlen und Paletten um fast die Hälfte erweitert worden. Das Konstrukt befand sich unter zwei dicht nebeneinander stehenden Bäumen, die mit ihrem weit ausladenden Astwerk im Sommer Schutz vor der Sonne und bei schlechtem Wetter Regenschutz boten. Daneben stand ein olivgrüner Kastenwagen mit Berliner Kennzeichen, also offensichtlich fahrtauglich und zugelassen.

Nina klopfte an die Holztür.

Eine halbe Minute lang rührte sich nichts in dem Wagen, dann öffnete sich die Tür.

Eine Gestalt streckte den Kopf heraus.

Sie hatte kein Gesicht.

Thyra starrte auf die Erscheinung, deren Gesicht mit einer weißen Masse bedeckt war, die wie eine Totenmaske aussah. Nur die Augen, die so strahlend blau waren wie die von Terence Hill, und zwei Löcher dort, wo die Nase sitzen musste, waren zu sehen.

Allein die dazugehörigen Schultern füllten den kompletten Rahmen aus und Thyra fragte sich, wie dieser Koloss durch die Tür gekommen war. Die Antwort gab er, indem er sich mit der Geschmeidigkeit eines Yogameisters aus der offenen Tür herausschälte.

»Hallo, Bufo.«

Nina machte einen Schritt auf den Mann zu, der mit einer schwarzen Jogginghose und einem Kapuzenpullover mit einem PeaceZeichen auf der Brust bekleidet war. An den Füßen trug er graue Hausschuhe aus Filz, auf denen jeweils ein Sticker mit dem bekannten Superman-Motiv, einem roten S auf gelbem Grund, prangte.

»Ah«, machte Nina. »Du hast ja die Schluppen an, die ich dir geschenkt habe.« Sie schlang ihre Arme, etwa in Höhe seines unteren Rippenbogens, um den schwergewichtigen Mann, dem sie nur bis zur Brust reichte. »Schön, dich zu sehen.« Der Mann stieß zur Begrüßung ein dumpfes Brummen hervor, das dem der Bären im Berliner Zoo in nichts nachstand.

»Hi«, begrüßte jetzt auch Thyra den Mann, dessen Größe sie auf über zwei Meter schätzte. »Ich bin Thyra.«

»Sie ist okay«, behauptete Nina.

Ein Spalt erschien an der Stelle, wo sein Mund unter der weißen Maske saß. »Wollt ihr Tee?« Als er die Lippen bewegte, bildeten sich weiße Bläschen rund um die Öffnung.

»Nein, lieber nicht.« Nina schüttelte lachend den Kopf. »Dann quatsche ich mich noch fest.« Sie deutete auf Thyra. »Aber sie nimmt bestimmt einen – und …« Sie kniff ein Auge zu, senkte ihre Stimme und flüsterte demonstrativ heiser: »… du solltest dich gut mit Thyra stellen.«

Bufo runzelte nur die Stirn, sagte aber nichts zu Ninas Andeutung.

»Sie hat eine – Medusa!« Das letzte Wort zischte Nina laut und hob dabei dramatisch beide Arme.

Hatte Bufo bei ihrer Begrüßung noch etwas verschlafen ausgesehen, so hellten sich seine Gesichtszüge schlagartig auf, als Nina »*Medusa*« zischte.

»Die kann auch Laserstrahlen verschießen!« Nina nickte mehrmals bekräftigend mit dem Kopf.

Thyra nahm Ninas Steilvorlage, das Eis zwischen ihr und Bufo schmelzen zu lassen, dankend an. Sie ließ ihren Rucksack von der Schulter gleiten und holte die blaue Roboterspinne heraus.

Der Anderthalbtonner hatte noch immer seinen olivgrünen Anstrich. Nur die großen Rot-Kreuz-Embleme hatte Bufo umgestaltet. Statt des roten Kreuzes befand sich dort jetzt die Silhouette einer Gasmaske, unter der der Schriftzug »URBEXEN IS MY PASSION« stand. Ihr Rad hatte Bufo kurzerhand in den Kasten gepackt.

»Genshagen«, antwortete Bufo und startete den Unimog, der mit dem dumpfen Grummeln eines vierzigjährigen Dieselmotors ansprang. »Bei Ludwigsfelde.« Geschickt umfuhr Bufo ein paar Elektroroller, die neben der Einfahrt auf dem Bürgersteig lagen. »Südlicher Speckgürtel von Berlin«, fügte er erklärend hinzu, als er einen Blick Richtung Seitenspiegel warf und dabei Thyras verständnisloses Gesicht sah. »Ich fahr über Schönefeld«, sagte er. »Ist zwar länger, geht aber schneller und ist angenehmer zu fahren.«

»Und du denkst, dort finden wir Isabella?«

Bufo zuckte mit den Schultern. »Keine Ahnung«, sagte er. »Aber ich denke, dort zu suchen, hat die größten Erfolgschancen.«

»Wieso?« Thyra warf ihm vom Beifahrersitz einen fragenden Seitenblick zu.

»Ich habe einen alten Urbexer-Kumpel«, antwortete Bufo. »Er ist zwar nicht sehr aktiv, steht aber voll auf Fotos in Lost Places oder NogoAreas: so'n Lack- und Kettenfetisch, verstehst du, was ich meine?«

»Ich bin zwar nicht aus Berlin«, sagte sie auflachend. »Aber muss man ja auch nicht sein, um zu wissen, was ein Fetisch ist.«

»Sorry«, entgegnete Bufo und grinste seinerseits. »Wollte nicht den Berlinhipster raushängen lassen. Also Lack-Andre, so nenn ich den Kumpel, hat mich mal um eine Expertise gebeten. Sonst war er immer nur an besonderen Orten interessiert, wo er mit einem anderen Typen, den ich aber nicht kenne, seine

Film- und Fotodinger durchziehen konnte. Soweit ich weiß, hat Simon immer die Filme gemacht.«

»Du kennst also Simon?«

»Na klar«, erwiderte Bufo. »Simon braucht auch immer Tipps und Zugang zu Lost Places. Die stehen bei Fotografen hoch im Kurs.«

»Und Simon hat Isabella fürs Make-up gebraucht«, sagte Thyra.

»Soweit ich weiß, ja.« Bufo nickte.

»Und dich haben sie als Fachmann für verlassene Orte gebraucht?«

»Genau.« Bufo nickte. »Um genau zu sein, sind Bunker und unterirdische Bauten jeglicher Art mein Fachgebiet. Und das gesamte Gebiet um Ludwigsfelde herum, inklusive der benachbarten Orte wie Genshagen zum Beispiel, sind unterkellert wie das Revier einer Maulwurfkolonie.«

»Hab ich noch nie etwas von gehört«, sagte Thyra.

»Wird auch immer nur ein Thema, wenn etwas Spektakuläres aus der Nazizeit gefunden wird.« Bufo setzte den Blinker und verließ die Bundesstraße 113, um auf den südlichen Berliner Ring zu wechseln. »Andres Alter hat nach dem Mauerfall ein altes Militärgelände gekauft. Andre hat sich natürlich dort umgesehen und dabei ein paar interessante Sachen gefunden. Er interessiert sich aber diesmal in erster Linie für zwei Tunnel, die etwa zwanzig Meter unter die Erde gehen und dann kilometerweit weiterführen.«

»Wofür braucht man so etwas?« Interessiert beugte sich Thyra vor, um Bufos Erklärungen über den laut dröhnenden Dieselmotor hinweg besser verstehen zu können.

»Die Nazis damals für ihre Forschungen: Raketentechnik und Düsentriebwerke. Und Andre …« Bufo spuckte verächtlich aus dem Fenster, das er aufgeklappt hatte. »Ich schätze mal, dass er dort etwas entsorgen will, was auf legalem Wege wegzuschaffen richtig teuer wäre.«

Thyra witterte bei Bufos Worten die nächste Story. Sie musste grinsen, eins zog das andere nach sich. »Sorry«, sagte sie. »Ich muss nur grienen, weil ich das Gefühl habe, dass die Geschichte, weshalb ich nach Berlin gekommen bin, wie eine Matroschkapuppe ist. In der einen Figur steckt die nächste und die nächste…«

»Ach, die Babuschka.« Bufo lachte jetzt auch. »Gut möglich. Aber es macht Sinn, was ich denke«, fuhr er fort. »Andres Vater hat ein Riesenentsorgungsunternehmen, interessiert sich aber mehr für die Weiblichkeit. Andre hat Angst, dass sein Oldie die Kohle verprasst oder er eine Stiefmutter bekommt, die jünger ist als er selber.« Er warf Thyra einen vielsagenden Blick zu. »Klingelt's?«

Nachdenklich schob Thyra die Unterlippe vor. Sie nickte. »Hört sich plausibel an.«

»Wir sind gleich da.« Bevor sie das Thema vertiefen konnte, setzte Bufo den Blinker und nahm eine Ausfahrt.

Der Unimog fuhr jetzt eine Landstraße entlang. Links der Straße sah sie gewerbliche Hallen, die verschwanden, als sie nach wenigen Kilometern abbogen. Die Straße führte durch einen Wald, bis alte, verwitterte Sperrschilder auftauchten, die auf ein militärisches Sicherheitsgebiet hinwiesen. Unbeeindruckt von den Schildern setzte der Unimog seinen Weg fort.

»Da vorne sind drei Hallen, die an eine alte Militärkaserne anschließen.« Bufo wies mit dem Kinn Richtung Kühlerhaube. »Ich vermute …« Er verstummte abrupt und trat auf die Bremse.

»Was ist los?« Thyra richtete sich in ihrem Sitz auf und spähte durch die Windschutzscheibe.

»Da sind zwei Wagen.«

Thyra konnte nichts erkennen, sosehr sie ihre Augen auch anstrengte.

Bufo lenkte den Unimog in einen kleinen Weg. Nach wenigen Metern wurden die links und rechts der Straße stehenden Büsche so dicht, dass er den Wagen einfach anhielt und den Motor ausstellte.

»Aussteigen«, sagte er knapp und drückte die Fahrertür auf.

Thyra kletterte aus dem Wagen und folgte Bufo zum Heck des Kastenwagens, wo er bereits die beiden großen Heckklappen geöffnet hatte.

»Wow!«, entfuhr es Thyra, als sie das Innere des Wagens sah.

Der Kastenwagen war von innen geräumiger, als man es ihm von außen ansah. Wo zu Bundeswehrzeiten die Krankentragen gestanden hatten, waren von Bufo zwei Feldbetten am Boden befestigt worden. An den Innenwänden hatte er Schränke angebracht, deren Türen mit Drahtgittern versehen waren, sodass Bufo einen Überblick über den Inhalt hatte.

»Gibt es eigentlich irgendetwas, was du hier nicht verstaut hast?«

Thyra konnte nicht fassen, was sich alles in dem Wagen befand: Kletterausrüstungen und -geschirr, Rucksäcke, Helme, Seile in allen möglichen Ausführungen, Helmlampen, Steigeisen und alle möglichen sonstigen Ausrüstungsgegenstände, die jeden Höhlenforscher vor Neid hätten erblassen lassen.

»Wie lange kommst du damit aus?« Thyra wies auf die Wand hinter der Fahrerkabine, wo sie hinter den Gittern der Schranktüren Konservendosen und Lebensmittelpakete in verschiedenen Größen sah. »Currywurst, Gulaschtopf, Nudeln bolognese«, las sie halblaut vor.

»Mm«, machte Bufo. »Gut rationiert und je nachdem, welchen Kalorienumsatz ich aufgrund meiner Aktivitäten brauche, drei Monate.«

Er klappte eine kleine Metallleiter aus und kletterte in den Wagen.

»Welche Schuhgröße hast du?«

»Achtunddreißig«, antwortete Thyra. »Wieso?«

»Für eine Lost-Places-Tour hast du die falschen Schuhe an.« Bufo reichte ihr ein Paar Gummistiefel.

Während Thyra ihre Sneaker gegen die robusten und wasserdichten Gummistiefel austauschte, stellte Bufo ihr den Rest der Ausrüstung zusammen: eine wasserdichte und isolierende Jacke, Kletterhelm mit Leuchte und Handschuhe.

»Das sollte fürs Erste reichen«, sagte er zufrieden.

Während Thyra sich die Ausrüstung anlegte, zog auch Bufo sich für die Tour um. In seinen Taschen verstaute er ein paar Utensilien, bevor er nach einem Rucksack griff. »Hier ist alles drin, was wir eventuell brauchen könnten.«

»Sehr umsichtig«, lobte Thyra. Sie war schwer beeindruckt von Bufos Organisationstalent und seiner Weitsicht. Sie konnten nicht wissen, in welchem Zustand sich Isabella befinden würde, wenn sie sie tatsächlich fanden.

»Und jetzt wollen wir mal nachschauen, was das für Leute sind.«

Thyra folgte Bufo, der sich Richtung Kaserne orientierte. Sie folgten der Straße, bis ein Parkplatz vor ihnen auftauchte. Bufo gab Thyra ein Zeichen, dann schlug er sich in die Büsche.

So lautlos wie möglich bewegten sie sich weiter, bis ein Zaun mit einem großen Rolltor auftauchte. Das Tor stand offen. Sie schlichen sich näher heran, bis Bufo hinter einem dichten Strauch gebückt stehen blieb. Er zog ein kleines Fernglas aus einer seiner Seitentaschen.

»Und«, flüsterte Thyra. »Kannst du etwas erkennen?«

»Nicht viel«, antwortete Bufo. »Da sind ein paar Typen, die laden Kisten aus. Zwei Transporter kann ich erkennen.« Angestrengt starrte er durch das Fernglas. »Keine Ahnung, was die da machen.«

»Lass mal sehen«, bat Thyra.

Bufo reichte ihr das Fernglas. Sie war erstaunt über dessen Leistungsstärke, als sie auf diese Entfernung auch kleine Details klar erkennen konnte. Sie beobachtete, wie ein Mann einem anderen eine Plastikbox reichte. Der trug sie weg, wiederum ein anderer kam und das Spiel wiederholte sich.

»Was laden die da nur aus?«, flüsterte sie und schwenkte das Glas so, dass sie die Männer besser sehen konnte. »Die sehen aus wie …«

»… Söldner«, warf Bufo ein. »Ich kann zwar keine Waffen sehen, aber ich bin sicher, dass die Typen bewaffnet sind.«

Thyra beobachtete einen der Männer, der sein Basecap so drehte, dass der Schirm nach hinten zeigte. Plötzlich hob der Mann einen Feldstecher an die Augen und drehte sich in ihre Richtung.

»Runter!«, zischte Thyra.

Blitzartig duckte sich Bufo. Thyra war einmal mehr von der Schnelligkeit überrascht, mit der dieser große und schwere Mann sich bewegen konnte. Sie selber hatte sich zu Boden fallen lassen.

Eine Weile warteten sie ab, bis Thyra vorsichtig den Kopf hob und wieder durch das Fernglas spähte.

Der Mann wandte ihr den Rücken zu. Erleichtert atmete sie auf und wollte das Fernglas gerade absetzen, als etwas auf dem Boden, direkt neben dem Schnürstiefel des Mannes, ihre Aufmerksamkeit erregte.

»Das darf doch nicht wahr sein«, flüsterte sie tonlos.

»Was ist denn los?« Bufo wurde nervös.

Thyra ließ das Fernglas sinken. Sie war bleich geworden.

»Schau selber.« Sie reicht Bufo den Feldstecher. »Der Typ, der da steht. Neben seinem rechten Fuß.«

Sie ließ ihren Rucksack von der Schulter gleiten und öffnete den Reißverschluss, während Bufo aufmerksam durch das Glas schaute.

Thyra hatte gefunden, was sie suchte.

»Ja, ich sehe da etwas … etwas Buntes«, flüsterte Bufo. Er nahm den Feldstecher runter und sah Thyra an. »Was soll das sein?«

»Das hier.« Thyra hielt ihm den bunten Müsliriegel entgegen, den David ihr gegeben hatte, falls sie auf der Suche nach seiner Mutter Hunger bekäme. »Das ist ein Tyrannosaurus Rex.« Sie deutete mit dem Riegel in die Richtung der Männer. »Da vorn auf dem Parkplatz liegt der gleiche Riegel.«

»Isa war hier«, sagte Bufo.

»Ich denke, sie ist noch immer hier«, erwiderte Thyra ernst. »Und ich bin sicher, dass es einen Grund gibt, der sie davon abhält, nach Hause zu ihren Kindern zu fahren.«

»Wir finden sie!« Bufo straffte sich entschlossen. »Aber hier kommen wir nicht durch.«

»Und jetzt?«

»Ich kenne einen anderen Zugang«, antwortete Bufo nach kurzer Überlegung. »Ich schlage vor, dass wir zu dem anderen Eingang gehen und abwarten, bis es dunkel wird, bevor wir zur Kirche gehen.«

»Willst du jetzt beichten?« Thyra war nicht nach Witzen zumute, aber die Bemerkung hatte sie sich nicht verkneifen können.

»Das würde die halbe Nacht in Anspruch nehmen.« Auch Bufo grinste. »Als ich für Andre die Gänge inspiziert habe, hab ich nicht nur eine sehr gut geeignete Halle für seine Fotosessions gefunden, sondern eine unterirdische Kirche.«

»So etwas gibt es?«, fragte Thyra erstaunt.

»Du würdest dich wundern, wenn du wüsstest, was es dort unten alles gibt.« Bufo deutete mit dem Kinn auf den Waldboden. »Obwohl wir Urbexer ständig durch Keller und Bunkeranlagen kriechen, kennen wir nur einen Bruchteil von dem, was sich dort unten verbirgt.«

Thyra spürte ein leichtes Schaudern, als sie sich vorzustellen versuchte, was Bufo gerade angedeutet hatte.

»Lass uns losgehen«, unterbrach Bufo ihre Überlegungen.

Thyra hatte kein gutes Gefühl, als sie Bufo durch das Unterholz folgte.

Immer wieder musste sie an David denken, der ihr mit dem ganzen Ernst eines Sechsjährigen den Dinoriegel gegeben hatte.

Sie wollte sich nicht vorstellen, wie sie ihm sagen musste, dass sie seine Mutter zwar gefunden hatte, sie aber nie wieder zu ihm und seiner Schwester nach Hause kommen würde.

- 24 -

Berlin • Marienfelde
Donnerstag, später Nachmittag …

»Idiot!«

Die Reifen des Mercedes quietschten protestierend, als Mackensen eine Vollbremsung machen musste, weil ihm ein drahtiger Rennradfahrer im eng anliegenden Renndress die Vorfahrt nahm.

Mit einem Affenzahn flitzte der Kampfradler über den Zebrastreifen. Dass die Fußgängerampel rot zeigte, interessierte ihn nicht im Geringsten.

Der Fahrer in einem anderen Wagen hupte wütend.

Mackensen war schon in vielen Klein- und Großstädten gefahren. Der Verkehr in München oder Hamburg war auch oftmals Herausforderung und Prüfung des Nervenkostüms und der Reaktionsschnelligkeit. Aber der Berliner Verkehr toppte alles. Es war nicht nur die oft ungewöhnliche Verkehrsführung, insbesondere an Knotenpunkten und dort, wo sich ambitionierte Stadtentwickler ausgelebt oder experimentiert hatten. Es war vor allem die Aggressivität und Ungeduld der

Verkehrsteilnehmer, die Autofahren in der Hauptstadt zu einem Erlebnis machte, auf das man oft lieber verzichtete.

»Das wird immer schlimmer hier«, murmelte Mackensen, der jetzt von zwei Lastenrädern ausgebremst wurde, die mitten auf der Fahrbahn lautstark und gestenreich mit einem Cabriofahrer diskutierten, der in der zweiten Reihe parkte und den Radlern seinen ausgestreckten Mittelfinger entgegenhielt.

Die Limousine, der er seit zwanzig Minuten durch den dichten Berliner Stadtverkehr folgte, kam glücklicherweise auch nicht schneller voran. Der Jaguar mit seinem V6 Motor und 340 PS war im Berliner Stadtverkehr nicht viel schneller unterwegs als etwa der Liegefahrrad-Fahrer, der ihn gerade rechts überholte.

»Beim nächsten Mal nehme ich einen Elektroroller«, fluchte Mackensen mit unterdrückter Stimme, der von dem dichten Verkehr angenervt war und am liebsten das Gaspedal bis zum Anschlag durchgetreten hätte.

Aber er riss sich zusammen, blieb locker und cool – zumindest äußerlich. Mackensen nutzte den langsam fließenden Verkehr und rief Mutter erneut an.

»Hast du etwas über den jungen Koopmann?«, fragte er.

»Ein unbeschriebenes Blatt«, kam sogleich die Antwort. »Andre Maria Koopmann, neununddreißig Jahre alt und ebenfalls Juniorchef bei seinem Vater.«

»Das Alter stimmt bei beiden überein«, warf Mackensen ein. »Wahrscheinlich kennen die zwei sich aus dem Kindergarten.«

»Kindergarten kann ich zwar nicht bestätigen«, sagte Mutter. »Aber beide haben ihr Abitur an der JohnF.KennedySchule in Berlin-Zehlendorf gemacht. Das ist eine deutschamerikanische Gemeinschaftsschule, die für ihre hohe akademische Qualität und ihr internationales Umfeld bekannt ist.«

ihm befand, eingeparkt hatte, schaltete Mackensen bereits den Motor seines Wagens aus.

Einen Moment lang dachte Mackensen an Thyra und ob sie gemeint gewesen war, als die beiden darüber gesprochen hatten, dass jemand verschwinden müsse. Aber dann hätte Thyra hier irgendwo wohnen müssen.

Ganz bestimmt nicht! Entschieden schüttelte er den Kopf.

Es gab sicherlich gute Gründe dafür, dass Thyra sich bislang nicht gemeldet hatte. Sie war mit dem Rad unterwegs und musste sich eine neue Bleibe suchen. Davon ging er aus. Aber ganz sicher nicht in einer Wohnsiedlung mit Mietwohnungen, kleinen Stadtvillen und Einfamilienhäusern, wie sie hier das Straßenbild prägten. Thyra hätte etwas Anonymes gesucht: eine Pension, die von Berlintouristen frequentiert wurde, oder ein Hostel. Irgendetwas in dieser Art, wo sie nicht auffiel. Aber auf keinen Fall in einem Wohnviertel wie diesem hier.

Mackensen rutschte tiefer in seinen Sitz hinein.

Aufmerksam beobachtete er, wie die beiden Männer, bei denen es sich zweifelsfrei um Bockhorst und Koopmann handelte, ausstiegen. Sie blieben einen Moment lang am Heck des Wagens stehen und sprachen miteinander. Intuitiv griff er nach den beiden Kunststoffboxen, die er vorsorglich auf den Beifahrersitz gelegt hatte. Er hatte noch keinen konkreten Plan, wollte aber bestmöglich vorbereitet sein, um jederzeit schnell handeln zu können.

Energisch klappte er die größere der beiden Boxen auf und griff nach einem handlichen elektronischen Gerät, welches Fachleute kurz RFIDReader nannten. Das Gerät hatte einen Handgriff, ähnlich einer Pistole, nur dass auf dem Griff eine Vorrichtung montiert war, die so aussah wie die Kartenlesegeräte, die in jedem Supermarkt verwendet werden. Der RadioFrequencyIdentificationReader ist ein

Hightech-Werkzeug für den modernen Autoknacker, der auf den Diebstahl hochwertiger Fahrzeuge spezialisiert ist.

Mackensens Hand schloss sich um den Griff, mit der anderen ließ er sein Handy in eine Vorrichtung arretieren, die auf dem Gerät angebracht war. Er schaltete das Gerät ein. Ein blaues Lichtsignal zeigte ihm an, dass sich sein Handy mit dem Reader verbunden hatte und das Gerät einsatzbereit war. Mackensen zielte mit dem Gerät wie mit einer Pistole auf die beiden Männer, die am geöffneten Kofferraum des Jaguars standen und etwas herausnahmen, um es in ihren Taschen zu verstauen.

Mackensen meinte in Koopmanns Hand einen Hammer zu erkennen. Vielleicht war es aber auch eine kleine Axt.

Die Beobachtung alarmierte ihn, denn dass die beiden keinen Teebesuch planten, stand für ihn außer Frage. Hatte er zuvor mehr intuitivspontan gehandelt, suchte er jetzt nach gezielten Möglichkeiten, die Pläne der beiden Männer zu durchkreuzen. Eine dieser Möglichkeiten hielt er auf die beiden Männer gerichtet. Damit funktionierte, was er vorhatte, musste er auf den richtigen Moment warten.

Als Lukas Bockhorst den Kofferraum zuklappte und sich die Männer zum Gehen wandten, kam die Gelegenheit, auf die Mackensen gewartet hatte.

Bockhorst richtete seinen Funkschlüssel auf den Jaguar, um den Wagen zu verriegeln. Der RFIDReader in Mackensens Hand fing das Funksignal des schlüssellosen Zugangssystems ab und kopierte den Zugangscode, mit dem der Wagen geöffnet und der Motor gestartet werden konnte.

Ein grünes Licht zeigte ihm an, dass der Vorgang abgeschlossen war. Mackensen ließ das Gerät sinken und nahm sein Handy aus der Arretierung. Er gab über die App, mit der sein Handy mit dem Reader verbunden war, den Befehl zum

Auslesen des Codes ein. Dabei ließ er die beiden Männer, die gerade die Straße überquerten, nicht aus den Augen.

Wenn Sie tatsächlich geplant hatten, dass jemand verschwand, hieß das für Mackensens geschultes Polizistengehirn, dass die Männer vorhatten, jemanden zu töten. Auch wenn er sie für Dilettanten hielt, musste er zugeben, dass sie sich für ein solches Vorhaben einen geeigneten Zeitpunkt ausgesucht hatten. Erfahrungsgemäß fanden Einbrüche eher tagsüber statt als nachts im Dunkeln. Die Gefahr für einen Einbrecher, erwischt zu werden, war am Tage weitaus geringer als in der Nacht. Tagsüber waren die meisten Leute bei der Arbeit und die Wohnungen standen bis zum Feierabend leer. Auf den Straßen waren Handwerker, Lieferanten und alle möglichen Leute unterwegs, die etwas zu erledigen hatten.

Beste Voraussetzungen nicht nur für Handwerker, sondern auch für Einbrecher oder sogar Mörder.

Mackensen stieg aus dem Wagen und ließ sein Handy in der Hosentasche verschwinden. Mit langen Schritten überquerte er die Fahrbahn, die in diesem Wohngebiet nicht allzu breit war.

Die Männer vor ihm bogen in eine Querstraße ein. Mackensen beschleunigte sein Tempo, denn er durfte die beiden auf keinen Fall verlieren.

Die Straße war eine ruhige Seitenstraße, die von Einfamilienhäusern und zweigeschossigen Wohnhäusern gesäumt wurde. Viele der Gebäude waren Altbauten, die im Stil von Stadtvillen umgebaut worden waren und zumeist von vier Mietparteien bewohnt wurden. Auf beiden Seiten der Straße erstreckten sich gepflegte Vorgärten, die von Zäunen eingerahmt wurden.

So auch das Haus, vor dem Bockhorst und Koopmann stehen blieben. Sie redeten kurz miteinander, bevor sie sich wieder in Bewegung setzten und die Gartenpforte aufdrückten.

Während sie den Vorgarten durchquerten und auf die Haustür zugingen, überlegte Mackensen fieberhaft, welche Optionen er hatte, den geplanten Angriff der beiden Männer, auf wen auch immer, zu verhindern.

Er hatte eine Waffe und konnte in das Geschehen eingreifen, was aber zur Folge gehabt hätte, dass er den beiden dann nicht mehr unerkannt folgen konnte. Das aber war für ihn durchaus sehr wichtig, denn es galt, Thyra zu finden.

Er konnte die Polizei alarmieren oder Mutter bitten, dies für ihn zu tun. Die Streifenwagen wären sehr schnell hier gewesen. Die Straße mit den Häusern wirkte sehr aufgeräumt und übersichtlich. Kaum vorstellbar, dass die beiden Männer bei einem Polizeieinsatz unerkannt hätten entkommen können. Sie wären verhaftet worden und es wäre fraglich gewesen, wie lange sie in einer Zelle sitzen mussten.

Die große Gefahr bestand darin, dass auch bei dieser Version nicht klar war, ob Bockhorst und Koopmann in einer direkten Verbindung zu Thyra standen. Ein Polizeieinsatz – egal wie gut und schnell ein solcher ausgeführt worden wäre – konnte Thyra in akute Gefahr bringen.

Sein Bauchgefühl hatte ihn bisher gut beraten. Mackensen wirbelte auf dem Absatz herum und lief im Laufschritt die Straße zurück. Neben der Fahrertür der Limousine blieb er stehen. Das Handy hatte er bereits im Laufen gezückt.

Jetzt würde sich zeigen, wie zuverlässig das Gerät arbeitete. Als Mackensen über seine Handy-App das Funksignal auslöste, entriegelte sich der Luxuswagen ebenso schnell, als wenn er einen regulären Funkschlüssel benutzt hätte.

»Perfekt.« Mackensen zog die Wagentür auf und ließ sich auf den Fahrersitz fallen.

Der Motor der Limousine sprang auf Anhieb an. Erleichtert atmete er auf.

Der PS-starke Wagen schoss los, als Mackensen aufs Gaspedal trat. Die Strecke zum Haus legte er in Rekordzeit zurück. Ohne lange zu überlegen, durchbrach er mit dem Jaguar die Phalanx des Lattenzauns, der den Vorgarten schmückte. In Sekundenbruchteilen hinterließ er inmitten der nachbarschaftlichen Ordnung ein einziges Chaos. Holzsplitter flogen durch die Luft, und der gepflegte Rasen war plötzlich von tiefen Reifenspuren durchzogen.

Der Lärm des zerberstenden Holzes und das Aufheulen des Motors hallten noch nach, als Mackensen bereits den Wagen verlassen und seitlich der Haustür hinter einem Gartenschuppen verschwunden war. In diese Geräuschkulisse stimmte nun auch die Alarmanlage des Jaguars mit einem durchdringenden Signalton ein, der sich penetrant wiederholte.

Er hatte einen Frontalaufprall vermieden und stattdessen den Holzzaun seitlich anvisiert, wobei er die Geschwindigkeit reduziert hatte, um das Auslösen der Airbags zu verhindern. Schließlich sollten die beiden Nachwuchsgangster noch die Möglichkeit haben, mit dem Wagen zu entkommen. Mackensen wusste, dass ein ausgelöster Airbag ihre Flucht unmöglich gemacht hätte.

»Fuck«, rief jemand von oben. »Was ist denn das für eine Scheiße?«

Mackensen erkannte die Stimme von Lukas Bockhorst. Die beiden Männer mussten sich in der oberen Etage des Hauses aufhalten.

Er tauchte noch tiefer in den Schatten des Schuppens ein.

Mackensen brauchte nicht lange zu warten, bis die Haustür aufgerissen wurde. Zuerst stürmte Lukas Bockhorst aus dem Haus, dicht gefolgt vom untersetzten Freund und Geschäftspartner.

»Wie zum …« Fassungslos starrte der Juniorchef der Bockhorst Solutions auf den Wagen. »Ich hab doch …« Ganz offensichtlich verstand er nicht, wie der Wagen, den er noch vor wenigen Minuten in einer Querstraße abgestellt hatte, plötzlich hier im Vorgarten stehen konnte.

Noch bevor der automatische Türschließer die Haustür ins Schloss drückte, war Mackensen aus dem Schatten hervorgeglitten und im Haus verschwunden. Mit der Schuhspitze stoppte er die Tür, weil er die Reaktion der beiden Männer beobachten wollte.

»Das muss der Typ gewesen sein.« Andre Koopmanns graue Zellen verstanden schneller als die des Freundes, der zwar seit Schulzeiten der Wort- und Anführer, aber mit dieser unerwarteten Situation überfordert war.

»Welcher Typ?« Bockhorst fuhr sich mit der Hand durchs Haar.

»Der von vorhin«, sagte Koopmann. »Der aus dem Büro. Aber das ist auch egal«, drängte er. »Wir müssen verschwinden. Der Crash hat die ganze Nachbarschaft aufgeweckt. Lass uns abhauen.«

»Du hast recht.« Noch immer verwirrt von dem, was er sich nicht erklären konnte, ging der junge Bockhorst zur Fahrerseite, die Mackensen hatte offen stehen lassen. »Wir können Kira eh nicht mitnehmen. Das wäre jetzt alles viel zu auffällig.«

Er straffte seine Schultern. Es war ihm anzusehen, wie er versuchte, wieder Herr der Situation zu werden. Aber auch der Schock und das Unverständnis darüber, wie sein Wagen in den Vorgarten gekommen war und den Zaun geschrottet hatte, standen ihm ins Gesicht geschrieben.

»Wir kommen wieder«, stieß er betont entschlossen hervor. »Wir lassen es gleich erst mal knallen und danach nehmen wir sie uns in Ruhe vor.«

Die beiden Männer verschwanden in der Limousine, während die ersten Schaulustigen auf der Straße auftauchten. Der

Motor des Jaguars heulte auf, als Bockhorst zu viel Gas gab und den Wagen rückwärts aus dem Vorgarten bugsierte.

»Die hauen ab«, rief einer der Passanten laut.

»Das ist Fahrerflucht«, meldete sich ein anderer zu Wort.

Wie zur Bestätigung drehte der Motor im hohen Drehzahlbereich, als er über den Gehweg auf die Straße schoss. Bockhorst war so geistesgegenwärtig, die Scheinwerfer und damit auch die Nummernschildbeleuchtung ausgeschaltet zu lassen.

Mackensen war sich aufgrund langjähriger Erfahrung sicher, dass sich die Nachbarn schon längst das Kennzeichen notiert und gemerkt hatten. Wenn nicht einer sogar ein Handyfoto gemacht hatte.

Bin gespannt, wie die beiden aus der Nummer wieder rauskommen, dachte er zufrieden in sich hinein grinsend.

- 25 -

Berlin • Marienfelde
Donnerstag, später Nachmittag …

Mackensen hatte allen Grund, mit seiner Aktion zufrieden zu sein. Er hatte ohne Polizeieinsatz die Männer aufgescheucht und davon abgehalten, das zu tun, weshalb sie hierhergekommen waren – jemanden verschwinden zu lassen.

Jetzt interessierte ihn natürlich, um wen es bei der ganzen Aktion gegangen war. Die Gefahr, entdeckt zu werden, bestand nicht mehr, da der Jaguar verschwunden war. Die Haustür mit dem Fuß offenhaltend, sah sich Mackensen die Namensschilder an den Klingeln an.

Von den vier Namen kamen ohnehin nur die beiden oberen infrage, da die Stimme des jungen Bockhorst von dort gekommen war. Die Auswahl war übersichtlich: Er hatte die Wahl zwischen A. Hering und K. Petrova.

»Kira Petrova«, nickte Mackensen. Er hatte Bockhorst den Vornamen nennen hören, als dieser gesagt hatte, dass sie wiederkämen. »Dann sagen wir doch mal Guten Abend.«

Er schlüpfte durch die Haustür. Mühelos nahm er zwei Stufen auf einmal, als er die Treppe hochstieg. In der oberen

Etage angekommen, brauchte er nicht lange zu suchen. An der Tür zu seiner Linken war das Namensschild mit dem gesuchten Namen unter dem Spion angebracht.

Mackensen zog seine Polizeimarke aus der Tasche, die er aus jahrelanger Gewohnheit an einer an seiner Gürtelschlaufe befestigten Kette trug, um zu verhindern, dass er sie entweder verlor oder sie ihm jemand klaute.

Lässig ließ er die ovale Messingmarke mit dem eingestanzten Schriftzug »Kriminalpolizei« vor dem Guckloch baumeln.

Er wusste, dass es eine Gratwanderung war, wenn er seine alte Dienstmarke benutzte. Ursprünglich hatte er sie nur behalten wollen, weil er sich ohne die Marke fühlte, als sei ihm ein Körperteil abhandengekommen. Sein Auftreten und seine Präsenz erforderten in der Regel weder Ausweis noch Polizeimarke. Aber gelegentlich war die Messingplakette doch sehr hilfreich, um seinem Anliegen Nachdruck zu verleihen.

Er wartete ein paar Sekunden, um der Frau Zeit zum Reagieren zu geben. Als sich aber nach einer angemessenen Wartezeit hinter der Tür noch immer nichts regte, klopfte er mit den Fingerknöcheln hart gegen das Holz.

»Sie sind weg«, sagte er so laut, dass seine Stimme durch die geschlossene Wohnungstür hindurch zu verstehen war. »Sie können aufmachen, Kira.«

Ein paar weitere Sekunden lang rührte sich nichts hinter der Tür. Dann drehte sich ein Schlüssel im Schloss. Die Tür öffnete sich einen Spalt.

»Wir müssen reden«, sagte Mackensen.

»Worüber?« Die Stimme der Frau klang unsicher. Ihre Angst war hörbar.

»Sie brauchen keine Angst zu haben.« Mackensens Stimme hatte jetzt einen beruhigenden Tonfall angenommen. »Ich will Ihnen nichts tun. Ich möchte Ihnen helfen.«

Zögernd öffnete sich die Tür ein paar weitere Zentimeter.

»Sie brauchen wirklich keine Angst zu haben«, versicherte Mackensen. »Wenn ich Ihnen etwas tun wollte, hätte ich schon längst die Tür eingetreten.«

Offenbar überzeugte dieses Argument die Frau. Die Tür öffnete sich ganz.

Die brünette Frau mit den herben Gesichtszügen war ungewöhnlich groß. Sie trug einen dunklen Jogginganzug. Ihre Haare waren passend zu ihrem sportiven Outfit lediglich mit einem Gummi zusammengebunden. Sie war blass und ungeschminkt.

»Guten Abend«, sagte Mackensen mit einem beruhigenden Lächeln. »Mein Name ist Folkert Mackensen«, stellte er sich freundlich vor. »Ich möchte Ihnen helfen.«

»Es geht mir gut«, behauptete Kira Petrova. »Ich brauche keine Hilfe!«

Mackensens Blick war offen und zugewandt. »Man muss kein großer Menschenkenner sein, um zu sehen, dass Sie Angst haben.«

Die Frau kniff ihre Lippen zusammen, was ihren Mund unnatürlich aussehen ließ. Ihr Facharzt für Ästhetische Chirurgie hatte es sichtbar zu gut gemeint, als er ihre Lippen aufgespritzt hatte.

»Kennen Sie diese Frau?« Mackensen hielt sein Handy hoch, auf dem Display war ein Foto von Thyra zu sehen.

Das Foto zeigte sie fröhlich aussehend, herzhaft über etwas lachend. Mackensen liebte dieses Bild. Er hatte es selber gemacht, als noch kein Schatten auf ihrer Beziehung gelegen hatte. Er konnte sich noch gut an den Moment erinnern, als er in einem Café den kleinen Hund auf den Schoß genommen hatte, der von einem der Nachbartische abgehauen war. Vor lauter Freude über seinen neuen Freund hatte ihm der Welpe auf die Hosen gepinkelt. Thyra war noch immer am Lachen gewesen, als die Besitzerin den Kleinen schon längst wieder in Empfang genommen hatte.

»Ich will nichts mit der Polizei zu tun haben.« Abwehrend schüttelte Kira den Kopf. Sie machte Anstalten, die Tür wieder zuzudrücken.

Mackensen schob seinen Fuß vor, damit sie ihm die Tür nicht vor der Nase zuknallen konnte.

»Ich bin nicht von der Polizei«, sagte er schnell.

»Aber Sie haben diesen Anhänger von der Polizei«, entgegnete sie.

»Das ist ein Andenken.« Mackensen lächelte unschuldig. »Ich war einmal bei der Polizei«, gab er zu. »Jetzt bin ich Privatermittler.«

Misstrauisch musterte ihn die Frau.

»So ein Privatdetektiv wie im Fernsehen?«, fragte sie dann.

Mackensen verzog den Mund. Sein Lächeln wirkte jetzt säuerlich. »Kommt darauf an, welche Krimis Sie sich ansehen.«

Seine Erklärung, vielleicht aber auch sein charmantes Lächeln, schien Kiras Misstrauen zu besänftigen. Sie richtete ihren Blick auf das Display mit Thyras Foto, das Mackensen ihr noch immer entgegenstreckte.

»Sie sieht hübsch aus«, stellte sie fest. »Aber nein. Ich kenne die Frau nicht.«

Langsam ließ Mackensen seine Hand wieder sinken. Er sah der Frau an, dass sie die Wahrheit sagte.

»Danke für die Auskunft, aber wir müssen über die beiden Männer reden«, sagte er. »Ich weiß nicht, in welcher Beziehung sie zu ihnen stehen. Aber ich habe mitgehört, dass die beiden sie verschwinden lassen wollen.«

Die Frau wurde bei seinen Worten noch blasser, als sie es ohne Schminke ohnehin schon war.

»Und ich denke, wir wissen beide, was das bedeutet.« Mackensen sah die Frau eindringlich an. »Sie sollten das Nötigste zusammenpacken und schnellstmöglich untertauchen.«

»Ich …« Die Frau suchte nach Worten, brach ab und schüttelte wieder ihren Kopf.

»Sehen Sie, ich will nichts von Ihnen.« Mackensen zog seinen Fuß demonstrativ zurück. »Ich suche lediglich die Frau auf dem Foto.« Er lächelte müde. »Damit habe ich genug zu tun. Von ihrem Problem habe ich nur zufällig erfahren. Und als ehemaliger Polizist kann ich einfach nicht aus meiner Haut heraus.« Er stieß einen Seufzer aus. »Deshalb bin ich hier. Ich möchte Ihnen helfen«, wiederholte Mackensen und zog die Schultern bedauernd hoch. »Aber wenn sie nicht mit mir sprechen wollen, gut. Ich habe Sie gewarnt. Und ich kann Ihnen nur raten, meine Warnung ernst zu nehmen. Mehr kann ich nicht tun.«

Seine unaufdringliche Art und die ruhige, pragmatische Weise zu sprechen, zeigten Wirkung. Die Frau trat einen Schritt zurück und gab die Tür frei.

»Kommen Sie bitte rein«, sagte sie mit unsicherer Stimme.

Mackensen folgte Kira Petrova durch einen kleinen Flur ins Wohnzimmer. Schnell sah er sich um. Der Raum war großzügig bemessen und machte einen wohnlichen Eindruck. Er war mit einem modernen Laminat in Holzstruktur ausgelegt, die Wände in Pastelltönen gestrichen. Die Einrichtung war geschmackvoll und modern. Für Mackensens Geschmack allerdings etwas überladen. Den üppigen vergoldeten Spiegeln und glänzenden Messinglampen konnte er ebenso wenig abgewinnen wie dem Wandtattoo, welches sich über die gesamte Stirnwand zog, vor der ein rotes Ledersofa stand.

»Hübsch«, sagte er dennoch und zeigte auf die Wandbemalung, die eine Skyline zeigte, bei der er aufgrund einiger Zwiebeltürme auf eine russische Stadt tippte.

Ein Lächeln huschte über Kiras Gesicht und verringerte für einen Moment die Strenge ihrer Gesichtszüge.

»Sankt Petersburg«, sagte sie. »Meine Heimat.«

»Vielleicht ist der Zeitpunkt gekommen, dass Sie dorthin zurückkehren.«

Stumm starrte die Frau, die so groß war wie der Privatermittler, auf das Wandbild.

Mackensen ließ seinen Blick durch den Raum schweifen.

Ein Haufen schwarz glänzender Kleidung auf einem Sessel weckte seine Aufmerksamkeit. Er schob die Hände in die Hosentaschen und schlenderte durch den Raum. Vor einem weißen Ohrensessel mit üppigem Rosenmuster blieb er stehen. Interessiert musterte er die Korsage, Dessous und Nylonstrümpfe, die die Frau achtlos hatte fallen lassen. Auch die schwarzen Lackstiefel hatte sie zwischen Fußhocker und Sessel liegen lassen, nachdem sie sie ausgezogen hatte.

»Sie hatten es eilig«, stellte Mackensen fest.

Die Frau riss sich von der Silhouette Sankt Petersburgs los und wandte sich Mackensen zu.

»Ich bin keine Nutte!« Sie durchquerte den Raum und griff nach dem Kleiderbündel.

»Hat auch niemand behauptet«, entgegnete Mackensen ruhig. »Was machen sie denn?«

»Filme und Fotos.« Kira klemmte sich das Kleiderbündel unter den Arm und griff nach den Stiefeln. »Ich bin Künstlerin, ein gefragtes Model für exklusive Filme und Fotoshootings.«

»Wie exklusiv?«, hakte Mackensen nach, der sich die Antwort bereits denken konnte.

»Ästhetische Fotos international«, erwiderte sie und ergänzte: »Für Erwachsene.«

»Stelle ich mir sehr ansprechend vor.« Mackensen nickte. Ihm war klar, welche Art von Fotos und Filmen Kira Petrova machte. »Und die beiden Männer kennen Sie von Ihrem Job?«

»Ja.« Sie presste das Bündel Lackkleider schützend gegen ihre Brust.

»Die beiden sind aber keine Fotografen oder Kameramänner.« Mackensen fixierte die Frau mit einem scharfen Blick. »Und wie Models sahen sie auch nicht aus.« Er grinste spöttisch. »Obwohl, der eine schon.«

Die Miene der Frau erstarrte. Ihre Hände krallten sich in das Lackbündel.

»Wann war ihr letztes Fotoshooting?«

»Letzte Nacht.« Kira begann leicht zu zittern.

»Was ist letzte Nacht geschehen?«

Sie presste ihre Lippen so fest zusammen, dass sich die obere Zahnreihe in ihre Unterlippe einkerbte.

»Es muss etwas Schlimmes gewesen sein«, sagte Mackensen. »Es muss einen Grund dafür geben, dass die beiden Männer einen Tag später herkommen, um sie zu töten.«

Das Kleiderbündel, das die Frau fest an sich gepresst hielt, begann zu beben.

Mackensen griff Kira behutsam bei den Schultern. »Setzen Sie sich«, sagte er mit sanfter Stimme. »Erzählen Sie mir, was passiert ist.«

Widerstandslos ließ sie sich in den Sessel sinken. Alle Energie schien mit einem Schlag aus ihr gewichen zu sein. Ihre Schultern begannen zu zucken und Tränen strömten über ihr Gesicht.

»Ich kann das alles nicht mehr ertragen«, schluchzte sie. »Der Druck, die Erwartungen – es ist einfach zu viel.«

Mackensen zog sich den Hocker heran und setzte sich neben die Frau, die haltlos zu weinen begann. Er hatte schon viele Leute in Verhören zusammenbrechen sehen, wenn Verzweiflung und Belastung zu hoch geworden waren. Früher war es sein Job gewesen, den Druck auf den Verdächtigen so weit zu erhöhen, dass er die Fassung verlor, seine Lügen aufgab und letztendlich ein Geständnis ablegte.

Es ändert sich nie, dachte er. Irgendwann bricht jeder zusammen. *Es ist nur eine Frage der Zeit, bis die Wahrheit ans Licht kommt.*

In diesem Fall hatte es nicht viel gebraucht, um die Russin ihre Fassung verlieren zu lassen. Und das schrieb er sich ohnehin nicht selbst zu. Er hatte ihr lediglich ein paar Fragen gestellt. Es musste bei ihrem letzten Job etwas vorgefallen sein, was die Frau bis ins Mark erschüttert hatte.

»Ich gebe alles – immer«, schluchzte sie. »Nie ist es genug, nie ist es pervers genug. Sie wollen immer mehr … immer mehr … Ich kann nicht mehr …« Kira vergrub ihr Gesicht in dem Kleiderbündel.

Geduldig wartete Mackensen ab, bis die Frau sich wieder halbwegs beruhigt hatte.

»Was ist gestern passiert?«, fragte er mit sanfter Stimme. »Warum haben die beiden Männer es auf Sie abgesehen?«

Kira machte ein paar schluchzende Atemzüge, bevor sie ihr tränennasses Gesicht hob.

»Mascha …«, stieß sie hervor. »Sie haben …«

Aufmerksam beugte Mackensen sich vor. Die Geschichte nahm eine unvorhergesehene Wendung.

»Wer ist Mascha?«, fragte er behutsam. »Eine Kollegin oder eine Freundin?«

»Freundin …«, schluchzte Kira. »Und Kollegin. Wir kennen uns schon so lange … aus Sankt Petersburg.«

»Was ist mit Mascha?« Für einen erfahrenen Kriminalisten, wie Mackensen es war, reichten die Informationen bereits, um zu wissen, in welche Richtung es ging. Die Männer hatten die Freundin der Russin getötet. Ob es ein Unfall oder ein geplantes Verbrechen gewesen war, würde sich herausstellen. Hinter Kira waren sie her, um sie als Zeugin zu beseitigen.

»Sie ist tot«, stieß Kira hervor. »Sie ist tot. Er hat sie umgebracht!«

»Wer hat sie umgebracht?«, hakte Mackensen sofort nach. »Einer von den beiden oder beide Männer?«

»Der Kleinere, der Dicke.« Tränenblind tastete Kira in dem Kleiderbündel nach etwas, womit sie sich die Tränen abwischen konnte. Aber Lack und Nylons waren dafür ungeeignet.

Mackensen stand auf und suchte die Küche. Er fand eine Küchenrolle, von der er ein paar Blätter abriss und sie der Frau brachte, die wie ein Häufchen Elend noch immer auf der Kante des Ohrensessels hockte.

»Danke.« Mit beiden Händen griff Kira nach dem Papier, das Mackensen ihr hinhielt, und begann ihr tränennasses Gesicht zu trocknen.

Mackensen überlegte angestrengt.

Nun war es nicht mehr ausreichend, die Frau aus der Schusslinie zu bekommen. Er musste sie zur Polizei bringen. Sie musste ihre Geschichte erzählen. Bockhorst und Koopmann würden bei hinreichendem Tatverdacht verhaftet werden. Den Rest würden die Ermittlungen ergeben. Er war dann raus aus der Geschichte, die ihn ohnehin nicht primär betraf, und konnte sich wieder ganz auf Thyra konzentrieren. Entweder weiter darauf warten, dass sie sich meldete oder sich auf die Suche begeben.

»Wir müssen zur Polizei«, sagte er.

Bei dem Wort Polizei schreckte Kira hoch.

»Keine Polizei.« Entsetzt schüttelte sie den Kopf.

»Ich fürchte, doch.«

Sie sprang von dem Sessel hoch. Das Kleiderbündel fiel unbeachtet zu Boden. »Nein!«, stieß sie hervor. »Keine Polizei.«

»Ich bin hierhergekommen, um sie vor den beiden Männern zu schützen und zu warnen«, sagte er. »Nun gibt es aber plötzlich eine Tote. Das ändert die Situation komplett.«

Unversehens befand sich Mackensen in einer Zwickmühle.

Aus heiterem Himmel gab es nun eine Leiche. Sein polizeilicher Instinkt setzte sofort ein. Er fühlte sich noch immer zu sehr als Polizist, um nicht automatisch wie ein solcher zu denken und zu handeln. Es gab eine Leiche, es gab die Täter und er stand einer Augenzeugin gegenüber. Seine Denke war absolut richtig – für einen Polizisten.

Aber er war kein Polizist mehr.

Er konnte sie nicht zwingen, zur Polizei zu gehen.

Einen kurzen Moment lang kam ihm der Jedermannsparagraf in den Sinn, der es grundsätzlich einem jeden Bürger erlaubte, eine Person vorläufig festzunehmen, wenn diese auf frischer Tat erwischt wurde. Aber Zeuge eines Mordes zu sein, war keine Straftat. Das wusste er.

Ohne ein Wort zu sagen, verließ Kira hastig das Wohnzimmer.

»Wo wollen Sie denn hin?«, rief er ihr nach, erhielt aber keine Antwort.

Am liebsten hätte Mackensen laut geflucht, unterdrückte aber seinen Ärger über Kiras Sturheit. Sie hatte bestimmt gute Gründe, die Polizei zu meiden. Aber egal, ob sie keine Aufenthaltserlaubnis hatte oder keine Steuern zahlte – sie war Zeugin eines Mordes geworden und musste eine Aussage machen. Die Täter durften nicht ungeschoren davonkommen.

Mackensen folgte Kira in die Diele.

»Lassen Sie uns reden«, rief er. »Ihnen wird nichts geschehen.«

In der Diele war sie nicht. Mackensen warf einen kurzen Blick in die Küche, aber auch die war leer. So viele Möglichkeiten gab es doch in der Wohnung gar nicht. Blieben nur noch das Bad und das Schlafzimmer.

»Sind Sie da drin?« Mit den Knöcheln klopfte er gegen die Badezimmertür, so wie er zuvor an die Haustür geklopft hatte.

Als sich niemand meldete, drückte er die Klinke hinunter und die Tür auf. Auch das Badezimmer war leer.

»Also das Schlafzimmer«, murmelte er ohne rechte Begeisterung. Er hatte keine Lust auf lange Diskussionen. Wieder klopfte er kurz, bevor er die Tür aufdrückte.

Diesmal hatte er Glück.

Kira Petrova stand im Schlafzimmer vor ihrem Bett, auf dem ein aufgeklappter Reisekoffer lag, der schon recht ansehnlich gefüllt war. Auf dem Bett lagen ein paar Kleidungsstücke, die nicht mehr in den Koffer passten.

Kira stand mit dem Rücken zur Tür.

Sie hatte bereits ihren Jogginganzug gegen eine schwarze Jeans und einen eng anliegenden Pullover getauscht und zog gerade eine Lederjacke an. An den Füßen trug sie schwarze Springerstiefel.

»Sie sind Zeugin eines Mordes«, sagte Mackensen ohne Umschweife. »Die beiden Männer werden Jagd auf Sie machen. Ganz egal, wo Sie auch hingehen oder sich verstecken. Sie werden Sie finden!«

Die Frau wirbelte herum. Ihr Blick war hart und ihr Gesichtsausdruck wirkte jetzt wieder so streng, wie in dem Moment, als sie ihm die Tür geöffnet hatte. Ihre Ängstlichkeit schien sie mit ihrem Jogginganzug abgelegt zu haben.

Sie schob ihr Kinn vor und ging zwei Schritte auf Mackensen zu, sodass sie eine Armlänge entfernt vor ihm stand.

»Genau.« Ihre Stimme hatte den entschlossenen Ton eines Basejumpers, der an der Dachkante eines Hochhauses stand, entschlossen zum Sprung, der ihn auch das Leben kosten konnte. »Sie werden mich suchen. Und sie werden versuchen, mich zu töten – wie Mascha.« Ihre Augen schienen noch eine Nuance dunkler zu werden, als sie es ohnehin schon waren. »Aber sie werden mich nicht bekommen. Ich gehe weg, weit weg. Und nein, ich gehe nicht zur Polizei!«

Mackensen sah es in ihren Augen aufblitzen. Instinktiv begriff er, dass sie ihn angreifen würde. Er sah, dass sie etwas in der Hand hielt, und riss die Hände in Abwehrhaltung hoch.

Aber er war zu langsam. Seine Reaktion kam einen Sekundenbruchteil zu spät.

Der scharf riechende Strahl des Pfeffersprays traf ihn mitten ins Gesicht. Sofort brannten seine Augen wie Feuer, Tränen strömten ihm unkontrolliert aus den Augen. Seine Nase schien zu explodieren und ein stechender Schmerz fuhr wie ein Feuersturm durch seine Lungen, als ob er glühende Kohlen eingeatmet hätte.

Mackensen taumelte ein paar Schritte, blind und keuchend, während seine Haut im Gesicht zu brennen begann wie nach einem Säurebad. Er stolperte über das ausgestreckte Bein, das Kira Petrova ihm stellte. Schmerzhaft fiel er auf die Knie und wollte sich am Boden abstützen, als ihn der Tritt mit dem Springerstiefel schmerzhaft in die Rippen traf.

Mackensen stürzte schwer zu Boden. Bevor er reagieren konnte, spürte er das Knie der Russin im Rücken, auf das sie ihr volles Gewicht legte. Gleichzeitig schloss sich ein Metallband um sein Handgelenk. Er schrie vor Schmerzen auf und hatte das Gefühl, als ob sie ihm die Hand abreißen würde, als sie mit beiden Händen an der Handschelle zog, die sie um sein Handgelenk hatte einrasten lassen.

Der brennende Schmerz im Handgelenk ließ ihn der Frau, auf der Seite vorwärts robbend, folgen. Halb liegend, halb kriechend stieß er sich mit den Füßen vom Boden ab, bis Kira ihn dorthin bugsiert hatte, wo sie ihn haben wollte. Mit einem metallischen Klicken rastete die Handschelle um das Heizungsrohr ein.

Hilflos, blind vor Tränen und mit einer Hand an die Heizung gekettet, kämpfte Mackensen gegen den glühenden Schmerz in seinen Augen und im aufgescheuerten Handgelenk an. Er wusste nicht, was die Frau mit ihm vorhatte und was ihn als Nächstes erwartete.

Sein Atem ging stoßweise, jeder Zug schien seine Lungen zu verbrennen. Das kalte Metall drückte tief in sein Fleisch, während er versuchte, einen klaren Gedanken zu fassen. Das höllische Brennen in seinen Augen machte es ihm unmöglich, sich zu orientieren.

Plötzlich spürte er ihre Hand auf seiner Schulter. Instinktiv zuckte er zusammen.

»Die alte Kaserne«, flüsterte Kira in sein Ohr. »Draußen in Genshagen. In der unterirdischen Kirche findest du die Antwort.«

So plötzlich, wie er die Hand auf seiner Schulter gespürt hatte, verschwand sie auch wieder. Etwas raschelte, dann hörte er gedämpfte Schritte, die sich entfernten.

Eine Tür fiel ins Schloss.

Er war allein.

- 26 -

Genshagen • Verlassene Militärkaserne • Rheintochter • Katakomben
Donnerstag, früher Abend …

»Was hat sie?«

»Pfefferspray«, knurrte Mackensen und warf einen kurzen Seitenblick in den Rückspiegel. Er sah übel aus: knallrote Augen, die durch den starken Tränenfluss und die Reizung des Extraktes aus scharfen Paprikaschoten und Capsaicinoide noch immer stark gereizt und geschwollen waren, und eine Gesichtsfarbe wie ein Hummer nach dem Abkochen. »Aber nicht das Zeug, das man im Internet bestellen kann«, sagte er. »Das war professionell, wie unser Pfefferspray, das wir bei der Polizei benutzen.«

Ihm fiel nicht auf, dass er im Polizeijargon sprach, als wären er und Mutter noch immer Kriminalbeamte und befänden sich gemeinsam im Einsatz.

»Ich tippe aber eher auf etwas aus dem osteuropäischen Raum – wahrscheinlich Russland: *Shok* oder *Perets11A*«, zählte er zwei populäre russische Pfeffersprays auf, die für ihre Effektivität und Wirksamkeit berüchtigt waren.

»Das hätte böse ausgehen können.« Mutter konnte kaum glauben, was Mackensen ihm gerade berichtet hatte.

»Aber es ist ja auch völlig egal, womit sie mich ausgeknockt hat«, fuhr Mackensen fort. »Das hätte mir nicht passieren dürfen.«

»Shit happens«, entgegnete Mutter. »So was passiert.«

»So etwas darf nicht passieren«, stieß Mackensen heftig hervor. »Das war ein verdammter Anfängerfehler.«

»Sei nicht so hart mit dir selber.«

»Hör auf«, gab Mackensen zurück. »Du warst selber jahrelang Polizeiausbilder. Du weißt genau, was Eigensicherung bedeutet.«

»Warum hast du die Polizei nicht informiert?«, wollte Mutter wissen.

»Weil ich nicht weiß, wo sich Thyra gerade befindet und ob sie nicht in dieser Geschichte recherchiert«, antwortete Mackensen. »Ich will jedes Risiko ausschließen, sie zu gefährden. Ich schaue mir die Kaserne an, ob ich dort eine Leiche finde. Und falls ja, rufe ich die Kollegen an – aber erst, wenn ich sicher bin, dass Thyra sich nicht in Gefahr befindet.«

Mit der freien Hand griff Mackensen nach der Wasserflasche, die er sich an einer Tankstelle in Marienfelde besorgt hatte, bevor er sich auf den Weg nach Genshagen gemacht hatte. Kurz zuvor hatte er Mutter eine Nachricht mit der Bitte um einen Überblick über Genshagen und die unterirdische Kirche geschickt. Dem Blick des Kassierers nach, der ihn mit offenem Mund angestarrt hatte, machte er offensichtlich einen ziemlich lädierten Eindruck. Sein Aussehen interessierte Mackensen jedoch überhaupt nicht, was zeigte, welchen Wandel er seit der Zeit durchgemacht hatte, als er und Thyra noch ein Paar gewesen waren.

Mackensen nahm einen tiefen Schluck, bevor er weitersprach. »In Hallstatt wäre ich beinahe draufgegangen.« Er trank noch einen Schluck. »Und jetzt passiert mir das Gleiche wieder.« Er schüttelte den Kopf.

Bewusst ging Mutter nicht weiter auf die Messerattacke in Österreich ein, bei der Mackensen lebensgefährlich verletzt worden war und nicht zuletzt nur dank Thyras schnellem und umsichtigem Handeln knapp überlebt hatte.

Das Wasser schmeckte eklig, da noch immer Rückstände des Pfeffersprays, die ihm in Mund und Nase gedrungen waren, an seinen Schleimhäuten klebten. Tränen liefen ihm übers Gesicht und hinterließen eine brennende Furche auf seiner Haut. Mackensen bekam einen Hustenanfall.

»Alles in Ordnung?«, fragte Mutter besorgt.

»Hast du was Neues für mich?«, erwiderte Mackensen schnaufend, während er versuchte, seine Atmung zu beruhigen und wieder unter Kontrolle zu bringen.

Mutters Frage ignorierte er.

»Über eine unterirdische Kirche habe ich nichts finden können«, antwortete Mutter sogleich. »Über den Ort und das benachbarte Ludwigsfelde gibt es jede Menge Material. Fangen wir doch gleich mit Koopmann an, und zwar dem Senior der Familie: ein gewiefter Geschäftsmann, gebürtig aus Potsdam stammend, der direkt nach dem Mauerfall mehrere Immobilien und Grundstücke zu günstigen Preisen erworben hat. Für einige dieser Objekte werden Mondpreise aufgerufen. Er hat auch ein altes Militärareal in Genshagen gekauft, auf dem sich Kasernen und alte Fabrikationshallen befinden.« Mutter ließ gluckernd Tee in einen Becher laufen. »Für dieses gesamte Areal hat er nur den symbolischen Preis von einem Euro bezahlt. Die Politiker hatten seinerzeit versprochen, dass dort Wohnanlagen gebaut werden. Aber es ist bei den Versprechungen geblieben.«

»Höre ich zum ersten Mal, dass Politiker ihre Versprechen nicht einhalten«, spottete Mackensen.

»Koopmann verlor schnell das Interesse an dem Gelände. Er widmete sich stattdessen dem Aufbau seines Entsorgungsunternehmens. Das hat er sehr erfolgreich gemacht.

Die Koopmann AG ist mittlerweile Branchenführer für die Entsorgung und Behandlung gefährlicher Abfälle.« Mutter machte eine kurze Pause, um die letzten Informationen zu überfliegen, die ihn eben erst erreicht hatten. »Koopmann junior scheint Interesse an der Entsorgung von Atommüll zu haben«, sagte Mutter, während er zeitgleich durch ein paar Dateien scrollte.

»Atommüll?« Mackensens Stimme verriet seine Skepsis über diese Information. »Ist das nicht eher Old School?« Er schüttelte den Kopf. »Ich meine, Gorleben und diese Sonnenblumendemos sind doch out. Heute klebt man sich auf dem Flugplatz fest.«

»Ganz und gar nicht«, widersprach Mutter, der ein paar weitere Mails geöffnet hatte und sie querlas. »Unsere Bundesregierung negiert alles, was mit Kernkraft in Verbindung steht.«

»Ist klar«, entgegnete Mackensen lahm. »Als die Altkanzlerin nach der Katastrophe von Fukushima im März 2011 die Stilllegung der Atomkraftwerke angeordnet hat, ist automatisch ein Bedarf entstanden.« Mackensen legte die Stirn in Falten, während er angestrengt nachdachte. »Du meinst …«

»Genau.« Mutter trank geräuschvoll einen Schluck Kamillentee. »Die Kraftwerke müssen demontiert und die Einzelteile nachhaltig entsorgt werden – ein Millionengeschäft.«

»Der junge Koopmann könnte auf die Idee gekommen sein, die alten Bunkeranlagen zur Entsorgung von Brennstäben und dem ganzen radioaktiven Müll zu nutzen.« Mackensen trommelte nachdenklich mit den Händen aufs Lenkrad.

»Und das Ganze natürlich illegal.« Mutter stieß einen zustimmenden Pfiff aus. »Das lohnt sich. Aber gewaltig.«

»Die beiden Juniors«, sagte Mackensen nachdenklich. »Ich meine Bockhorst und Koopmann junior haben darüber gesprochen, dass sie es heute Abend knallen lassen würden.«

»Das kann alles heißen«, erwiderte Mutter. »Vielleicht lassen die sich heute volllaufen.« Er lachte. »Das knallt auch schön.« Dann wurde Mutter wieder ernst. »Oder sie wollen ihren geschäftlichen Erfolg feiern. Wenn es wirklich so ist, dass der junge Koopmann eine solche Sauerei macht, ist der Schaden für die Menschen und die Umwelt völlig unabsehbar. Ein Verbrechen an den nachfolgenden Generationen der kommenden Jahrhunderte.«

»Die wollen nicht nur feiern«, sagte Mackensen. »Anschließend wollen sie sich in Ruhe jemanden vornehmen.«

Mutters Lachen erstarb.

Stattdessen ertönte ein kratzendes Geräusch, das Mackensen aus vielen nächtlichen Einsätzen sofort als das wiedererkannte, wenn Mutter den Verschluss seiner Thermoskanne aufschraubte. Als er das Gluckern hörte, hatte er fast das Gefühl, dass sein ehemaliger Chef wie damals neben ihm auf dem Beifahrersitz saß und sich seinen Kamillentee aus seiner zerbeulten Thermoskanne eingoss.

Eine Mitteilung auf dem Display ließ Mackensen das Gespräch unterbrechen. »Warte mal kurz«, sagte er. »Thyra hat sich gerade gemeldet.« Mackensen tippte den Messenger an, während er gleichzeitig die Fahrbahn im Auge behielt.

Alles ok bei mir. Bin einem großen Ding auf der Spur. Bin mit einem Informanten auf dem Weg zu einer alten Kaserne – die Anlage liegt in Ludwigsfelde. Alles gut. Melde mich wieder. Bin jetzt off.

Mackensen kniff die Augen zusammen, weil ihm das blaue Licht des Displays in den Augen schmerzte.

»Bin wieder da«, sagte er.

»Was ist mit Thyra?«, fragte Mutter sofort. »Alles in Ordnung mit ihr?«

»Sie ist an einer Sache dran«, erwiderte Mackensen. »Und du wirst es nicht glauben, sie ist auf dem Weg zu einer alten Kaserne.«

»Sie ist auch unterwegs nach Genshagen?«, fragte Mutter verblüfft.

»Hat sie nicht geschrieben.«

»Dann frag sie doch.«

»Sie hat ihr Handy ausgeschaltet«, entgegnete Mackensen seufzend.

Er konnte Thyra keinen Vorwurf machen. Das Handy auszuschalten war eine Sicherheitsmaßnahme, die auch er in Einsätzen ernst nahm. Es konnte in einem Einsatz, bei dem man unentdeckt bleiben musste, fatal oder sogar tödlich sein, wenn plötzlich das Handy summte oder klingelte.

»Verstehe.« Mutter wusste ebenso wie Mackensen, dass dies im Umkehrschluss bedeutete, dass Thyra sich auf gefährliches Terrain begab.

»Es gibt keine Zufälle«, murmelte Mackensen.

»Und das sagst du?«, sagte Mutter. »Du bist der pragmatischste und rationalste Mensch, den ich kenne.« Er lachte kurz auf. »Und ich kenne viele Menschen.«

»Ich habe gerade überhaupt kein gutes Gefühl mehr bei der Sache.« Mackensens Besorgnis nahm spürbar zu, was ihm gar nicht gefiel.

»Das wäre schon ein ungewöhnlicher Zufall, wenn eure Wege sich in dieser alten Kaserne kreuzen«, meinte jetzt auch Mutter. »Ich schicke dir gleich die Screenshots der Anlage, Anfahrt, Koordinaten und die Infos, die ich gesammelt habe, aufs Handy. Es gibt auf diesem Gelände eine Menge Gebäude und Hallen, wahrscheinlich Produktionshallen.«

»Wofür?«, warf Mackensen ein. »Was produziert man in einer Kaserne?«

»Waffen, Munition, Raketen«, antwortete Mutter. »Das Gebiet und die alte Kaserne in Genshagen, die der alte Koopmann erworben hat, trugen jahrzehntelang das Prädikat ›Geheim‹, sodass nichts von dem, was dort lagerte oder geschah, je an die Öffentlichkeit gelangt ist. Über die Zeit hinweg war die Rede von Forschung an geheimen Superwaffen ebenso wie vom Standort einer Geisterarmee unter der Führung höchster Staatssicherheitsstellen der damaligen DDR. Nicht zu vergessen, die Daimler-Benz Flugmotorenwerke.«

»Hier im beschaulichen Brandenburg.« Mackensen war erstaunt. Von solchen Waffen hatte er zwar in der Vergangenheit schon öfter mal gelesen, er hätte aber diese Aktivitäten nicht hier vermutet.

»Es besteht noch immer keine grundlegende Klarheit darüber, was sich auf dem Gelände nahe Genshagen 1943 abgespielt hat«, fuhr Mutter mit seinem Bericht fort. »Klar ist lediglich, dass dieser kleine Ort direkt neben Ludwigsfelde zum damaligen Zeitpunkt durch den Bau dieser Anlagen Bedeutung erlangt hat. Bekannt ist auch, dass in Ludwigsfelde und dem angrenzenden Gebiet Anfang der Vierzigerjahre Raketenforschung betrieben wurde. Bei Ludwigsfelde wurde mit einer Superrakete experimentiert, der sogenannten Rheintochter. Den Informationen nach, die mir vorliegen, soll es dort auch ziemlich ausgedehnte Bunker geben.«

»Bei der Lage müsste sie eigentlich Spreetochter heißen, meinetwegen auch Haveltochter.« Mackensen lachte kurz, stöhnte aber sogleich, weil jedes Mienenspiel höllisch im Gesicht brannte.

»Zurück zu Koopmanns Geschäftstüchtigkeit«, fuhr Mutter fort. »Der Kauf des Areals hat sich für ihn bezahlt gemacht.«

»Hat doch sowieso nur einen Euro gekostet.«

»Genau deshalb.« Mutter trank geräuschvoll einen Schluck Tee, bevor er fortfuhr. »Wie allgemein bekannt, gibt es deutschlandweit große Wohnungsnot, insbesondere in Berlin.

Bauland ist begehrt. Im Zuge des Wohnungsnotstands wurde aus dem brachliegenden Gelände über Nacht Bauland. Eine Entscheidung, die Koopmann zum mehrfachen Millionär gemacht hat.«

»Das nenne ich wirklich mal einen guten Geschäftssinn«, sagte Mackensen. »Irgendwie habe ich das Gefühl, dass hier die beiden Junioren ins Spiel kommen.« Ein Verkehrsschild tauchte im Licht der Scheinwerfer auf. »Ich glaube, ich muss hier schon runter«, sagte er und setzte den Blinker.

»Okay, ich schick dir die Daten rüber«, sagte Mutter. »Und grüß Thyra von mir. Ich glaube, ihr werdet euch irgendwo dort treffen.«

Mutters Bemerkung noch im Ohr, nahm Mackensen die Abfahrt. Im Licht der Scheinwerfer suchte er nach einer geeigneten Stelle, wo er kurz anhalten konnte. Zweihundert Meter weiter tauchte eine Bushaltestelle auf. Er ließ den Motor laufen und nahm sein Handy zur Hand, um die Screenshots zu öffnen, die Mutter ihm zugeschickt hatte.

Die riesige Kasernenanlage inmitten eines Waldgebietes war auf den Fotos, die Mutter wahrscheinlich mithilfe von Google Earth gemacht hatte, deutlich zu erkennen. Die Zufahrt hatte Mutter mit gelben Pfeilen markiert und die Positionsangaben mit kleinen gelben Ziffern beschriftet.

Mackensen gab die Koordinaten ins Navigationsgerät ein. Sofort erschien die Wegbeschreibung. Von seinem Standort aus waren es nur wenige Kilometer. In fünf Minuten würde er an der Zufahrt zur alten Kaserne sein.

Er wechselte zur App, mit deren Hilfe er die Tracker überwachen konnte, die er in der Tiefgarage an den Fahrzeugen platziert hatte.

Die Signale kamen sauber und klar.

»Sieh an.« Mackensen spitzte die Lippen, um anerkennend zu pfeifen, ließ das aber sofort, als sich seine Haut schmerzhaft spannte. Er konzentrierte sich auf die beiden wichtigen Trackersignale.

Mit Daumen und Zeigefinger zoomte er das Bild größer. Der eine Tracker zeigte an, dass sich Bockhorsts Jaguar an der SBahnStation Lichterfelde befand. So ähnlich hatte Mackensen sich das gedacht: Die beiden Männer würden den lädierten Jaguar an der nächsten UBahn- oder SBahnStation abstellen, ihn unverschlossen stehen lassen und mit den Öffentlichen zurück zur Tiefgarage am Potsdamer Platz fahren, wo sie dann Koopmanns Geländewagen nehmen würden. Am nächsten Tag wäre Bockhorst junior aus der Nummer raus, indem er seinen Wagen als gestohlen meldete.

Genau das hatten die beiden getan. Und nun waren sie offensichtlich auf dem Weg, es wie angekündigt knallen zu lassen. Das Symbol des anderen Trackers war nur etwa einen Kilometer von ihm entfernt.

Der Geländewagen mit den beiden Männern kam direkt auf ihn zu.

Mackensen griff nach seinem Gürtel und zog seine Pistole aus dem Holster. Routinemäßig prüfte er Zustand und Funktionsfähigkeit seiner Waffe, die schwer in seiner Hand lag.

»Ich habe überhaupt kein gutes Gefühl bei der Sache«, wiederholte er tonlos. Offenbar fokussierten sich die Ereignisse auf den kleinen Ort Genshagen, von dem Mackensen noch nie zuvor gehört hatte. Die Spur, der Thyra folgte, führte ebenso wie die Ergebnisse seiner Aktivitäten zu dieser alten Militäranlage. Alles deutete auf diesen verlassenen Ort hin.

Mackensen steckte die Waffe zurück ins Holster und gab Gas. Sein Wagen schoss vorwärts.

Schon bald würde er wissen, wie richtig er mit seiner Vermutung lag.

- 27 -

Genshagen • Alte Militärkaserne • Unterirdische Kirche Donnerstag, früher Abend …

»Hier warten wir, bis es dunkel ist.«

Bufo streifte die Gurte seines Rucksacks ab und ließ ihn zu Boden fallen. Er zog seine Handschuhe aus einer seiner vielen Hosentaschen und streifte sie über.

»Was ist los?« Bufo sah Thyra an, die regungslos in die Richtung starrte, in der sie die Männer beobachtet hatten.

»Nein.« Entschieden schüttelte sie den Kopf. »Wir können nicht warten, bis es dunkel ist. Auf keinen Fall!«

»Das Risiko ist einfach zu groß, dass wir diesen Typen irgendwo über den Weg laufen. Und bei den Gestalten bin ich mir sicher, dass wir das nicht wollen.«

»Isabella ist da unten!« Thyra wandte sich zu Bufo um. »Ich habe keine Ahnung, was da unten geschieht. Aber ich habe die Hoffnung, dass sie noch lebt. Und ich will einem sechsjährigen Jungen nicht sagen müssen, dass seine Mutter vielleicht noch leben könnte, wenn ich mutiger gewesen wäre.«

Bufo nickte langsam. »Okay«, sagte er. »Überzeugt.« Er zeigte auf den Rucksack zu seinen Füßen. »Aber wir werden nicht nach unten gehen, bevor wir etwas gegessen haben. Es ist eine wichtige Überlebensregel: Energiezufuhr, bevor Energie verbraucht wird. Das ist der Deal.«

»In Ordnung.« Thyra tippte mit dem Fuß auf den Boden. »Ist das der Eingang?«

»Genau.« Bufo schob ein Büschel wild wachsendes Gras zur Seite. Ein Eisengriff kam zum Vorschein. Mit beiden Händen packte er den Griff und legte sein Körpergewicht in die Waagschale. Die Eisenplatte gab ohne Gegenwehr auf und ließ sich mit widerwilligem Quietschen aufziehen.

Ein dunkles Viereck öffnete sich im Boden. Gerade so groß, dass ein Mensch hindurchpasste – ein normal gebauter Mensch mit militärischen Standardmaßen.

Thyra sah zuerst auf das Loch im Boden und dann zu Bufo.

»Sag's nicht«, brummte er und legte die Platte vorsichtig auf dem Boden ab.

»Ich werde mich hüten«, erwiderte Thyra.

»Mein Dilemma.« Bufo seufzte schwer. »Ich bin zwei Meter und vier Zentimeter groß«, sagte er. »Das ist für einen Urbexer schon ein Handicap.« Wieder stieß er einen Seufzer aus. »Aber mein Gewicht und meine Abmessungen bremsen mich nur gelegentlich aus.« Er schaltete eine Taschenlampe ein, die er aus seinem Rucksack gezogen hatte, und leuchtete in die Tiefe.

»Sag Hallo zu den Unterwelten.« Auch wenn Bufo seine Stimme wie in einem Rollenspiel absichtlich dumpf klingen ließ, überlief Thyra ein kalter Schauer.

Dichte Spinnweben, die von den Achtbeinern kunstvoll in den Schacht gewebt worden waren, wehten in der Zugluft, die aus der Unterwelt heraufstieg. An einer Seite des Schachts erkannte Thyra die in die Mauer eingelassenen Eisen der Nottreppe.

»Das ist ein Notausstieg«, kam Bufo ihrer Frage zuvor, um was es sich bei dem Schacht handelte. »Diese Ausstiege gibt es in so ziemlich jeder Bunkeranlage. Ein wahrer Segen für uns Urbexer«, sagte er. »Ich habe es schon oft gehabt, dass der Hauptzugang entweder verschüttet, zugewachsen oder gesprengt worden war. Aber wenn man weiß, wonach man suchen muss, hat man oft das Glück, einen solchen Notausstieg zu finden. Und zwar meist dort, wo man nicht damit rechnen würde.« Er schaltete die Taschenlampe aus. »Den hier habe ich auch nur durch Zufall gefunden.« Er lachte. »Ich hatte noch nicht einmal danach gesucht.«

Thyra ließ ebenfalls ihren Rucksack von der Schulter gleiten. Vorsichtshalber gingen sie ein paar Schritte zur Seite, weit genug von dem Loch im Boden entfernt, um nicht versehentlich hineinzustürzen.

Ächzend ließ sich Bufo neben Thyra auf den Boden fallen. Er öffnete seinen Rucksack und ein paar Dosen.

»Currywurst, Gulasch oder Pancakes?« Bufo hielt die Dosen hoch. »Wir können zwar kein Feuer machen, aber keine Sorge, das Zeug schmeckt auch kalt sehr gut.«

Ungewollt verzog Thyra das Gesicht. Kalte Currywurst mochte sie sich nicht vorstellen. Aber ihr Magen machte sich beim Anblick der Konserven plötzlich bemerkbar.

»Ist das Milchreis?«

Bufo nickte.

»Dann nehme ich den, wenn's recht ist.«

Während sie sich ausgiebig für ihre Unterweltentour stärkten, wurde es dunkel.

Hätte Thyra gewusst, dass sich nur hundert Meter von ihr entfernt Folkert Mackensen durch das offen stehende Rolltor schlich, hätte sie ganz sicher nicht in aller Ruhe ihren Milchreis gelöffelt.

»Ich bin sehr froh, dass ich dich getroffen habe«, sagte Thyra, nachdem sie den letzten Löffel Reis vertilgt hatte. »Und ich bin dir sehr dankbar, dass du mir hilfst, Davids Mutter zu finden.«

Sie lächelte Bufo an, dessen Gesicht in der Dämmerung kaum noch Narben erkennen ließ. Letztendlich war es vollkommen egal, wie er aussah. Bufo war ein guter Mensch und seine Herzensgüte strahlte heller als jede Narbe.

Nachdem sie fertig gegessen hatten, verstaute Bufo die leeren Dosen sorgfältig in seinem Rucksack, womit er eine eiserne Urbexer-Regel befolgte, die besagte, einen Ort in dem Zustand zurückzulassen, in dem er vorgefunden worden war.

Aus einer seiner Taschen zog er ein kleines Notizbuch und einen Stift.

»Schau her«, sagte er und schlug eine leere Seite auf.

Geschickt zeichnete er eine Wegskizze.

»Hier ist der Gang, auf den wir stoßen, wenn wir unten sind.« Er deutete mit dem Stift auf eine Linie. »Dann wechseln wir die Ebene und gehen in die Richtung, wo die Männer abladen.« Er tippte mit dem Stift aufs Papier. »Wir müssen vorsichtig sein, keinen Krach machen und dürfen nicht reden. In dem Tunnel ist Schall sehr weit zu hören. Und wir müssen es vermeiden, dass diese Typen auf uns aufmerksam werden.«

Thyra nickte zustimmend. »Du kannst versichert sein, dass ich keinen gesteigerten Wert auf eine nähere Bekanntschaft lege.«

»Wir gehen aber nicht zur Halle«, sagte Bufo. »Ich glaube nicht, dass Andre die Halle besonders attraktiv fand. Er ist auf die unterirdische Kirche abgefahren. Er hat ihr sogar einen Namen gegeben: ›Rheintochter‹.« Er verzog das Gesicht. »Das ist so'n Naziding, erzähle ich dir später mal.« Wieder tippte er auf das Papier und zeichnete drei kleine Quadrate. »Das sind Lagerräume oder was auch immer. Die Räume haben verschließbare Türen. So etwas ist im Untergrund sehr gefährlich.

Es gibt Geschichten über Urbexer, die sich auf Exkursion selber eingeschlossen haben und erst Jahre später gefunden wurden.«

»Du machst mir jetzt richtig Mut«, frotzelte Thyra.

»Keine Sorge.« Bufo klopfte auf den Rucksack, den er als Zeichenunterlage benutzte. »Ich habe Werkzeug dabei, falls etwas schiefgehen sollte. Aber diese Räume eignen sich ideal als Zellen.«

»Verstehe.« Thyra verspürte zunehmende Ungeduld. »Du meinst, dort sollten wir Isabella zuerst suchen.«

»Korrekt.« Bufo nickte. »Dann können wir los.«

Sie schulterten ihre Rucksäcke.

»Ich geh vor«, sagte Bufo. »Wenn ich auf dich drauf fallen würde, wärst du platt. Besser, du folgst mir.«

Thyra nickte nur.

»Wir machen die Helmlampen erst unten an«, sagte Bufo. »Hier oben leuchten sie bis rüber zum Tor.«

Thyra war mit seinen Vorschlägen einverstanden, da sie allesamt sinnvoll waren.

Gespannt wartete sie am Rand des Lochs und beobachtete, wie Bufos Füße die schmalen Eisenhaken fanden, die in die Tiefe führten. Sein gequältes Stöhnen verriet, wie schwer ihm der Abstieg fiel.

»Jetzt du.« Bufos Stimme hallte dumpf aus der Tiefe zu ihr empor.

Thyra konnte hören, dass er sich bemühte, sein Stöhnen zu unterdrücken.

»Na denn«, seufzte sie und schwang ihren Fuß über die Kante, unter der es in die scheinbar nicht endende Tiefe der Unterwelten ging.

Erstaunlicherweise fanden ihre Füße zielgenau die nächste Eisensprosse, während der Abendhimmel über ihrem Kopf nach und nach verschwand und einer tintigen Dunkelheit wich.

Mit den Worten »Wir müssen da lang«, empfing Bufo sie am Boden des Notausstiegs. Nur mühsam überspielte er seine Anstrengung, die ihn flach atmen ließ.

Thyra verstand und gönnte sich selber ein paar tiefe Atemzüge, um sich zu erden, bevor sie bereit war, weiterzugehen. Das Licht ihrer Helmleuchten riss den vor ihnen liegenden Gang nur zum Teil aus der Dunkelheit. Die engen Wände des Gangs waren feucht. Es roch modrig und erdig.

An einigen Stellen wuchsen offenbar Flechten aus der Wand, was jeden Botaniker begeistert hätte. Thyra fand es allerdings nur ungemütlich und beängstigend in diesem engen, feuchten Gang, der nicht den Eindruck machte, irgendwann enden zu wollen.

Während sie dem Gang folgten, passierten sie zwei gelb gestrichene Metalltüren, auf denen Notausgang zu lesen war.

Sie waren auf dem richtigen Weg.

Der Gang wurde immer feuchter. Nur wenige Meter weiter ging ihnen das Grundwasser bereits bis zu den Knöcheln. Thyra war sehr froh über die Gummistiefel, die Bufo ihr in weiser Voraussicht gegeben hatte.

Sie erreichten eine Treppe, deren Stufen an den Kanten mit einer gelb-schwarzen Markierung versehen waren. Dank dieser auffälligen Kennzeichnung wusste Thyra, wo sie ihre Füße hinzusetzen hatte.

Mit einem Mal endete der Gang an einer Backsteinmauer.

Thyras Blick scannte die Umgebung auf mögliche Gefahren. Aber entweder gab es keine, oder sie waren für sie nicht ersichtlich.

»Das habe ich befürchtet.« Bufo klang frustriert.

»Was hast du befürchtet?« Thyra hatte nicht die blasseste Ahnung, was er meinte.

»Na, hier.« Bufo lenkte den Strahl seiner Taschenlampe nach oben.

Thyra erkannte auch hier Tritteisen in der Wand. Nur dass diese Eisen lediglich halb so tief wie ihr Fuß lang waren.

»Ich geh vor.« Ohne auf Bufo zu warten, setzte Thyra einen Fußballen auf die erste Eisensprosse.

Sie hatte keine Ahnung, wie hoch diese Leiter war. Und sie wollte es auch gar nicht wissen.

Thyra konzentrierte sich auf das jeweils nächste Eisen. Stufe um Stufe kletterte sie nach oben. Als sie den Rand des Schachts erreichte, zog sie sich darüber hinaus und blieb einen Moment lang schwer atmend liegen. Den Schmutz und die nasse Kälte ignorierte sie.

Dann richtete sich Thyra auf.

»Kommst du?«, rief sie mit gedämpfter Stimme in die Öffnung hinein.

Zuerst hörte sie nichts, bis Bufos Schnaufen zu ihr hoch drang.

»Ich hänge fest«, hörte sie ihn fluchen.

Seinem Fluch folgten angestrengtes Keuchen und ein schabendes Geräusch, das Thyra an ihre Kindheit erinnerte, wenn im Herbst der Schornsteinfeger ins Haus gekommen war, um den Schornstein für den Winter vorzubereiten. Das Geräusch des Besens, der durch den Kamin gefahren war, war nicht sehr viel anders als die Geräusche, die Bufo von sich gab.

Ein unterdrückter Fluch ertönte, bevor er ihr mit gedämpfter Stimme zurief: »Das hat keinen Zweck. Ich bin zwar wieder rausgekommen. Aber ich verzichte auf einen zweiten Versuch. Wenn ich stecken bleibe, bekommst du mich nicht mehr da raus.«

»Okay.« Thyra wusste, was das bedeutete. »Ich gehe alleine weiter«, wisperte sie Bufo zu, dessen Umrisse sie unter sich im Licht seiner Helmlampe erkennen konnte.

Entschlossen richtete sie sich auf.

Thyra schloss für einen Moment die Augen und rief sich die Skizze ins Gedächtnis, die Bufo in sein Notizbuch gezeichnet hatte.

»Na denn«, flüsterte sie und wandte sich um. Vor ihr lag ein kahler enger Gang, der von ihrer Helmlampe aus der Dunkelheit gerissen wurde.

Vorsichtig folgte sie dem Gang, der mehrmals abzweigte, bis er über eine längere Strecke schnurgerade verlief. Während sie weiterging, achtete sie auf jedes Geräusch. Mehrmals dachte sie, in der Ferne etwas gehört zu haben, und blieb stehen, um zu lauschen.

Da alles still blieb, setzte sie ihren Weg fort.

Vermutlich irgendein Material, das im Untergrund arbeitet, oder irgendwelche Tiere, dachte sie, obwohl sie keine Vorstellung davon hatte, welche Tiere sich hier unten herumtreiben sollten.

Sie verlangsamte ihren Schritt, als sie im Schein ihrer Helmlampe etwas Dunkles zu beiden Seiten des Ganges wahrnahm. Beim Näherkommen erkannte sie, dass es sich um Eisentüren handelte, die oben und unten mit großen Riegeln versehen waren.

Ihr Herz begann schneller zu schlagen.

Wenn ihre Vermutung zutraf, handelte es sich um die Räume, die Bufo aufgezeichnet hatte. Thyra beschleunigte ihren Schritt, bis sie die Stahltüren erreicht hatte. Sie war sicher, dass sie an ihrem Ziel angekommen war. Prüfend legte sie ihre Hand auf einen der Riegel und zog ihn nach unten. Nach anfänglichem Widerstand gab er nach und ließ sich mit leisem Scharren bewegen.

Erschrocken hob Isabella den Kopf.

Sie hatte etwas gehört. Ein Geräusch.

Sie hielt den Atem an. Angestrengt lauschte sie in die absolute Finsternis hinein. Sie wusste nicht, wie lange sie schon hier in der Dunkelheit saß. Zuerst hatte sie noch auf dem Boden gelegen, zusammengekauert und verzweifelt. Möglichst weit entfernt von der toten Mascha.

Die Angst vor der Leiche hatte sich nach einiger Zeit gelegt. Es war nicht die Tote, die sie fürchten musste – es waren die Lebenden.

Mit dieser Erkenntnis hatte sie sich neben die Tür gehockt. Auch wenn sie nicht damit rechnete, eine Chance zur Flucht zu bekommen, wollte sie nichts unversucht lassen. In ihrem Kopf hatte sich die Vorstellung verfestigt, dass, sobald die Tür sich öffnen würde, sie in Kniehöhe durch den Spalt huschen könnte. So schnell wie das Mäuschen aus der Geschichte, die sie Emma und David so oft vorgelesen hatte.

Und jetzt war da das Geräusch. Direkt vor der Stahltür, an der sie sich alle ihre Fingernägel abgebrochen hatte, als sie verzweifelt nach einer Möglichkeit gesucht hatte, sie aufzubekommen.

Als die Tür sich öffnete, stieß sie sich mit aller Kraft vom Boden ab.

Der Lichtstrahl traf sie unerwartet und furchtbar unangenehm. Im selben Augenblick gaben ihre Beine nach, weil sie keine Kraft zum Laufen hatte.

Geistesgegenwärtig streckte Thyra ihre Arme aus und fing die Gestalt vor sich auf, ehe sie auf dem Betonboden aufschlagen konnte.

Sie erkannte, dass es sich um eine zierliche Frau handelte.

»Isa«, flüsterte sie. »Bist du das?«

Die Frau wimmerte. »Licht … das Licht …«

Thyra verstand. Mit einer Hand schaltete sie ihre Helmlampe aus, mit der anderen stützte sie die Frau, die versuchte, sich wieder aufzurichten.

»Bist du Isa?«

»Ja. Ja«, stieß die Frau hervor. »Ich muss nach Hause.«

Beruhigend strich Thyra der Frau über die Schulter. »Deshalb bin ich hier. Ich bringe dich nach Hause. David wartet auf dich.«

»Oh Gott!« Isabella schluchzte auf. »David … Emma … ich muss …«

Der Scheinwerferstrahl traf sie beide völlig unerwartet.

Isabella schrie vor Schmerzen auf, als das grelle LED-Licht auf ihre Netzhaut fiel und sie heftig blendete. Auch Thyra kniff geblendet die Augen zusammen.

»Oh Scheiße!«, rief eine quäkende Männerstimme. »Lukas! Lukas, komm schnell.«

Schritte näherten sich. Eine Gestalt kam auf sie zugelaufen.

Thyra zwang sich, ihre Augen zu öffnen. Der Scheinwerfer war direkt auf sie gerichtet. Sie konnte etwas Schattenhaftes wahrnehmen, dann traf sie etwas an der Hüfte. Der Mann erwischte sie nicht sonderlich schmerzhaft, als er nach ihr trat. Aber es reichte aus, um sie ihr Gleichgewicht verlieren zu lassen.

Thyra fiel mit Isa im Arm der Länge nach hin.

Weitere Tritte folgten.

»Arschloch«, stieß Thyra wütend hervor. Sie wälzte sich herum und griff blitzschnell zu, als der nächste Tritt sie traf. Mit aller Kraft drehte sie an dem Fuß.

Ein greller Schmerzensschrei erklang. Die Lampe fiel zu Boden. Thyra konnte wieder etwas sehen. Sie kam schneller auf die Beine als der Mann, der sich den Knöchel hielt. Schnell griff sie nach der Lampe und holte aus, um den am Boden liegenden Mann außer Gefecht zu setzen.

»Lass das!«, rief eine harte Männerstimme. »Ich knall dich sofort ab, wenn du dich bewegst.«

Thyra fuhr herum.

Ein Schuss peitschte durch den Gang.

Das Geräusch war ohrenbetäubend. Der Mann hatte nicht auf sie gezielt, sondern hinter sich in den Gang hinein.

Zumindest will er mich nicht sofort umbringen, schoss es ihr durch den Kopf, was aber keine echte Beruhigung war.

Mit schnellen Schritten kam der Mann auf sie zu. Das Krachen des Schusses dröhnte noch in ihren Ohren, als er ihr den Lauf seiner Pistole gegen die Stirn presste.

»Welche Überraschung«, sagte eine Stimme, die Thyra sofort wiedererkannte.

»Lukas Bockhorst«, stieß sie hervor.

»Ja, ich freue mich auch, Sie wiederzusehen.« Der spöttische Ton in seiner Stimme ließ Thyra die Pistole an ihrer Stirn vergessen.

Sie drehte den Kopf zur Seite, was sie aber besser nicht getan hätte. Der Schlag mit der Pistole traf sie schnell und hart. Ihre Kopfhaut platzte auf, warmes Blut lief ihr über die Stirn in die Augen.

»Oh, tut mir fast leid«, höhnte Bockhorst. »Wenn ich Sie so sehe, bekomme ich richtig Lust auf eine kleine spezielle Wiedersehensparty.« Er lachte höhnisch. »Aber leider haben wir keine Zeit für solche Spielereien.«

Mit dem Handrücken wischte sie sich das Blut aus den Augen.

»Los, ab ins Körbchen.« Bockhorst gab Thyra einen Fußtritt gegen den Oberschenkel. »Und du auch.« Der zweite Tritt traf Isabella.

Thyra griff Isa unter die Arme und half ihr beim Aufstehen. Es war im Moment sinnvoller, zu tun, was Bockhorst ihr sagte. Isa schluchzte verzweifelt auf, als sie mit Thyras Hilfe mühsam auf die Beine kam.

»Gut, dass du so schnell da warst«, keuchte der Mann, der sich mittlerweile vom Boden aufgerappelt hatte. »Ich weiß nicht, wo die …«

»Rein da!«, fiel Bockhorst seinem alten Schulfreund ins Wort.

»Was?«

»Rein da, habe ich gesagt.«

»Aber wieso denn?«

Auch für Andre Koopmann kam der Schlag, mit dem der Lauf der Waffe ihn traf, gänzlich unerwartet.

Koopmann jaulte auf wie ein getretener Hund.

»Sieh mich an«, herrschte Bockhorst den alten Schulfreund an.

Er musste die Aufforderung zweimal wiederholen, bis Andre Koopmann endlich zu wimmern aufhörte und die Hände sinken ließ.

»Warum tust du das?« In Koopmann juniors Augen schimmerten Tränen.

»Weil ich mir heute einen lang gehegten Wunsch erfülle.«

Thyra sah dem Blick des gut aussehenden Juniorchefs an, dass der es ernst meinte – todernst. Sie zog Isa dicht zu sich heran, um sie zu schützen. Doch gegen die Pistole in der Hand des Mannes gab es keinen Schutz.

»Was denn für einen Wunsch?« Der untersetzte Koopmann verstand noch immer nicht, dass er nur noch wenige Atemzüge zu leben hatte.

»Dich zu töten.«

Der Schuss, als Bockhorst dem »Freund« ins Gesicht schoss, wirkte nicht so laut wie der vorherige im Gang.

Blut, Hautfetzen und Hirnmasse spritzten durch den Raum. Koopmann hatte die Wucht des Projektils im gleichen Moment, als es seinen Kopf wie eine reife Wassermelone zerplatzen ließ, von den Füßen gerissen.

Schwer schlug der Körper auf dem Boden auf.

Schweigend stand der frischgebackene Mörder in der Tür und starrte auf die Waffe in seiner Hand. Sekunden später verzog er seinen Mund zu einem zufriedenen Lächeln.

»Das hätte ich schon viel eher machen sollen.«

Ohne ein weiteres Wort zu verlieren, drehte sich der gut aussehende Juniorchef der Bockhorst Elite Financial Solutions herum, der gerade vor Thyras und Isas Augen zum Mörder geworden war.

Dumpf fiel die Stahltür zu. An dem metallischen Geräusch erkannte Thyra, dass die Riegel umgelegt wurden.

»Warum leben wir noch?«, flüsterte Thyra, die noch immer das Bild vor Augen hatte, wie der Kopf des Mannes zerplatzt war. »Warum hat er uns nicht abgeknallt? Wir haben doch gesehen, wie er den Mann erschossen hat.«

»Weil um Mitternacht hier alles hochgeht.« In der mittlerweile gewohnten Dunkelheit hatte Isa recht schnell ihre Fassung wiedergefunden.

»Wie meinst du das?«

»Die haben schon alles vorbereitet«, sagte Isa mit dünner Stimme. »Um Mitternacht wird der komplette Bunker gesprengt.«

Thyra war wie elektrisiert. Sofort dachte sie an die Männer, die sie beim Ausladen beobachtet hatte.

»Er brauchte uns nicht zu töten.« Isabellas Stimme hatte jeden Ton verloren. »Wir sind schon tot.«

- 28 -

Genshagen • Alte Militärkaserne • Unterirdische Kirche Donnerstag, früher Abend …

»Was zum Teufel machen die da?«

Mackensen stellte sich diese Frage nicht zum ersten Mal, seit er Lukas Bockhorst und Andre Koopmann entdeckt hatte, als sie die Männer begrüßten, die zwei Lieferwagen entluden.

Langsam meldete sich sein Magen. Was er sich besorgt hatte, war schon längst verputzt. Es dämmerte bereits, was bedeutete, dass er zwei Mahlzeiten verpasst hatte. Kein Wunder, dass sein Magen rebellierte. Noch während er überlegte, wie er an etwas Essbares kommen könnte, tauchte der Typ auf, der als Schauspielerdouble durchging.

»Warum grinst du so dämlich selbstzufrieden?«, flüsterte Mackensen, der das Geschehen auf dem ehemaligen Militärgelände durch ein Fernglas beobachtete, wie es Thyra und Bufo kurz zuvor ebenfalls getan hatten.

Als Lukas Bockhorst in den Geländewagen stieg, der Koopmann gehörte, musste Mackensen sich entscheiden, ob er ihm folgen oder weiter herausfinden sollte, was sich hier tat. Da er davon ausging, dass Thyra irgendwo hier war oder auftauchen würde, war es keine Frage für ihn, ob er sich das Gelände genauer anschauen sollte.

Er beobachtete, wie der Luxus-SUV das Gelände verließ, und kletterte von seinem Beobachtungsposten, einem alten und morschen Hochsitz, von dem er das Geschehen hervorragend hatte beobachten können.

Er wusste, dass es insgesamt vier Männer waren, die Kisten und Gerätschaften aus den beiden dunklen Lieferwagen ausluden. Was er nicht einordnen konnte, waren die französischen Kennzeichen der beiden Kombis. Die Männer waren schon eine Zeit lang nicht mehr zu sehen gewesen und er ging davon aus, dass sie irgendwo in den Hallen beschäftigt waren.

Die Frage war nur, womit.

Vorsichtig pirschte sich Mackensen an den Parkplatz heran und nutzte so lange wie möglich den Schutz der Büsche und Bäume, bis er seine Deckung verlassen musste.

Er wusste, dass ein Anschleichen ab dem Parkplatz verdächtiger wirkte, als wie ein Spaziergänger herumzulaufen. Deshalb schob er die Hände in die Taschen und schlenderte wie selbstverständlich durch das offen stehende Tor. Von den Männern war noch immer nichts zu sehen.

An den Fahrzeugen blieb er stehen. Schnell zog er sein Handy aus der Tasche und machte ein paar Fotos von den Kennzeichen, die er umgehend Mutter zuschickte.

Probehalber streckte er die Hand nach dem Griff eines Wagens aus.

Er hatte Glück, die Hecktür eines Lieferwagens ließ sich öffnen. Als Mackensen den Kopf in den Wagen steckte, um nachzuschauen, was sich darin befand, erkannte er sofort den charakteristischen Geruch.

»Scheiße«, flüsterte er.

Schlagartig schlug sein kriminalistisches Warnsystem an. Er kannte den typischen Duft von Knetmasse, mit der Kinder gerne spielten. Wenn sich seine Vermutung erhärtete, wovon er ausging, war sofortiges Handeln notwendig. Aber zuerst musste er sich Gewissheit verschaffen.

Eilig warf Mackensen einen Kontrollblick in die Runde, bevor er mit einem Satz im Laderaum des Kombis verschwand. Das Innere des Lieferwagens war bis auf ein paar Kartons und zwei blaue Mülltüten leer. Schnell öffnete er einen der Müllsäcke, der sich sehr leicht anfühlte, und fand ihn mit Folien und Plastikverpackungen vollgestopft. Mackensen zog eine Handvoll Packungen heraus und schnüffelte daran. Der Geruch von Knetmasse stieg ihm jetzt noch intensiver in die Nase. Mit einem Fingernagel kratzte er etwas von den Rückständen in der Folie herunter und zerrieb es zwischen den Fingern. Auch die kittartige Konsistenz untermauerte seinen Verdacht. Schnell faltete er ein paar der Folien zusammen und steckte sie in die Tasche.

Mackensen ließ den Müllsack fallen und öffnete den Deckel des nächstbesten Kartons. Auch hier Verpackungsabfälle. Er drehte den Karton herum und kippte den Inhalt auf den Wagenboden. Ein unscheinbarer, matt glänzender Zylinder, nicht länger als fünf Zentimeter und mit einem Zentimeter Durchmesser fiel unter leisem Klacken auf den Boden.

Sofort griff Mackensen nach dem kleinen Gegenstand.

Aluminium, dachte er. Passt. Er steckte den Tubus in die Tasche und zog wieder sein Handy hervor. Mutter meldete sich sofort, als er ihn anwählte.

»Notfallortung«, flüsterte er. »Großalarm: KMRD, SEK und Rettungsdienste«, zählte er auf.

»Was hast du?«, fragte Mutter, denn bei einer Alarmierung des Kampfmittelräumdienstes und Sondereinsatzkommandos musste er konkrete Anhaltspunkte oder einen begründeten Verdacht haben. Sonst konnte es richtig teuer und unangenehm werden, wenn sich die Aktion am Ende als Fehlalarm herausstellte.

»Typischer Geruch nach Knetmasse, zwei Mülltüten mit Folien und Umverpackungen, graue Rückstände an Plastik mit kittartiger Konsistenz und eine Sprengkapsel aus Alu.«

»Hört sich nach C-4 an«, schlussfolgerte Mutter sofort.

Als ehemaliger Hauptkommissar kannte er sich auch mit Sprengstoffen aus. Er wusste, dass es sich bei Composition C-4 um einen hochexplosiven plastischen Sprengstoff handelte, der eine sehr hohe Detonationsgeschwindigkeit und -kraft hatte, was ihn zu einem sehr effektiven Sprengstoff machte.

»Vier Zielpersonen befinden sich in unmittelbarer Nähe«, sagte Mackensen. »Später mehr. Ich muss verschwinden. Ich lasse mein Handy an.«

»Alarmierung läuft«, bestätigte Mutter knapp.

Mackensen schob sein Handy in die Innentasche seiner Jacke und zog seine InEarKopfhörer aus der Tasche. Schnell steckte er die Stöpsel in die Ohren und stellte sicher, dass Mutter ihn durchgehend hören konnte.

»Ich mach mich auf den Weg«, flüsterte er.

Mit einem Handgriff zog er seine Pistole aus dem Gürtelholster und entsicherte die Waffe mit dem Daumen. Er würde kein Risiko eingehen.

Vorsichtig lugte er aus der Hecktür in Richtung des Gebäudes, wo er die Männer hatte verschwinden sehen.

Das Geräusch kam von der anderen Seite.

Mit einem Satz sprang Mackensen von der Ladefläche, als das Projektil in die Seitenwand einschlug, wo er noch eine Sekunde zuvor gestanden hatte. Er wirbelte herum und schoss praktisch aus der Hüfte auf den Mann, da er sich keine sichere Schussposition verschaffen konnte.

Erwartungsgemäß verfehlte er zwar sein Ziel, veranlasste aber den Schützen dazu, hinter dem anderen Wagen Schutz zu suchen. Von wo er zwei weitere Schüsse auf Mackensen abfeuerte, die gefährlich nah neben ihm hässliche Geräusche machten, als die Projektile einschlugen. Mit einem schnellen Sprung suchte er Deckung hinter dem anderen Wagen, hätte sich dort aber wie auf einem Präsentierteller befunden, wenn die Komplizen des Schützen aus dem Gebäude auf der anderen Seite aufgetaucht wären.

Er hoffte inständig, dass Mutter so zuverlässig Alarm schlug, wie er es von ihm kannte. Und er hoffte, dass die Einsatzkräfte eintrafen, solange die anderen Männer nicht in Erscheinung getreten waren.

Ein Schuss vom Gebäude her machte diese Hoffnung zunichte.

Das nächste Projektil schlug nur eine Handbreit über seinem Kopf in das Wagenblech ein.

Thyra hatte keine Ahnung davon, wie nah Folkert Mackensen war.

Geschweige denn, in welcher kritischen Lage er sich gerade befand.

Ihre Lage war allerdings auch alles andere als rosig. Thyra ließ kurz ihr Helmlicht aufflammen, um einen Blick auf ihre Uhr zu werfen, die ihr zeigte, dass es zwar noch ein paar Stunden bis Mitternacht waren, aber besser fühlte sie sich trotzdem nicht.

»Ich bin nicht alleine hier«, sagte sie zu Isa. »Es kommt bald Hilfe.«

Bufo hatte mit Sicherheit die Schüsse gehört. Und da er nicht durch den engen Schacht passte und auch gut beraten war, sich nicht weiter dem Ort zu nähern, von wo er die Schüsse gehört hatte, war er bestimmt nach draußen gegangen, um Hilfe zu holen.

»Da war was.« Isas Finger krallten sich in Thyras Arm.

»Ich habe nichts gehört«, erwiderte sie.

»Ich kenne hier jedes Geräusch«, sagte Isa. »Da war was.«

Ein Schaben ertönte.

Jetzt hörte es auch Thyra. »Die Tür«, flüsterte sie. »Da ist jemand.«

Thyra erhob sich mit Isa an der einen Hand. Mit der anderen Hand schaltete sie die Helmlampe ein. Sie hatte die Lampe wieder ausgeschaltet, um Strom zu sparen, denn sie wusste nicht, wie lange sie hier unten bleiben würden. Und wenn es ernst wurde oder sie flüchten konnten, wollte sie die Lampe einsatzbereit haben.

Geblendet schlossen beide die Augen, gewöhnten sich aber schnell an das plötzliche Licht. Thyra blinzelte zur Tür.

»Jemand öffnet die Tür«, wisperte Isa kaum hörbar.

Sie hat recht, dachte Thyra, als sie sah, wie ein Türspalt erschien.

Bufos Kopf tauchte auf. Er blinzelte in Thyras Helmlicht.

»Endlich«, seufzte er.

»Bufo?«

»Ich freue mich auch, dich zu sehen«, erwiderte er ironisch, verstummte aber sogleich, als er die Leiche von Andre Koopmann bemerkte. »Oh …«, sagte er. »Das sieht übel aus.« Dann ging sein Blick zu der toten Mascha. Bufo schluckte sichtbar schwer.

»Äh …« Thyra atmete laut die Luft aus, die sie vor Anspannung die ganze Zeit über angehalten hatte. »Na klar freue ich mich auch, dich zu sehen«, schnaufte sie. »Ich hatte nur nicht mit dir gerechnet.« Sie sah seiner Kleidung an, dass er sich mit aller Anstrengung doch durch den Schacht nach oben gehangelt haben musste. Auch im Gesicht hatte er Abschürfungen, die leicht bluteten.

»Glaub mir«, erwiderte er müde grinsend. »Ich auch nicht.« Sein Blick fiel auf Isabella. »Und du musst Isa sein.«

Isabella nickte. »Ja. Und ich muss nach Hause. Ganz, ganz schnell.«

»Nichts lieber als das.« Bufo lachte. »Lasst uns verschwinden. Es wird ungemütlich hier.«

»Wie meinst du das?« Fragend sah Thyra ihn an.

»Als ich die Schüsse gehört hab, war mir klar, dass ich Hilfe holen musste«, sagte Bufo. »Ich passe ja eh nicht durch den Schacht, dachte ich. Also bin ich los. Kaum war ich draußen, ballerten da irgendwelche Typen herum.« Er schnaubte ungläubig. »Und da ich dich ganz gut leiden kann, bin ich zurück, falls du in Schwierigkeiten gerätst.« Er grinste breit. »Und ganz so falsch lag ich mit meiner Vermutung ja wohl nicht.«

Spontan umarmte ihn Thyra. »Danke«, sagte sie. »Das ist total lieb von dir.«

Auch Isa lehnte sich an Bufo. »Danke«, sagte auch sie.

»Bevor das jetzt eine Dankeparty wird, lasst uns lieber verschwinden.«

»Wir müssen Simon mitnehmen«, sagte Isa.

»Simon?«, wiederholten Thyra und Bufo gleichzeitig wie im Chor.

»Ja, er ist auch hier.« Isa wedelte mit der Hand Richtung Tür. »Irgendwo muss er da sein. Ich habe ein paarmal gehört, wie die beiden Typen mit ihm gesprochen haben.«

»Okay.« Thyra nickte entschlossen. »Lasst uns nachschauen, ob wir Simon finden können. Und dann nichts wie weg hier.«

Die Tür, hinter der sich Simon befand, fanden sie schnell. Sie war die einzige, die verschlossen war.

Simon hielt sich mit beiden Händen die Augen zu, als sie die Tür öffneten.

»Was …«

»Pscht«, machte Isabella. »Sei ruhig, Simon«, raunte sie ihm zu. »Ich bin's, Isa.«

Simon begann vor Freude und Aufregung zu zittern.

Isabella beugte sich zu ihm hinunter und half ihm hoch. »Das sind Freunde«, sagte sie hastig in Richtung Thyra. »Wir müssen ganz schnell verschwinden.«

Mit Simon in der Mitte machten sie sich auf den Rückweg.

»Geht ihr vor«, sagte Bufo mit Selbstironie. »Wenn ich hinfalle, verstopfe ich den Gang.«

Wenige Minuten später hörten sie in der Ferne Stimmen.

»Los. Los. Weiter. Weiter«, trieb Bufo die Gruppe im Flüsterton an.

Die Stimmen wurden leiser, als sie die Abzweigungen passiert hatten. Wenig später tauchte das Viereck im Boden auf, durch das sie von der unteren Ebene nach oben geklettert waren.

»Wir müssen da runter.« Thyra stellte sich neben die Öffnung. »Ihr müsst beim Klettern aufpassen. Es sind nur schmale Eisenstiege, auf die ihr treten könnt.« Sie gab Isa einen Wink. »Geh du zuerst.«

Isa ließ sich nicht lange bitten. Mit ihren Füßen tastete sie nach der ersten Eisenstrebe, dann verschwand sie schnell in dem dunklen Schacht.

»Bin unten«, rief sie mit gedämpfter Stimme.

»Jetzt du.«

Simon nickte. Auch er kletterte so schnell er konnte die Treppe hinunter.

In der Ferne ertönte hektisches Rufen.

Bufo legte eine Hand hinters Ohr. »Das ist Französisch«, sage er. »Die suchen einen Ausgang. Draußen muss irgendetwas los sein.«

»Ich habe keine Ahnung, warum hier unten Franzosen herumlaufen, die vor irgendetwas flüchten«, sagte Thyra. »Aber ich will das auch überhaupt nicht wissen. Los, weg hier!«

»Du zuerst.« Bufo wies auf den Schacht. »Du weißt schon, wegen verstopfen und so.«

»Okay«, sagte sie und schwang ein Bein in die Öffnung. »Bevor wir noch lange hin und her diskutieren, bin ich schon längst unten.«

»Mein Reden«, sagte Bufo trocken.

Schnell kletterte Thyra die Eisenstreben hinunter, dann sah sie nach oben.

Sie konnte zwar den Schein von Bufos Helmlampe erkennen, aber sein Körper verdunkelte die Öffnung, als er die Stufen herunterkletterte.

Weit kam er nicht. Auf der Hälfte des Weges blieb er stecken.

»Komm«, rief Thyra. »Atme aus und zieh den Bauch ein.«

Sie konnte sehen, wie sehr Bufo sich anstrengte, aber er hing fest. Es ging nicht nach oben und auch nicht nach unten.

»Verschwinde!«, hörte sie ihn rufen. »Die Franzosen kommen.«

»Haut ihr ab«, sagte sie zu Isa. »Einfach dem Gang folgen und dann die Treppe hoch, dann weiter, bis ihr einen Schacht hochklettern müsst. Versteckt euch im Wald.«

Isa sah Thyra bittend an, verzichtete aber darauf, ihr zu sagen, sie solle mitkommen. Sie kannte Thyra zwar noch nicht lange, schätzte sie aber so ein, dass sie Bufo nicht im Stich lassen würde.

»Wir sehen uns draußen.« Isa umarmte Thyra schnell. »Danke.«

Thyra stieg zwei Sprossen hoch und griff nach Bufos Beinen. »Ich helfe dir.«

»Geh weg«, schrie er. »Ich mach dich sonst platt.«

Thyra wusste nicht, was er vorhatte, sprang aber vorsichtshalber die Stufen runter und zur Seite. Keine Sekunde zu früh, denn Bufo begann sich wie eine Schlange zu winden.

Obwohl das äußerst bedenklich aussah, hatten seine Bemühungen Erfolg. Wie ein Korken aus der Flasche schoss er mithilfe der Schwerkraft und seines Eigengewichtes in umgekehrter Richtung zu Boden, wo er so schwer aufschlug, dass Thyra befürchtete, er habe sich alle Knochen gebrochen.

Erstaunlich behände kam er wieder auf die Beine. Schwankend zwar, aber er stand auf eigenen Beinen. Seine rechte Gesichtshälfte war blutüberströmt. Thyra sah, dass er sich ein Ohr abgerissen hatte. Blut strömte aus der Kopfschwarte.

Dann sah sie Bufos Ohr auf dem Boden liegen.

»Hast du ein sauberes Tuch?«, fragte sie hastig.

»Immer am Mann«, antwortete Bufo und griff in eine Tasche, aus der er ein olivgrünes Dreieckstuch hervorzog, das er Thyra reichte.

Schnell bückte sie sich und griff nach dem Stück Haut und Knorpel. Vorsichtig schlug sie das Ohr in das Tuch ein und reichte es Bufo. »Hier, dein Ohr. Verlier es nicht.«

Ohne lang zu überlegen, ließ sie ihren Rucksack von der Schulter rutschen und zog sich Jacke und Oberteil aus. Sie streifte sich ihren Sport-BH ab und sagte zu Bufo. »Kopf runter.«

Er senkte den Kopf, sodass Thyra ihm mit dem BH einen Notverband anlegen konnte.

»Fertig«, sagte sie und zog sich ihr Oberteil wieder an.

Über ihnen ertönten laute Rufe auf Französisch. Sie griff nur nach dem Rucksack, die Jacke ließ sie liegen. Dafür blieb keine Zeit mehr.

Auf der oberen Ebene knallte es plötzlich heftig. Schüsse ertönten. Stimmen brüllten etwas, was sie nicht verstand.

Ein gellender Schrei ertönte. Dann fiel ein Körper durch den Schacht nach unten und schlug auf dem Boden auf, wo er verkrümmt liegen blieb.

»Los, komm! « Sie zog Bufo mit sich.

So schnell sie konnten hasteten sie den Gang entlang, bis sie die Notausgangstüren erreicht hatten.

Dort war Bufos Rucksack deponiert, den er nicht durch den Schacht hatte mitnehmen können, als er nach Thyra gesucht hatte. Schnell fand er, wonach er suchte: Werkzeug, mit dem er sofort die Ausgangstür am Boden verkeilte.

»Das wird nicht lange halten«, sagte er. »Lass uns abhauen.«

Hastig eilten sie weiter den Gang entlang.

Kurz darauf erreichten sie den Schacht. Das Hochklettern ging für Bufo erstaunlicherweise einfacher als das Hinunterklettern. Aber dieser Einstiegsschacht war auch etwas großzügiger bemessen als der andere.

Draußen war es dunkel. Dank ihrer Helmlampen konnten sie sich jedoch gut orientieren.

Wenig später hatten sie den Unimog erreicht.

Bufo kletterte schwerfällig hinters Steuer und auch Thyra fühlte sich ziemlich steif, als sie sich auf den Beifahrersitz fallen ließ.

»Wir müssen Isa und Simon finden«, sagte sie, als unvermittelt die Türen des Unimogs zu beiden Seiten aufgerissen wurden und Hände nach ihnen griffen und sie gewaltsam aus dem Wagen zerrten.

Thyra wehrte sich mit allen Kräften. Aber die zwei Männer, die sie gepackt hatten, waren einfach schwerer. Ihre Arme wurden nach hinten gerissen und sie spürte, wie Kabelbinder in ihre Handgelenke schnitten.

Obwohl sie dadurch nahezu bewegungsunfähig war, drückte eine Person sie noch zusätzlich mit einem Knie auf ihrem Rücken zu Boden. Sie hörte jemanden etwas sagen, was sie aber nicht verstehen konnte.

Ihr wurde nicht bewusst, wie lange sie in dieser Position auf dem Boden liegen musste, ehe sie ein Motorgeräusch hörte.

Stimmen erklangen.

Das Knie verschwand von ihrem Rücken. Starke Hände packten sie und drehten sie herum.

Unweit von ihr stand ein Wagen. Dessen Scheinwerfer blendeten sie so stark, dass sie die Augen zusammenkneifen musste.

Einen Moment lang geschah nichts, dann ertönte eine wohlbekannte Stimme.

»Losmachen!«

Jemand knipste die Plastikfesseln an ihren Handgelenken durch.

Dann spürte sie starke Arme, die sie fest umschlossen.

Sie kannte diese Arme so gut, wie sie den dazugehörigen Duft kannte. Thyra presste ihr Gesicht fest gegen Folkert Mackensens Hals. Ihre Arme schlangen sich wie von selbst um ihn.

»Mein Gott«, hörte sie seine Stimme an ihrem Ohr. »Bin ich froh, dich zu sehen.«

»Und ich bin froh, dich endlich zu spüren.«

Sie wusste nicht, wie lange sie sich in den Armen gehalten hatten, bis jemand zu ihnen sagte, dass der Einsatzleiter allmählich gerne mit ihnen sprechen würde. Der Einsatz sei nun auch schon beendet.

Thyra öffnete die Augen. Sie blinzelte Mackensen an, als hätten sie die Nacht miteinander verbracht.

»He«, flüsterte sie.

»He«, antwortete er.

Jemand räusperte sich vernehmlich.

Mackensen erhob sich. Dann half er Thyra auf die Beine.

Sie sah sich suchend um, bis sie Bufo entdeckte, der auf dem Boden saß. Neben ihm eine SEK-Beamtin, die ihn mit Wasser versorgte.

»Alles klar bei mir«, rief Bufo ihr zu. »Bei dir auch, wie ich sehe.«

»Was hat er …« Mackensen war ihrem Blick gefolgt und hatte Bufos Notverband entdeckt. »Er hat doch nicht … deinen BH um den Kopf gewickelt?«

Thyra ließ es sich nicht nehmen und ging nach vorne. Vor Lukas Bockhorst blieb sie stehen. »Hiermit bezeuge ich, Thyra König, dass dieser Mann seinen Schulfreund Andre Koopmann kaltblütig und mit Absicht ins Gesicht geschossen hat, um ihn zu töten.«

Ein Raunen ging durch die Menge, die sich in erlesener Abendgarderobe im Avalon versammelt hatte.

»Zudem beschuldige ich Lukas Bockhorst der illegalen Entsorgung radioaktiven Atommülls.« Thyra gab den Leuten einen Moment, um ihre Anschuldigung zu verstehen, bevor sie den Vorwurf wiederholte: »Atommüll aus den von der Bundesregierung geschlossenen Atomkraftwerken …« Sie machte eine kurze Pause, bevor sie fortfuhr. »Diese Elemente zu entsorgen bedarf professioneller Teams, die wissen, was sie tun.«

Thyra ließ ihren Blick über die versammelte Menge gleiten.

Am Rand der Versammlung bemerkte sie einen der Männer, die sie durch Berlin gejagt hatten. Sie wandte Bockhorst den Rücken zu und ging mit hölzernen Schritten an dem Einsatzleiter vorbei – auf Kress zu …

Ansatzlos schlug Thyra ihm mit der geballten Faust ins Gesicht.

Blut schoss aus der gebrochenen Nase hervor.

Kress verzog keine Miene.

»Und damit sind wir quitt«, sagte Thyra so trocken, als habe sie ihm gerade ein Trinkgeld gegeben.

Nochmals ließ sie ihren Blick über die versammelte Menge gleiten. Irgendwie hatte sie das Gefühl, dass noch nicht alles gesagt worden war.

Und richtig.

Sie erkannte Gundula von Hochstein auf den ersten Blick.

Die Beamtin des Finanzministeriums tauchte so regelmäßig in den Medien auf, dass man ihr Gesicht kannte. Zudem hatte Thyra ihre Hausaufgaben gemacht, als sie sich auf ihren Undercover-Einsatz bei Bockhorst vorbereitet hatte.

Thyra durchquerte mit festen Schritten den Saal, bis sie vor Gundula von Hochstein stehen blieb. Die Finanzexpertin sah sie verunsichert an. Sie wusste nichts mit der jungen Frau anzufangen, die schmutzig und verstaubt und mit Blutspritzern verziert vor ihr stand.

»Ich bin Investigativreporterin«, stellte sich Thyra lächelnd vor. »Und sie, Gundula von Hochstein, Sie sind eine hoch bezahlte Beamtin im Finanzministerium und Finanzexpertin.« Thyras Stimme war eisig. »Aber das reicht Ihnen nicht. Sie geben zahlungskräftigen Kunden der Bockhorst Elite Financial Solutions Insidertipps, wie sie ihre Steuerlast auf null drücken können. Sie sind mein nächstes Projekt.« Thyra lachte spöttisch. »Und Sie können mir glauben, dass Sie nicht ungeschoren davonkommen. Ganz im Gegenteil!«

Ein Raunen ging durch die versammelte Menge.

Gundula von Hochstein bewahrte noch immer ihre Fassade, konnte aber nicht verhindern, dass ihre Hände zu zittern begannen.

Thyra zeigte jetzt mit ausgestrecktem Zeigefinger auf Bockhorst junior, der noch immer flankiert von zwei Polizisten neben dem Rednerpult stand. »Und Sie kommen direkt nach diesem Mörder da an die Reihe.«

Erneut ging ein Raunen durch die Menge.

Thyra spürte, wie sich ein Arm um ihre Schultern legte.

»Ich schätze, wir haben uns ein paar Tage Urlaub verdient.«

Folkert Mackensen hatte vollkommen recht. Sie legte ihren Kopf gegen seine Brust. Es war ihr völlig egal, dass sie dabei das gesamte Publikum sah.

Sie genoss einfach nur seine Nähe.

- 29 -

Berlin • Friedrichshain-Kreuzberg • Rigaer Straße • Wagenplatz
Samstagnachmittag …

»Hier. Für dich.«

»Oh, danke. Ein Knüppelbrot.« Mit einem herzlichen Lächeln griff Thyra nach dem verkohlten Stockbrot, das David ihr hinhielt. »Das ist aber lieb von dir.«

»Das ist ein Schlangenbrot«, stellte der Junge mit dem Ernst fest, wie ihn nur ein Sechsjähriger aufbringen konnte, der schon sehr genau wusste, was am Lagerfeuer gegrillt wurde.

»Du hast recht, David.« Thyra nickte ernsthaft. »Es ist tatsächlich ein Schlangenbrot.« Sie pustete an einer Ecke Asche ab und nahm einen kleinen Bissen. »Und es schmeckt ganz wunderbar.«

David strahlte vor Stolz übers ganze Gesicht. Stolz darauf, dass sein Schlangenbrot bei Thyra so gut ankam.

»Hey, mein Großer.« Isabella trat neben Thyra. »Das kannst du aber Thyra nicht anbieten.« Sie hatte Emmas kleine Hand in ihrer, die ebenfalls eins der Lagefeuerbrote in der Hand hielt.

Bufo hatte extra einen Teig vorbereitet, damit die Kinder ihr eigenes Brot über dem Feuer backen konnten.

»Alles gut.« Thyra wedelte mit dem Stock, damit sie sich an dem Stück Holzkohle nicht auch noch die Lippen verbrannte. »David hat das toll gemacht.« Sie biss einen weiteren Bissen ab und verdrehte genießerisch die Augen. »Das beste Knüpp… Schlangenbrot, das ich in meinem Leben gegessen habe.«

Isabella sah Thyra dankbar an. »Das ist lieb von dir.«

»Darf ich auch ein Stück probieren?« Mackensen streckte seine Nase in die Luft und schnupperte demonstrativ. »Das riecht verdammt gut.«

Thyra ließ ihn abbeißen.

»Mmh …«, machte Mackensen. »Ein richtig gutes Schlangenbrot. Sehr knusprig.«

Jetzt hielt auch Emma Mackensen ihren Holzstecken unter die Nase, damit er von ihrem Brot abbiss. Die Kleine strahlte Mackensen verliebt an. Seit dem Moment, als sie ihn das erste Mal gesehen hatte, funkelten Sternchen in ihren Augen. Sie wich Mackensen die ganze Zeit über nicht von der Seite. Auch jetzt hatte sie ihre Mutter zu ihm hingezogen.

Thyra und Mackensen hatten sich mit Isabella und ihren Kindern auf dem Gemeinschaftsplatz der Wagenburg an der Rigaer Straße verabredet. Thyra hatte unbedingt nach Bufo schauen wollen, um zu sehen, wie es ihm ging. Er war sofort, nachdem die Einsatzkräfte sie in Sicherheit gebracht hatten, mit dem Rettungswagen ins nahe gelegene Krankenhaus nach Ludwigsfelde-Teltow gebracht worden, wo er chirurgisch versorgt werden konnte.

»Die Ärzte sagen, dass die Narbe ganz fein sein wird. Niemand wird sehen können, dass ich mein Ohr mal in der Hosentasche getragen habe.« Bufo lachte dröhnend und umarmte Thyra. »Dir gebührt mein Dank.« Er drückte Thyra so innig wie ein Bär einen Honigtopf. »Du warst so was von auf Zack. Ohne dich hätten sich irgendwelche Viecher über mein Ohr hergemacht.«

»Wollten Mäuse dein Ohr essen?« David sah Bufo mit großen Augen an.

»Da bin ich mir fast sicher«, antwortete der Urbexer und löste seine Umarmung von Thyra.

David musterte Bufo, dann schüttelte er den Kopf. »Dein Ohr hätte den Mäusen bestimmt nicht geschmeckt.«

»Aber wieso denn nicht?« Bufo tastete nach seinem Kopfverband, als ob er sich vergewissern wollte, dass sein Ohr sich noch dort befand, wo es hingehörte. »Ein bisschen Salz und Pfeffer drauf.« Er machte eine Handbewegung zum Grillrost hinüber, der an einem metallenen Dreibein über dem Feuer hing. »Oder eine scharfe Barbecuesoße.«

»Iiihhh«, kreischte Emma so laut, dass ihr Bruder sich die Ohren zuhielt.

»Ich glaube, es ist besser, wenn wir über etwas anderes reden«, beendete Isabella, ganz die fürsorgliche Mutter, das Thema. »Schaut mal.« Sie wies zum Weg hinüber, auf dem sich zwei bekannte Gestalten näherten. »Da sind Sandra und Laura. Hey.« Sie winkte den Neuankömmlingen zu.

»Ich wollte dir noch etwas sagen.« David griff nach Thyras Hand.

»Ja, was denn?« Sie ging in die Hocke, um auf Augenhöhe mit dem Jungen zu sein.

»Ich und Emma wollen uns bei dir bedanken.« Er zog seine kleine Schwester an ihrer Jacke. »Komm her, Emma«, sagte er. »Wir wollen uns bei Thyra bedanken.«

Ihrem ersten Impuls nach hätte Thyra abgewunken und gesagt, dass es nicht nötig sei, sich zu bedanken. Aber als sie in die Gesichter der Geschwister sah, brachte sie das nicht übers

Herz. Sie sah, dass es den beiden sehr wichtig war, ihr Danke zu sagen.

Sie spürte Folkert Mackensens Hand auf ihrer Schulter.

Wie von selbst legte sie ihre Hand auf seine. Erst als sie die Wärme seiner Hand spürte, wurde ihr bewusst, was sie da gerade tat. Aber sie ignorierte ihren ersten Impuls, die Hand wieder wegziehen zu wollen, und ließ ihre Hand auf seiner liegen.

»Wir haben etwas für dich gemalt.« David streifte die Schulterriemen seines kleinen Rucksacks ab, den er auf dem Rücken trug.

Er öffnete den Reißverschluss und zog eine Papierrolle heraus, die mit einem Gummiband zusammengehalten wurde. Geschickt streifte er das Gummiband ab.

»Das Bild haben wir zusammen gemalt.« Aufgeregt trat Emma von einem Bein auf das andere.

»Oh!« Thyra war total gerührt, als David und Emma das Bild gemeinsam auseinanderrollten und ihr entgegenhielten.

Es zeigte David und Emma, die sich an den Händen hielten, zusammen mit ihrer Mama und Thyra. Alle lachten glücklich unter einem strahlend blauen Himmel. Im Hintergrund waren bunte Blumen und ein Regenbogen zu sehen. David hatte in großen, bunten Buchstaben »DANKE THYRA« geschrieben, um seine und Emmas Dankbarkeit für die Rettung ihrer Mutter auszudrücken. Dazu hatte Emma noch ein großes Herz in leuchtenden Farben gemalt.

»Du hast dein Versprechen gehalten und unsere Mama zurück nach Hause gebracht«, sagte David. »Deshalb haben wir das Bild für dich gemacht. Um uns zu bedanken.«

»Ach, ihr seid so süß.« Thyra war sichtlich gerührt, als Emma ihre Arme um ihren Hals legte und sie drückte. »Ach«, sagte sie und zog in gespielter Überraschung die Augenbrauen in die Höhe. »Mir fällt da gerade ein, dass ich auch noch etwas für euch habe.«

»Eine Überraschung?« Emma klatschte freudig in die Hände.

»Ich glaube, ja«. Thyra langte nach ihrem Rucksack und griff hinein. Sie wühlte eine Zeit lang im Innern herum. Dann tauchte der Kopf eines kleinen blauen Dinosauriers auf, der neugierig über den Rand von Thyras Rucksack zu spähen schien.

David stieß einen Freudenschrei aus und griff mit beiden Händen nach dem zuckersüßen Riegel, dessen Verpackung mit dem bunten Dino-Aufkleber leicht lädiert aussah.

Thyra lachte. Es war einfach zu schön anzusehen, wie sich die Kinder freuten.

»Ich hab dich lieb«, hörte sie die zarte Stimme der kleinen Emma. »Danke, dass Mama wieder da ist.«

Danach war David dran, Thyra zu umarmen. Auch er flüsterte Thyra sein Dankeschön ins Ohr.

Noch bevor er Thyra loslassen konnte, zog Emma ihren Bruder am Ärmel.

»Das andere Bild«, flüsterte sie aufgeregt.

Fast schon widerwillig nahm David seine Arme von Thyras Hals.

»Mach schon.« Emma war jetzt sehr ungeduldig. Sie griff nach dem kleinen Rucksack und begann darin herumzuwühlen.

»Ich mach das schon.« David packte seinen Rucksack, den Emma nur widerwillig losließ.

Er musste nicht lange suchen und zog eine weitere Papierrolle hervor.

»Die ist für dich.« Emma schnappte sich das zusammengerollte Bild und hielt es hoch.

»Wie? Für mich?« Folkert Mackensen war verblüfft. Damit hatte er nicht gerechnet. Auch er ging in die Hocke.

David half seiner Schwester, das selbst gemalte Bild auseinanderzurollen.

»Oh … das ist schön …« Mackensen kniff die Augen zusammen und legte den Kopf schief, als er das Bild betrachtete. »Bin das ich?«

»Na klar bist du das!« Emma tippte auf die üppigen Palmen und Tannenbäume, die einen Wald darstellten. Dann zeigte sie auf das Strichmännchen, das mitten im Bild mit seinen übergroßen Händen einen lang gezogenen Strich hielt, der wohl ein Seil darstellen sollte.

»Du hast Thyra und Mama geholfen – wie Tarzan im Trickfilm.«

Auch wenn Mackensen keine Vorstellung davon hatte, wie die Kinder auf einen Urwald aus Tannenbäumen und ihn als Tarzan gekommen waren, war er gerührt.

Emma legte ihm die Arme fest um den Hals und machte deutlich, dass sie ihn nicht mehr loslassen würde.

»Da kommen wir ja genau richtig.« Sandra und Laura hielten sich an den Händen, als sie zu der kleinen Gruppe traten. »Wir möchten uns natürlich auch bedanken.«

Diesmal winkte Thyra ab. »Ihr habt mir doch auch geholfen.« Sie erhob sich aus der Hocke.

»Wenn du nicht gewesen wärst, würden wir noch immer bei Bockhorst arbeiten.« Laura deutete auf Sandra, die neben ihr stand und einen entspannten und gelösten Eindruck machte. »Und meine Süße hier wäre ihrem nächsten Burn-out noch ein Stuck näher gekommen.«

»Ich kann mich dem nur anschließen.« Sandras Gesichtszüge waren weich und sie sah um Jahre jünger aus. »Ich war so sehr im Hamsterrad und habe gar nicht mitbekommen, was ich da eigentlich alles mitgemacht habe.« Ungläubig schüttelte sie den Kopf, als würde sie über jemanden anders sprechen. »Und was jetzt gerade passiert, macht mir brutal die Sinnlosigkeit bewusst, mit der ich die ganzen Jahre meiner Karriere hinterhergejagt bin.« Sie hob die Schultern, um sie dann ratlos wieder fallen zu lassen. »Wozu das alles?« Sie schüttelte den Kopf.

»Der alte Bockhorst ist nach der Veranstaltung gleich zurück auf die Caymans geflogen. Dort wartet er jetzt ab, wie sich alles weiterentwickelt.«

»Der Junior ist in Haft und wird dort auch bleiben.« Mackensen hatte sich jetzt erhoben, die kleine Emma auf dem Arm. »Sein Compagnon ist raus aus dem Spiel. Aber wir haben auch noch Mascha, die leider ebenfalls raus ist.« Er verzichtete absichtlich darauf, von Toten zu sprechen. Schließlich hatte er eine Vierjährige auf dem Arm. Mit dem Kopf gab er Thyra ein Zeichen, die ihm mit ihrem Blick zu verstehen gab, dass sie begriffen hatte.

»Komm, David«, sagte Mackensen und schlenderte langsam Richtung Feuerstelle. »Lass uns mal schauen, was Bufo macht. So langsam bekomme ich nämlich Hunger.«

Thyra wartete, bis Mackensen mit den Kindern außer Hörweite war. Dann wandte sie sich an Laura und Sandra.

»Ich werde heute noch anfangen, meine Reportage über Bockhorst Elite Financial Solutions zu schreiben.« Ihr Blick ging zu Sandra. »Die Story ist brandaktuell. Deshalb will ich sie so schnell wie möglich veröffentlichen. Am besten schon, während Bockhorst senior noch bei der Schadensaufnahme des Desasters ist, das sein Sohn angerichtet hat, und seine Anwälte sich noch nicht aufgestellt haben.«

Sandra erwiderte Thyras Blick. »Ich danke dir für das, was du bei mir bewirkt hast«, sagte sie und griff in die Tasche ihrer Jeans. Auf ihrer Handfläche streckte sie Thyra einen kleinen USB-Stick entgegen. »Hier ist alles drauf, was du brauchst, um deine Geschichte zu schreiben: Namen, Zahlen und Auslandsverbindungen zum illegalen Teil der Firmengeschäfte.«

»Jetzt ist es an mir, Danke zu sagen.« Mit spitzen Fingern nahm Thyra den Datenträger von Sandras Hand. »Wenn die Geschichte erscheint, dürfte Bockhorst einiges zu erklären haben.« Entschlossen steckte sie den Stick in ihre Hosentasche. »Die Geschichte hinter der Geschichte wird Bockhorst junior lebenslänglich hinter Gitter bringen«, sagte sie zu Isabella gewandt.

»Bist du sicher?« Isabella spürte, wie ihr Puls zu flattern begann, als sie an Mr Blond dachte.

»Ich bin keine Juristin«, räumte Thyra ein. »Aber wir haben zwei Tote. Maschas Tod geht auf Andre Koopmann, seinen alten Schulfreund. Und der ist ebenfalls tot.« Sie sah Isabella an. »Lukas Bockhorst hat seinen Komplizen vor unseren Augen erschossen. Das war kaltblütiger Mord. Ich muss keine Juristin sein, um zu wissen, dass er dafür lebenslänglich bekommt. Und dann ist da noch die Sache mit dem radioaktiven Müll, den er mit seinem Kumpel illegal entsorgen wollte. Das bringt ihm ebenfalls ein paar Jahre Knast ein.«

Thyra warf einen kurzen Blick zu Mackensen hinüber. Ihr wurde ganz warm ums Herz, als sie ihn, noch immer mit der kleinen Emma auf dem Arm, am Grill stehen sah.

»Ein hübscher Kerl«, sagte Laura anerkennend, deren Augen Thyras Blick gefolgt waren. »Du solltest ihn nicht zu lange warten lassen.«

Mackensen schien ihren Blick gespürt zu haben. Er hob den Kopf und sah sie an.

Ja, dachte Thyra. *Wir sollten nicht mehr warten.*

Epilog

Hamburg • Harvestehude
Zwei Wochen später …

Thyras Story schlug ein wie eine Bombe.

Das politische Berlin schien einen Moment lang den Atem anzuhalten.

»Das hat nichts mit ihrem Gerechtigkeitsgefühl zu tun.« Thyra schüttelte den Kopf. »Die fühlen sich einfach nur ertappt, wie gewöhnliche Ladendiebe, die beim Klauen erwischt wurden.«

»Politiker sind halt hart im Nehmen«, erwiderte Folkert Mackensen spöttisch. »Obwohl dieser Jungspund von der Regierungspartei ja meinte, dass es ein Skandal wäre, wenn sich die Vorwürfe als wahr herausstellen würden.«

»Es sind keine Vorwürfe«, stellte Thyra klar. »Vorwürfe sind wie Thesen. Sie stellen eine Behauptung auf, allerdings ohne Beweise.« Sie tippte mit dem Finger auf das Display ihres Notebooks, das sie auf ihren Oberschenkeln balancierte. »Meine Story aber basiert auf Fakten. Ich kann jeden einzelnen Punkt meines Artikels mit Beweisen untermauern.«

»Übrigens«, sagte Mackensen. »Dieser Typ, dem du bei dem Empfang die Nase gebrochen hast …«

»Kress, meinst du?«

»Ja. Genau.« Mackensen nickte. »Den haben die Kollegen am gleichen Abend noch einkassiert. Alter Kunde von Interpol. Die haben den Typen schon die ganze Zeit wegen ein, zwei Auftragsmorden gesucht.«

Bei Mackensens Worten überlief Thyra ein kalter Schauer. »Hoffentlich sperren die den ein und werfen den Schlüssel weg.«

»Da bin ich ganz sicher«, erwiderte Mackensen. »Die Haftbefehle sind bereits raus an Interpol. Ich schätze, die werden ihn an sein Heimatland ausliefern.«

Thyra saß gemeinsam mit Folkert Mackensen auf dem Balkon seiner neuen Wohnung. Es war ein warmer Abend und Thyra hatte eine gute Flasche Rotwein mitgebracht. Sie feierten seinen Umzug und den glücklichen Abschluss ihres gemeinsamen Falles in den Brandenburger Unterwelten.

»Hey!«, rief Mackensen aus. »Sieh dir das an!«

»Was denn?« Thyra löste ihren Blick vom Bildschirm ihres Notebooks.

»Die Nachrichten.« Mackensen fuhr mit dem Finger über das Display seines Handys. »Eine Eilmeldung«, sagte er.

»Ja, hier«, sagte sie. »Ich hab's.« Die roten Buchstaben der Schlagzeile stachen ihr in die Augen. »Gundula von Hochstein entlassen«, las sie vor. »Die hochrangige Beamtin des Finanzministeriums wurde mit sofortiger Wirkung entlassen.« Ungläubig schüttelte Thyra den Kopf. »Damit hätte ich jetzt nicht so schnell gerechnet.«

»Der Anstoß, der zur Entlassung der Finanzexpertin führte, war die Reportage der Investigativreporterin Thyra König, die den Skandal in einer UndercoverReportage aufgedeckt hat«, las Mackensen weiter vor. »Die hochrangige Beamtin hat Insiderwissen über bevorstehende Gesetze oder deren

Änderungen gegen Bezahlung an gut betuchte Superreiche weitergegeben, damit diese Steuern sparen konnten. Der Bundestag hat einen Untersuchungsausschuss eingesetzt.« Mackensen nickte anerkennend. »Ich gratuliere dir!«

Fast schon verlegen winkte Thyra ab. »Die Beweise habe ich natürlich Sandras Insiderwissen zu verdanken.«

Mackensen schüttelte den Kopf. »Okay. Zugegeben. Es war ein echter Glücksfall, oder vielmehr die Summe aus vielen Jahren Frust in ihrem Job, der sie diesen harten Schnitt hat machen lassen«, räumte er ein. »Aber die Story hast du gewittert und geschrieben!« Er hielt kurz inne, bevor er fortfuhr. »Und nicht nur diese Story, sondern auch die der Bockhorst Elite Financial Solutions. Aufstieg und Untergang einer der renommiertesten internationalen Finanzberatungen«, zitierte Mackensen die Headline eines Artikels, der gerade aufgeploppt war. »Ein Beben geht durch die Welt der Reichen und Superreichen. Wie einer der erfolgreichsten Finanzberater zum Mörder wurde.«

Thyra schloss einen kurzen Moment die Augen, bevor sie ihr Kinn vorschob. »Du hast recht«, gab sie zu. »Ich habe die Story geschrieben. Beide Storys. Ja.« Sie nickte. »Aber ich kann keine Geschichte schreiben, ohne die notwendigen Hintergrundinformationen und das Wissen von echten Insidern, die bereit sind, mit mir zu reden.«

»Zuerst wollten sie aber nicht so wirklich mit dir reden«, erwiderte Mackensen.

»Stimmt.« Thyra nickte zustimmend. »Aber Sandra hat das große Glück, dass Laura an ihrer Seite ist und sie unterstützt. Auch wenn sie ihre Hände nicht von meinem Hintern lassen konnte.«

»Wie bitte?« Mackensen sah sie scharf an. »Muss ich jetzt eifersüchtig sein?«

»Eifersüchtig?« Amüsiert sah Thyra von ihrem Notebook hoch. »Du bist eifersüchtig?«

»Ja.« Seine Stimme klang jetzt rau. Ohne den Blick abzuwenden, nickte er langsam. »Ja, ich gebe es zu. Ich bin eifersüchtig, wenn ich weiß, dass dich jemand haben will – egal ob Mann oder Frau.«

Thyra klappte ihr Notebook zu und stellte es achtlos auf dem Boden ab. Ohne einen Gedanken daran zu verschwenden, ob es das Richtige war, was sie gerade tat, streckte sie ihren Arm aus.

»Es gibt keinen Grund zur Eifersucht«, lächelte sie sanft. »Nimm mich einfach in den Arm.«

Folge dem Autor auf Amazon

Wenn dir dieses Buch gefallen hat, folge Dirk Trost auf Amazon. Dann erhältst du eine Benachrichtigung, wenn der Autor sein nächstes Buch veröffentlicht. Um dem Autor zu folgen, gehe bitte folgendermaßen vor:

Desktop:

1) Suche auf Amazon.de oder in der Amazon App nach dem Namen des Autors.
2) Klicke auf den Namen des Autors, um auf die Autorenseite zu gelangen.
3) Klicke auf den »Folgen«-Button.

Smartphone und Tablet:

1) Suche auf Amazon.de oder in der Amazon App nach dem Namen des Autors.
2) Klicke auf einen Titel des Autors.
3) Klicke auf den Namen des Autors, um auf die Autorenseite zu gelangen.
4) Klicke auf den »Folgen«-Button.

Kindle eReader und Kindle App:

Wenn du dieses Buch auf einem Kindle eReader oder in der Kindle App liest, wird dir automatisch angeboten, dem Autor zu folgen, nachdem du die letzte Seite des Buches gelesen hast.

Printed in Great Britain
by Amazon

57028386R00219